자기 반영의 문학

The literature of self-reflection

자기 반영의 문학

송숙이

푸른사상
PRUNSASANG

문학은 그 시대의 사회상과 인간상을 반영하지만, 특히 작가자신을 투영한다.

대개 만화에 나오는 중심인물은 만화가 자신의 모습을 그린 경우가 허다하다. 화가들의 그림도 마찬가지이다.

뷔퐁은 '글은 그 사람이다' 라고 했듯이 한편의 글을 통해서 우리는 작가의 사상이나 지향점을 만나게 된다. 따라서 작품은 일차적으로 작가의 내밀한 주장이 스며있는 시공간적 산물이다.

작가는 작품을 통해 온전히 시대를 살아낸다.

때로는 시대의 반항아(김영승)로 투영되어 현실을 비아냥과 냉소로 응시하기도 하고, 일제 강점기 아래 채만식은 희곡이라는 장르를 통해 작가정신을 내밀하게 담아내고 있다.

장용학은 6·25전쟁이라는 참혹한 시대 속에 던져진 인간의 내면 풍경을 작중화자를 통해 현실의 구차함을 초극하려는 의지를 보여주고 있다.

이는 근대초기의 시인들의 모습에서도 동일한 양상을 보인다. 근대초기의 대표적인 번역가인 김억은 음울한 시대를 시화한 시인들의 시를 번역하여 보급하는 데 그치는 것이 아니라, 자신의 창작시에 그대로 투사하고 있다.

내가 나를 떠나 객관화 한다는 것은 지난한 작업이다. 특히 지극히 감성적이고 개성적 산물인 문학작품은 더욱 그러하다. 작가들은 그 객관적 상관물로서 작중 인물을 대용으로 삼는다. 따라서 작가는 그가 쓴 작품이 독자의 가슴에서 영롱한 별로 남아 있는 한 불사인(不死人)들이다.

'당신이 꿈꾸는 작품은 당신 자신의 반영이다.' 왜냐하면 작품은 작가의 내면고백과 주장의 산물이기 때문이다.

또한 독자 역시 당신이 꿈꾸는 시대나 세상 현실을 만나기 위해서 글을 읽고 쓰지 않는가. 나와 동질인 또 다른 자아를 만나기 위해 작품을 읽고 있지 않은가.

천학단재(淺學短才)한 글들이라 오랫동안 밀쳐놓았던 부끄러운 보따리를 이제야 세상에 내 놓는다. 군데군데 다시 깁고 다듬었다.

오늘이 있기까지 많은 분들의 도움이 있었다. 참 시인의 삶의 모습을 온몸으로 보여주신 조기섭 선생님, 학문과 인생의 길 위에서 헤매고 있을 때 자상하게 길 안내를 해 주시는 김영철 선생님, 조두섭 선생님, 최승호 선생님, 부족한 제자를 늘 따뜻한 시선으로 바라봐 주시고 격려 해주시는 이강언 선생님, 정호완 선생님, 이동근 선생님, 박진태 선생님, 권재일 선생님, 기꺼이 큰오라버니가 되어 음으로 양으로 응원해 주시는 김종건 선생님께 머리 숙여 감사의 인사를 드린다.

2011년 6월

저자 씀

제1부

김영승 시의 패러디 전략

김영승 시의 패러디 전략

1. 서론

일반적으로 풍자는 조롱하면서 비판하고 폭로하면서 저항한다. 따라서 풍자의 궁극적인 목적은 사회악을 폭로하고 개선하는 데 있다. 이런 점에서 풍자는 근본적으로 형식면에서 열려 있는 양식이다. 비유나 위트, 아이러니, 비꼼, 패러디, 역설, 풍자는 인간과 세계의 이중성에 근간을 두고 있다고 할 수 있다. 또한 현대시에 있어서 아이러니와 역설, 패러디와 풍자는 한 작품, 혹은 한 시인의 작품 전반에 서로 중층의 구조를 이루고 나타나며, 상보적인 역할을 할 때가 많다. 일반적으로 아이러니, 역설, 패러디는 풍자라는 전체적인 의미망에 포괄하여 사용된다.

김영승은 1959년 인천에서 태어나 1986년 계간 『세계의 문학』 가을호에 「반성 · 序」 외 3편의 시를 발표함으로서 문단에 등단하였다. 시집으로는 『반성』(1987), 『車에 실려 가는 車』(1988), 『취객의 꿈』(1988), 에세

이집『오늘 하루의 죽음』(1989), 『아름다운 폐인』(1991), 『몸 하나의 사랑』(1994), 『권태』(1994), 7년 만에 낸 『무소유보다 더 찬란한 극빈』(2001) 등이 있다.

그의 전 시집을 탐독해 본 결과, 그의 시 방법론의 근간은 풍자와 패러디라 할 수 있다. 특히 본고에서는 패러디를 시적 방법론으로 삼은 시집 『반성』, 『車에 실려 가는 車』, 『취객의 꿈』, 『몸 하나의 사랑』, 『권태』를 중심으로, 시인이 시적 전략(poetic strategy)으로 선택한 패러디의 의도와 의미를 살펴보고자 한다.

그리하여 창작의 기본 의도를 추론해 볼 것이고, 작가가 세상을 향해 어떤 태도를 취하고 있는지 살펴 볼 것이다.

순수성을 상실하고 타락한 인간 세계의 현실을 고발하고자 하는 1990년대 이후, 포스트모더니즘의 시류 속에서 본격적으로 부각된 패러디는, 현대시에도 다각적인 방향으로 형상화 되었다. 또한 이에 부응하여 다층적인 연구가 이루어졌으나,[1] 김영승 시에 대한 연구는 전무한 실정이다. 몇몇 단편적이고 피상적인 언급이 산견된다. 정효구[2]는 김영승의 시세계

---

[1] 장성남, 「〈대한매일신보〉 소재 패러디 시조 연구」, 『한국언어문학』, 제4집, 한국어문학회, 1996. 6.
  정홍섭, 「「탁류」의 개작과 「무정」 패러디」, 『어문논문』, 통권, 제18권, 한국어문교육연구회, 2003. 6.
  윤영옥, 「채만식 소설의 상호텍스트성과 패러디 - 「탁류」와 「태평천하」를 중심으로」, 『한국언어문학』, 제48집, 한국어문학회, 2002. 6.
  윤영옥, 「여성 패러디 소설과 문학교육」, 『한국언어문학』, 제57집, 한국언어문학회, 2003. 6.
  박혜숙, 「「소설가 구보씨의 일일」과 「시인 구보씨의 일일」의 패러디 연구」, 『어문연구』, 통권, 제112권, 한국어문교육연구회, 2001. 12.
  김미영, 「패러디를 활용한 소설교육의 방법」, 『한국문학 이론과 비평』, 제26집, 9권 1호, 한국문학 이론과 비평학회, 2005. 3.

[2] 정효구, 『몽상의 시학』, 민음사, 1998.

를 '취객', '거지', '아이'라는 매개체를 통해 시인의 정신과 영혼이 놓여 있는 거점을 상징성을 중심으로 살펴보고 있다. 이승하[3]는 김영승의 시집 『반성』(1987), 『권태』(1994)를 중심으로 살펴본 후, "그의 시의 풍자의 수준은 형편없이 저급해서 눈살을 찌푸리게 한다. 육담과 욕설은 정도가 도를 넘어서 있다. 정도가 너무 지나쳐 풍자의 경지에까지는 나아가지 못하고 저급한 외설의 수준에 머물고" 말았다고 지적하고, 시집들을 '기상천외한 시집'이라 혹평하고 있다.

패러디나 상호텍스트성에 관한 연구는 다양한 측면에서 연구가 진행되고[4] 있으나, 김영승 시의 패러디에 관한 연구는 거의 전무하다시피 하다.

---

3 이승하, 「한국현대시에 나타난 폭력과 광기」, 『이화어문논집』, 권20호, 이화어문학회, 2002.

4 패러디 현상과 작품을 중심으로 시 교육의 활용 가능성과 교육적 효과에 대해 살펴 본 논문은
장창영, 「패러디 시 활용의 교육적 의미」, 『한국언어문화』, 제2집, 한국언어문화학회, 2004. 12.
유영희, 「패러디를 통한 시 쓰기와 창작교육」, 『국어교육연구』, 2집, 서울대사범대학 국어교육연구소, 1995.
정끝별, 「21세기 시문학의 미학적 특성과 시교육 방법론」, 『문학교육학』, 제9호, 한국문학교육학회, 2002.
송지현, 『패러디와 문학교육. 문학교육의 본질과 방법』, 푸른사상, 2003.
이연승, 「장르해체 현상을 활용한 시교육 방법연구」, 『한국시학연구』, 한국시학회, 2006.
• 장창영은 시교육에서 패러디의 교육적 효과를 7가지로 들고 있다.(상게서, 285~290쪽.)
① 원텍스트의 의미를 분석, 파악하고 새롭게 고찰 할 수 있다.
② 패러디시는 형식의 자유로움과 금기 파괴와 같은 새로운 형식실험에 효과적이다.
③ 미의식의 다양성 확보가 용이해진다.
④ 원텍스트의 해석과정에서 주체의 능동적이고 적극적인 참여가 이루어질 수 있다.
⑤ 독자의 참여 영역 확장에 기여한다.
⑥ 문학의 상호텍스트성의 활성화에 기여한다.
⑦ 학습자들의 창작의욕 고취가 가능하다.
• 패러디 시와 관련된 대표적 연구는,
송영순, 「김지하의 「오적」 판소리 패러디 분석」, 『한국문예비평연구』, 한국현대문예비평

본고는 이러한 문제점의 인식에서 출발한다.

2. 패러디의 양상

시인은 몸부림을 쳐야한다. 몸부림을 칠 줄 알아야 한다. 그리고 가장 민감하고 세차고 진지하게 몸부림을 쳐야 하는 것이 지식인이다.[5] 김수영은 "시인의 스승은 현실이다. 나는 우리의 현실이 시대에 뒤떨어진 것을 부끄럽고 안타깝게 생각하지만, 그보다도 더 안타깝고 부끄러운 것은 이 뒤떨어진 현실을 직시하지 못하는 시인의 태도"[6]라고 천명한 바 있다.

문학은 선정적인 것이 아니라 당대의 억압들과 싸운 자아의 싸움의 흔적들과 증언이며, 반성이고, 동시에 그것을 넘어서서 나아가려는 주체의 욕망의 구현의 한 형식이다.[7]

혹자는 지금 이 시대는 '서정'의 시대는 이제 갔다고 서정의 종말을 종언하고 있다. 그렇다면 바로 그 자리에 풍자가 자리매김해야 할 것이다.

학회, 2007.

신익호, 「현대시의 모방적 패러디 소고」, 『한국언어문학』, 제5집, 한국언어문학회, 2004. 6.

박수밀, 「用事와 패러디의 상관관계 고찰」, 『온지논총』, 온지학회, 2007.

정끝별, 「21세기 패러디 시학의 향방 – 90년대 이후 한국 현대시를 중심으로」, 『한국언어문화』, 한국언어문학회, 2005.

구모룡, 「패러디 시학의 이데올로기, 『한국문학논총』 제18집, 한국문학회, 1996. 7.

김준오, 『현대시의 환유성과 메타성』, 살림, 1992.

김준오, 『한국현대시와 패러디』, 현대미학사, 1996.

고현철, 『현대시의 패러디와 장르이론』, 태학사, 1997.

정끝별, 『패러디 시학』, 문학세계사, 1997.

5 『김수영 전집』 2, 「제 정신을 갖고 사는 사람은 없는가」, 141쪽.

6 『김수영 전집』 2, 350쪽.

7 장석주, 『문학의 죽음』, 한국문연, 1994, 17쪽.

패스티쉬(pastiche)는 모조화, 모방하고 긁어모은 것이다. 즉 관객이 코미디언의 흉내만 내면 패스티쉬이고 풍자성을 드러내면 패러디가 된다. 패러디는(parody)는 패러디아(parodia)라는 명사에서 그 어원을 찾는다. ‘para’는 텍스트 사이의 대조의 뜻 외에 친숙, 일치의 두 개념을 가지고 있다. 패스티쉬는 차이보다 유사성을 강조한다. 그에 비해 패러디는 비판적이다.

패러디는 원전의 모방과 변형, 희극성이라는 세 가지 요소로 구성되며 풍자적 목적을 실현하는 주요한 방법이다. 타자나 자아를 야유하고, 원전의 형식이나 문체를 패러디하며 독자를 조롱하기까지 한다.

사람들이란 해 기울면

어려운 맘 거북한 맘[8]
눈치보는 이 가냘픈 맘
그대 온누리에 가장 아름다운 계집
무우꽃처럼 아무렇게
아무렇게 피었지만
암만 해도 아무렇게 보여지지 않는
이 굳센 사나이의 뚝심
무우꽃 밑둥 꺽어 뭉텅이로 건네이면
콧방귀 뀌며 팔랑팔랑
뒤 안 보고 내빼다가
언덕배기 그늘 아래
망설이고 있을 테지
네 이년 게 섰거라

---

8 시 본문 굵은 글자는 필자가 임의로 한 강조표시임.

쏜살같이 달려가서
하얀 목덜미 거머쥐고
눈을 부라리다
어머어머 놀라며는
입맞춰 주어야지
김치 넣고 국수 비벼
한 그릇 뚝딱 먹어치우고
이런 얘기 저런 얘기
둘이 함께 할 테지만
사람들이란 해 기울면
눈이 벌써 슬퍼지니─.

— 김영승, 『몸 하나의 사랑』, 48쪽.

‘온 누리에서 가장 아름다운 계집’과 ‘김치넣고 국수 비벼 한 그릇 뚝 딱 먹어가며’ 이런저런 이야기 나누며 오랫동안 함께 있고 싶은 연인의 마음을 정경화 한 이 시는, 첫 3행까지 크리스마스 캐럴송의 리듬을 본 따서 만남의 찰나를 안타까워하고 있다. 축제는 즐겁지만, 흥겨운 만큼 시간의 속도감은 반비례 한다. 더더욱 저물어가는 한해의 끝자락에서 맞 이한 12월의 축제의 아쉬움은 더 클 것이다. 하루가 저물어가는 해질녘에 헤어짐을 앞 둔 연인들은 마음이 ‘거북’ 하다. 이별의 ‘눈치’ 를 보며 ‘가 냘픈’ 마음으로 흔들리는 ‘무우꽃’ 을 애써 ‘뚝심’ 있게 응시하려고 애쓰 지만, 이미 눈은 ‘슬픔’ 으로 흔들리고 있다.

이 시는 모방적 패러디로서, 미셸 페쇠(Pecheux, M)식으로 말하면 원텍 스트와 패러디된 텍스트 사이에 상동관계인 동일성의 패러디이다. 또한 프레드릭 제임슨(Jameson, F)식으로 말한다면 원텍스트와 어떤 ‘거북’ 한 관계도 없는 공허한 패러디가 된다.

발바닥 대가리

개 발바닥 닭 발바닥
닭 발바닥 소 발바닥
소 발바닥 말 발바닥

발바닥이 좋아요

개 대가리 닭 대가리
닭 대가리 소 대가리
소 대가리 말 대가리

대가리가 좋아요

그 발바닥 그 대가리
입 맞추며 호호 불며
밤새도록 만지고 싶어

개 같은 놈 닭 같은 놈
닭 같은 놈 소 같은 놈
소 같은 놈 말 같은 놈

시름 많은 나 같은 놈
자꾸자꾸 술 마셔요

— 김영승, 『몸 하나의 사랑』, 49쪽.

현대에 있어서 패러디의 기능은 계속 확장되고 있으며, 생산적 양상을 띠고 있다. 현대문학에서 패러디는 중요한 하나의 양식으로 자리매김하고 있다. 인터넷이라는 글쓰기의 공간이 자유롭게 형성되면서 청소년에서부터 비문학인들까지도 패러디 시학에 합류하고 있음을 본다.

이 시의 첫 행은 시중에 떠돌아다니는 게임을 그대로 옮겨왔다. '게임은 게임을 진행하기 위한 도구일 뿐이다' 라는 생각을 하는 순간 '발바닥이 좋아요' 가 귓전에 맴돈다. 돈족과 우족을 게임을 하면서 먹듯이, 인간에게 짐승은 하나의 생명성을 지닌 우주의 생명체가 아니라, 놀이나 유희의 대상이며 먹거리에 불과하다는 것을 냉소적 어조로 풍자하고 있다. 그리하여 마침내 인간의 '두뇌' 도 생각하는 '머리' 가 아닌 짐승 '대가리' 로 전락한다. '대가리' 가 좋고 '만지고 싶다' 는 것은 일종의 반의어다. 이미 사람은 '놈' 으로 전락한 비인간이다. 그러나 시인은 깨어있다. 취하지 않으면 세상과의 불화를 견딜 수 없어 '자꾸자꾸' 술로서 명증한 두뇌를 둔감시키고 있는 중이다.

패러디는 대상을 비판하고 희화화하는 동시에 대상 스스로가 자각하게 하고 반성하게 하는 예리한 통찰을 담고 있어야 한다.

정효구는 김영승의 시세계를 '취객' '거지' '아이' 라는 세 개의 어휘를 통해 시인의 정신과 영혼이 놓여 있는 거점을 고찰하고 있다. 즉 '취객' '거지' '아이' 는 세속 사회 바깥에 머무는 아웃사이더들이라는데 의미와 상징성을 두고 살펴보고 있다. 그가 술을 마시는 행위는 자의식의 깨어남이며 현실에 대한 냉철한 객관적 인식을 견지하는 하나의 방법인 것이다. 디오니소스적인 상황 속에 자발적으로 들어감으로써 아폴로적인 현실 속에서는 결코 볼 수 없는 세계를 투시한 시인이다.[9]

김영승에게 패러디는 단순한 수사학이 아니라 파괴되어가는 현대인의 인간성을 제시할 수 있는 전략적 방법이자 정신이다.

---

9 정효구, 『몽상의 시학』, 앞의 책, 96쪽.

지옥에 간 나

고름 한 사발 마시겠는가
아니면 가래 한 사발 마시겠는가

호랑이 코에 붙은 돈도 떼어다가
나는 술을 마셨지만

아름다운 분이여 부디
나에게 피를 마시게 마옵시고
맑은 눈물을 마시게 하옵소서.

설사에 밥 비벼 먹겠는가
아니면 월경 국물에 밥 말아 먹겠는가?

죄 지은 것을 벌하시는
아름다운 분이여
나는 이곳이 좋습니다.

이곳에서
나는 고통스러워하고
그리고 또 이것저것 뻔뻔스럽게
원하면서 삽니다.

— 김영승, 『몸 하나의 사랑』, 81쪽.

이 시의 배경에는 김현승의 「가을의 기도」와 기독교의 「주기도문」이
뒤섞여 있는 혼성 모방적 패러디를 취하고 있다.

패러디란 하나의 특정 대상을 깨뜨리면서 동시에 독자를 위해 그 대상
을 다시 새롭게 만든다. 결국 패러디는 하나의 예술작품 형식을 변형하

고, 패러디 작가에 의해 하나의 새로운 예술창조의 가능성의 지평을 여는
것이 되지만, 그 가능성의 지평은 이미 독자에 의해 친숙하게 알고 있는
구조마저 패러디 작가에 의해 더 복잡하고, 혼란스럽게 재창조되는 것이
된다. 앞서 말한 패러디의 도구로서의 '낯설게 하기'(defamilarization) 책략
이 이 경우에 해당된다.

예술 상호간의 담론인 패러디는 오랜 역사를 지닌 예술의 양식이다.
패러디는 이전의 예술 작품을 재편집하고 재구성하며 전도시키고 초맥
락화 하는 통합된 구조적 모방의 과정[10]이다. 즉 패러디는 텍스트의 주
제는 물론 그 주제를 다루는 방법과 그 과정에 있어서까지 변화를 주기
때문에, 어떤 대상의 진실을 재현하는 데 있어 파괴와 동시에 창조라고
하는 양면적인 심미적 기능을 본질로 가지고 있다.

인간을 구원하겠다는 종교는 부패하여 '고름'의 역겨운 냄새를 풍기
며, 이미 병들어 '가래'를 토해내고 있다. '어린아이의 코 묻은 돈'과 '노
인들의 쌈지돈'도 떼먹는 도덕적, 윤리적 타락의 공간이 바로 '지옥'이
아니고 무엇이겠는가.

3연에서는 신이나 종교 지도자들을 '아름다운 분'이라는 반어법을 사
용하여 조롱하고 있다. 그 더러운 '피'를 나에게 강요하지 마시고, 인간
의 '눈물'을 돌려달라고 애원한다. '피는 물보다 결코 진함'이 아니라 '물
은 피보다 따뜻함'을 먼저 알게 하시고, '설사로 밥 비벼 먹을 수' 없듯이
지극히 상식적인 차원의 인간회복을 기원하고 있다. 종교의 허위의식을
폭로하고 있는 것이다.

패러디는 권위나 엄숙주의·허위의식에 대한 부정이요, 비판의 형식이

---

10 Linda Hutchen, 『A Theory of Parody』, 김상구, 윤여복 역, 문예출판사, 1995, 23쪽.

다. 즉 지배 이데올로기에 대한 풍자의 형식을 띠고 있다. 패러디는 진지한 것, 신성한 것을 비속화하고 세속화하는 것이다. 패러디는 원전에 대해 비판적 거리를 두는, 그래서 원전을 풍자적으로 변형시키는 기법[11]이다.

현대시에서 희극적 리듬에 적격인 언어유희는 진지한 것, 신성한 것을 비속화하고 세속화하는 패러디의 가장 두드러진 전략이다.[12]

겨울 슬픈 겨울

동창이 밝았느냐 동창이 밝았으렴
굶는 늙은이 우지진다 굶는 늙은이 우지지렴
개 잡는 아이는 상기 아니 일었느냐 개 잡는 아이는 푹 쉬렴
쓰레기 더미 속 야윈 똥개는 잡아 무삼 하리요
태평가를 부르거나 절명시를 쓰거나
세상은 제멋대로 웃고 울고 개판인데
길은 미끄럽고 눈발은 흩날리는데
보따리 든 내 어머니 뇌진탕 걸리시겠네
술 취한 젊은 시인 또 돌아가시겠네
동창이 하염없이 끝없이 천 번 만 번 밝았으렴.

— 김영승, 『아름다운 페인』, 36쪽.

약천 남구만의 시조[13]는 농촌의 생동하는 아름다운 풍경과 농사일을 재촉하는 대표적인 권농가(勸農歌)이다. 일찍 일어나 부지런히 농사를 지어야 하지 않겠느냐는 가르침과 부지런히 일하는 건강한 모습이 작품 전

---

11 김준오, 패러디, 패스티쉬, 키취, 『현대시의 환유성과 메타성』, 앞의 책, 132쪽.
12 김준오, 『한국현대시와 패러디』, 앞의 책, 23쪽.
13 동창이 밝았느냐 노고지리 우지진다
　　소치는 아이는 상기 아니 일었느냐
　　재 너머 사래 긴 밭을 언제 갈려 하나니

반에 잘 나타나 있는 작품이지만, 김영승의 시에서는 게으르고 비전 없는 '뇌진탕' 걸린 '개판' 인 세상으로 패러디되고 있다.

삶의 사무치는 공허감 속에서 빠져나가기 위해서는 저항이 절실히 필요한데, 작중 화자는 무관심과 탄식만 늘어놓는다.

풍자는 도덕과 사회의 개선을 목표로 하되, 그 목표를 간접적이고 우회적으로 비판, 공격하는 풍자는 전략적으로 아이러니나 패러디를 통해 해석과정을 유도, 활용한다. 이러한 과정을 통해 패러디는 이전 작품에 대한 의도적인 왜곡과 굴절을 통한 주제의 변형을 시도하며, 그 변형과정은 궁극적으로 이전 작품과 그러한 시도가 이루어지는 당대 현실 두 가지를 동시에 겨냥한다.[14]

숙종임금에 대한 충성심과 신하로서 근면하게 살려고 하는 강한 의지와 지식인으로서 건강한 사회를 만들어 가겠다는 사회적 책임감이 서려 있다. 이에 비해 1990년대의 지식인은 세태에 아주 무심한 표정을 짓고 있음을 풍자하고 있다. 동창이 밝은들 뭘 하겠느냐고 하면서 절명시(絶命詩)나 적고 있는 것이다. 변화와 진보가 유보된 비전 없는 현실의 삶, 아이의 자리가 미래 없는 빈곤한 '늙은이' 로 치환되면서, '뇌진탕' 에 걸린, 즉 역사성이 결여된 죽은 시인의 사회를 풍자하고 있는 것이다.

열심히 일하는 우직한 '소' 가 아닌, 할 일없이 거리를 어슬렁거리며 배회하는 '개' 가 판치는 '개판' 인 세상인데, 이러한 '쓰레기 더미 속' 세상에서 자기기만 속에서 '태평가' 를 부르고 있는 것이다. '뇌진탕' 걸린 조국, 야윈 현실은 모두 우리의 책임이다. 패러디는 시대마다 다르게 사용

---

14 윤영옥, 「채만식 소설의 상호텍스트성과 패러디―「탁류」와 「태평천하」를 중심으로」, 『한국언어문학』, 제48집, 한국언어문학회, 2002. 6, 366쪽.

되고 그 시대의 이념성과 연결된다.

이 시는 화자 자신을 풍자하고 있다. 그에게 있어 풍자가(시인)와 풍자 대상은 동일인이다.

도덕적 감각이 마비된 무의지, 비현실성의 충동적, 게으른 인간을 풍자하고 있는 그는 작가 자신이다, 놀랍도록 풍자가의 모습이 완벽하게 숨겨져 있어 독자는 미처 역설을 파악 할 수 없다.

패러디한 텍스트의 담론은 패러디된 텍스트의 담론과 대화를 통해 효과를 갖는다. 패러디된 텍스트와 패러디된 텍스트 사이의 패러디 형식과 담론관계를 유형화하면 다음과 같다.

첫째는 패러디한 텍스트가 패러디된 텍스트의 이데올로기적 지향을 그대로 수용하는 형식인데, 이때 패러디한 텍스트와 패러디된 텍스트의 담론관계는 상동관계에 있게 된다. 이 패러디형식은 상동 형식이 된다. 둘째는 패러디한 텍스트가 패러디된 텍스트의 이데올로기적 지향을 이데올로기적 주제를 매개로 하여 변용관계에 있게 된다. 이 패러디형식은 변용형식이 된다. 셋째는 패러디한 텍스트가 패러디된 텍스트의 이데올로기적 지향에 대해 반대되는 이데올로기적 지향을 내세우는 형식인데, 이때 패러디한 텍스트와 패러디된 텍스트의 담론관계는 반대관계에 있게 된다. 이 패러디형식은 반대형식이 된다.[15]

반성 · 505

옥 속에 갇혀서도 만세 부르다

---

15 고현철, 「탈식민주의 문화전략과 패러디의 상관성 연구」, 『한국문학논총』, 제36집, 한국문학회, 2004, 7쪽.

푸른 하늘 그리며 숨이 졌대요

벌써 오래 전에
나는 그렇게 된 것 같다

그렇게 술 마시다
그렇게 발광하다
죽어간 것 같다

그렇게 그리워하다.

— 김영승, 『차에 실려가는 차』, 27쪽.

패러디를 고무시키는 대상은 정전화 된 혹은 잘 알려진 작품들인데, 패러디된 빈도수가 그 작품의 영향력을 입증해 주기도 한다. 유명한 작품들을 모방적으로 패러디하는 패러디스트의 동기는 원텍스트의 권위를 재생시켜 그 영향력을 강화시키거나 그 이상의 힘을 발휘하도록 하려는 의도에서 비롯된다.

3월은 '유관순 누나'로 상징되는 3·1독립정신의 달이다.[16] 빼앗긴 나라를 찾겠다는 그 열망은 옥중에서도 사그라지지 않았다. 차라리 그 감옥은 꿈과 의지의 공간이기 때문에 감옥이 아니라, 꿈을 건설할 수 있는 변형된 공간이다.

그러나 위 시의 작중화자가 처한 공간은 사뭇 다르다. 즉 미셸 푸코(Foucault, M)가 말한 세상의 감옥, '현실이 감옥'인 것이다. 우리는 이 척박하고 숨통 조이는 현실에서 '푸른' 세상을 꿈꾸며 오늘도 그리워하며,

16 '삼월 하늘 가만히 우러러 보며/유관순 누나를 생각합니다/옥 속에 갇혀서도 만세 부르다/푸른 하늘 그리며 숨이 졌대요.' (「유관순 노래」 전문)

‘발광하다’ 죽어 갈 것이다.

이러한 구조는 원텍스트에 대한 상동형식의 패러디이며, 동일성 패러디로 볼 수 있다.

정효구는 그의 서평에서 김영승 시인을 세상의 인식과 삶에 익숙하지 않는 ‘낯설기만’ 한데에서 오는 절망을 시화했다고 하지만,[17] 오히려 『취객의 꿈』이나 여타 그의 시집에서 드러나는 김영승 시인은 세상을 자기 몸의 피부처럼 잘 알고 있는 것이다. 거기에서 그의 풍자시의 출발점이 놓여 있다.

思美人曲[18]

이 몸 삼기실 제 그 뉘를 좇아 삼기지 않았는데
이 몸 어머니 몸 속에서 삼겨
어머니 몸 아프게 하며 괴롭게 하며 울고 나왔네
어머니 젖 먹고 어머니가 눈물로 지은 밥도 먹고
어쩌다가 엉망진창 팔다리 옆은 가슴 또 길게길게 자랐네
이 몸 술독 속에서 녹아
님 그림자를 맴돌다가
마른 눈으로 들어갈 수 없는 곳
눈물 없이는 들어갈 수 없는 곳
사랑하는 우리 기룬 님의 그림자 속으로 기어들어갔네
아파하며 괴로와하며 울며울며 들어갔네
이 몸 사라질 제 님을 좇아 사라지네.

— 김영승, 『취객의 꿈』, 21쪽.

---

17 정효구, 앞의 책.
18 이 몸 삼기실 제 님을 조차 삼기시니, 한생 연분(緣分)이며 하날 모랄 일이런가. 나 하나 졈어 잇고 님 하나 날 괴시니, 이 마음 이 사랑 견졸 대 노여업다.(하략)

사미인곡은 송강 정철의 가사로서 선조에 대한 연모의 정을 노래한 것으로 총 63절 126구로 이루어져 있으며 속편으로 속미인곡이 있다. 원텍스트가 변치 않는 충절가라면, 패러디 텍스트는 어머니에 대한 애절가이다. 충신가가 아니라 불효가이다. 자기풍자는 자의식이 작용하고 있다.

그의 여타 대부분의 작품들에서 화자는 자의식은 과하고 현실 적응력과 생활능력은 부족한 무능한 인물들이다. 화자는 매우 독특한 모습을 취하고 있다. 술을 마시거나 상대방의 결점과 무지함을 냉소하거나 타자를 관찰하거나 비꼬고 있는 중이다. 그런 화자는 겉으로 보기에는 단순한 인물처럼 보이지만 사실은 복잡한 내면 의식의 소유자이다.

김영승은 자기 자신이나 가족을 패러디한 작품이 적지 않다. 시인이 자신을 시적 모티브로 삼아서 패러디한다는 것은 자기 반성적이거나 자아 성찰적인 경우이다. 패러디는 대상에 대한 조롱인 동시에 스스로 아파지는 뼈아픈 통찰을 담고 있어야 한다.[19]

김영승은 「思美人曲」, 「續美人曲」,[20] 「失美人曲」,[21] 「諺語－김삿갓,

---

19 「생산적 패러디를 위하여」, 『당대비평』, 통권 제6호, 1999. 3, 생각의 나무, 488쪽.
20 여드레 가슴 아흐레 눈 그리매
　　님하 하늘 모를 일이런가
　　밴대 아낙 개짐에도 붉은 보름달 걸리어
　　말씹조개처럼 벌어져도 가이없는 님 마음 버힐 수 없어
　　무얼 훔치리이까 님을 알고 있는 하늘 훔치리이까
　　한 해 하고도 또 몇 달 일을
　　한 달포로 챙겨
　　예 있고 제 있고 버들에 낀 내 같은
　　님 눈썹에 있는데
　　열 나흘 가슴 열 닷새 눈 그리매
　　님하 글쎄 하늘 모를 일이런가.
　　　　　　　　　　　　　　　　— 김영승, 『취객의 꿈』, 청하, 1988, 23쪽.

幻生」²²에서 향가나 고려가요의 음과 분위기를 모방해서 현대인의 인간 군상들을 패러디하고 있다.

그는 현대의 가곡이나 가요, 동요, 현대시, 고시조 등 전 장르의 작품을

---

21 님하 내 코도 부러져 삐뚤고
　　내 이빨도 부러져 피 많이 흘렸네
　　님하 내 갈빗대 둘 부러져
　　맑은 바람 마실 때마다 가슴 탱탱 울렸네
　　님하 님 그리매 속에서 휘청거릴 때마다
　　걸음걸음 옮길 때마다 굵은 가시 또 가슴에 박혀
　　피리 소리 아름답게 들렸네

　　가시거들랑 모래밭에 쓴 내 이름
　　다시보고 하냥 우소서 하늘과
　　땅이 바뀌어 별빛 같은.

— 김영승, 『취객의 꿈』, 청하, 1988, 105쪽.

22 섬어 – 김삿갓, 환생

　　'仁玉' 이 '나' 에게:

　　슬허하지 마소서 **님이시여**
　　하늘 고마*시며 누리 갓*이신
　　도투락댕기 매신 버텅아래*시여
　　도끼나물 도끼버섯 하나 없어도
　　든벌 난벌 얇은 속곳 다 벗어 주시고
　　빨간 두 뺨 가슴에 묻은
　　솔잎 향기 **높으신 분이시여**

　　저자엔 모르는 말씀 하많기에
　　미친년 볼기짝같이 내민 **뻔뻔한** 얼굴들 놓고
　　모래무지 송사리 예쁜 짱아 얘기하고 있는
　　시대착오자시여 철부지시여 말썽꾸러기시여

　　간지럼 타듯 아파하지 **마소서.**

　　* 이상은 古語로서 그 뜻은 고마[妾]·갓[妻]·버텅아래[陛下]이다.
— 김영승, 『취객의 꿈』, 청하, 1988, 58쪽.

적절하게 차용, 변용하여 패러디화 하고 있다.

패러디는 익히 알고 있는 낯익은 형식을 모방하여 기존이데올로기를 강화시키거나, 부분적 변용을 통해 기존의 낡은 이념을 우회적으로 풍자, 비판함으로서 계층 상호간의 사회적 시야를 공유할 수 있는 방법이다.

또한 패러디는 자동화되고 굳어버린 과거의 전형을 깨뜨림으로써 형식과 담론 내용사이의 관계를 변증법적으로 갱신하거나 탈피하려는 적극적인 방법론이 된다.[23]

패러디는 풍자를 통한 원작의 해체 및 창조적 재구성이다. 패러디는 원텍스트의 구조를 해체시켜 새로운 각도에서 접근하는 것으로서 패러디는 재미와 카타르시스를 병행한다.

권태 · 882

43.05kg.
목욕탕 거울에 비친 내 모습이……황홀하다.
눈부셔라.

무슨 저어 갈 데가 없어서, **험한 바다 물결 건너 저편 언덕에……로 저어 간 단 말이냐. 희망의 나라로.**
인간은 카멜레온보다도 더 가변적인, 시시각각 급조된 한계상황의 영원한 '또라이' 들.

어제는 1992년 10월 28일 수요일. 시한부 종말론자들이 믿는 소위 '휴거' 예정일.

---

23 린다 허천, 앞의 책, 93~95쪽.

양념통말자지(씹)구이나 통말자지(씹)소금구이를 해서 내면 잘 팔릴 텐데.

어릴 적 인천의 인현동, 작은 숙부叔父 쏙선생이 우리 삼형제를 데리고 자주
갔던 화평동의 「염불집」, 그 그냥 석쇠에 고기를 구워 소금 찍어 먹는 곳. 그
「염불집」은 아직도 신포동에 옮겨져 있는데……
살은 다 어디로 갔나. 고기는 누가 다 먹었나.
Enoch Arden이여,

아아, 이런 피조물들……
늙으신 어머니와 형, 그리고 아내와 어린 아들을 보니 눈물만 흐른다.

—『권태』, 73~74쪽.

이 시는 냉소와 비꼼이 시의 행간을 넘나들어 김영승식으로 표현하면
'눈부시다'. 43kg밖에 안 되는 몸뚱이 무에 그리 눈부시겠는가. 상당히
냉소적이고, 한편 반어적이다. 2연에 가서는 더욱 신랄하다. 고작 노저어
간 곳이 '험한 바다' 건너 가보니 평지가 아닌 '언덕'이다. 그곳이 '희망
의 나라'라니, '인간은 영원한 또라이들'이라고 비꼰다. 가곡 「희망의
나라」를 조롱한다기보다, 줄기차게 노래만큼이나 민초들을 세뇌시키는
거대한 권력과, 별 생각 없이 받아들여 열창하는 대중들에 대한 힐난이고
희화화이고 비판이다.

그 '언덕 저편'이 '희망의 나라'가 아님은 종말론자들이 믿는 '휴거'일
이 역설적으로 증거 해 주고 있고, 또 한편 도피주의자들은 '언덕 저편'
에 '희망의 나라'가 있음을 놀랍도록 확신하고, 보이는 현실은 철저히 무
시하는 '또라이들'이라는 것이다.

오늘날 패러디는 새롭게 하는 힘을 부여 받았다. 반드시 새롭게 할 필
요는 없지만 새롭게 할 능력을 가진 것이다. 패러디와 '현실세계' 간에는

이중적 성격, 즉 심미적 사회적 견지에서 보수적 충동과 변혁적 충동이
혼합되어 있음을 결코 잊지 말아야 한다.[24]

권태 · 15

나는, 힘이, 없다……

이제 오냐 씹새꺄, 아이야, **우리 식탁 은쟁반엔**……식탁은 무슨 식탁이냐 잘
났달까 봐, 그냥 밥상, 우리 밥상, 우리 밥상 사과궤짝 거꾸로 놓은 것 위엔 째
벼온 찌그러진 후라이판 위엔 하얀……아니 빨간 이태리 타월을……**하얀 모시
수건으로** 무슨 똥구멍 빡빡 닦을 일 있냐? 치질 걸린 놈?

내 고장 7월은 무슨 청포도가 익어 가는 계절도 아니고, 무엇 하나 익어 가
는 계절도 아니고, 내 고장 1,2,……12월은 그 무엇 하나 익어 가는 것 없는 계
절이고……**술 익는 마을마다 타는 저녁놀도** 아니고, 술 넘치는 마을마다 낭자
한 아침 점심 저녁 노−팬티고, 정액이고 핏물이고 그런데……

그때나 지금이나 배고프고 인심 좆같기는 마찬가지, 자기 인심 좆같지 않다
고 잘난 척하다가 간 시인들이여!

저항할 힘이 있었고, 대학 교수를 했었다. 히히.
만세!

—『권태』, 38쪽.

패러디는 원 텍스트와 당대 현실 두 면을 동시에 겨냥한다.

박목월의 「나그네」의 작품은 옹기종기 모여 인정을 나누며 마음 넉넉

---

24 린다 허천, 앞의 책, 187쪽.

하게 사는 인심 좋은 마을이다. 술이 익어가는 넉넉한 마을의 모습과 모두가 꿈꾸는 정겨운 마을에서 바라보는 저녁노을은 따뜻하기까지 하다.

작중화자는 항변한다. '그때나 지금이나 배고프고 인심 좋같기는 마찬가지, 자기 인심 좋같지 않다고 잘난 척하다가 간 시인들이여!' 현실의 배고픔을 외면한, 부르주아의 삶에 대한 신랄한 비판이 내재되어 있다.

이육사의 「청포도」 작품의 강점이 색채의 대비를 통해 보여주는 색감의 이미지의 탁월성이라면, 김영승의 시는 성감과 욕설의 소리 이미지가 행의 바깥까지 빠져나와 윙윙거린다.

성적 이미지는 진지한 태도를 희극적으로 하락시키는 데 가장 효과적이다.[25]

이육사의 「청포도」는 전통과 역사성을 강조한 민족의 정체성 확립을 도모한 작품으로 근면과 노력으로 선의 이데아를 실천하고, 누구보다도 아름다운 나라를 건설하고자 하는 열망을 담고 있다. 육사는 독립 운동가이며 불의와 부조리한 시대에 저항하였다.

그렇게 지조를 지키는 지사가 될 수 있었던 것은 당장 밀린 세금이나 끼니 걱정을 하지 않아도 되는 퇴계 이황의 14대손으로 전통과 역사를 가진 명문 가문의 후손으로서 독립운동을 할 수 있었던 든든한 배경을 가졌다는 것이다.

패러디는 모두 모방과 관련이 있으며, 패러디는 원텍스트의 매너리즘과 스타일상의 고유성을 이용하고 그들의 특이성과 기벽성을 이용함으로써 원본을 조롱하는 모방을 만들어 낸다.

따라서 위대한 패러디 작가는 원본에 대한 어떤 은밀한 공감을 가진다.

---

25 김준오, 『한국현대시와 패러디』, 앞의 책, 23쪽.

패러디는 원전의 이미지를 토대로 출발하되 그 이미지를 해체하여 재생한다. 따라서 원전의 이미지는 풍자나 비판의 대상으로 남고 2차 의미가 생성되면서 재창조된다. 따라서 텍스트는 완결성을 지닌다는 인식 자체부터 해체한다. 또 다른 기법을 통해 그것이 패러디건 패스티쉬건 의미가 확장되기를 기다리고 있는 미결의 텍스트일 뿐이다. 따라서 미규정성인 채로, '과정'으로 머물고 있을 뿐이다. 패러디 쪽에서 바라볼 때 작품은 불확정성이다. 그런 면에서 패러디는 과정과 과정을 연결해주고 완결성을 지향한다.

패러디 시학은 변화와 위기에서 형성된 의심의 해석학이다. 이것은 전통시학, 본질시학의 권위에 대한 도전과 단절이다. 이것은 전통시학이 강조한 근원, 본질, 동일성 등을 부정하고 현상과 차이들을 수용한다. 이러한 수용은 궁극적으로 존재와 세계에 대한 재해석을 동반하게 한다. 그렇기 때문에 이것은 패러디 시학을 사회 역사적이고, 이데올로기적인 문맥에 위치시킨다. 그것은 때로는 불가피하게 정치적이게 된다.[26]

패러디(parody)는 전통적인 모방양식의 기법이다. 과거의 문학 작품을 대상으로 해서 그것을 우스꽝스럽게 만들거나 또는 그것에 빗대어 다른 무엇을 비판, 풍자하는 문학의 기법을 말한다. 에이브람스(M. H. Abrams)는 패러디를 특정한 작품의 진지한 소재와 태도, 또는 특정 작가의 고유한 문체를 모방해서, 그것을 저급하거나 매우 걸맞지 않은 주제에 적용시키는 것으로 규정하고 있다.[27] 즉 패러디는 진지한 것, 신성한 것을 비속화하고 세속화하는 것이다.

---

26 김준오, 『도시시와 해체시』, 앞의 책, 174쪽.
27 M. H. Abrams, 『A Glossary of Literary Terms』, 권택영·최동호 편역, 새문사, 1989, 292쪽.

이육사의 「청포도」[28]와 박목월의 「나그네」[29]를 쓴 작가와 작품, 현시대를 동시에 패러디 하고 있다. 손님 오시는 마당에서부터 거칠게 반긴다. 정작 먼 곳에서 지사처럼 찾아오는 지인이 있어도 '사과궤짝 거꾸로 놓은 밥상위에 찌그러진 후라이판' 위에서 한 끼를 나눠야 하는 남루한 현실이다. 꿈도 야망도 있지만 1990년대 시인의 현실은 꿈 꿀 수 있는 터전도 없으며 비루하기 짝이 없다. 누구도 '익어갈' 때까지 기다려주지도 않는다. 계절과 과일이 익어가듯이 세월 따라 성숙해 지는 시대도 아니다. 한마디로 '인심 좋 같다' 곳곳에는 '정액'과 '핏물'이 낭자한 미친, 광기어린 '좆 같은' 시대이다.

육사와 목월은 현실적으로 안락한, 꿈꿀 수 있는 배경을 가지고 있었기

---

28 내 고장 칠월은
청포도가 익어가는 시절
이 마을 전설이 주절이주절이 열리고
먼 데 하늘이 꿈꾸며 알알이 들어와 박혀
하늘 밑 푸른 바다가 가슴을 열고
흰 돛 단 배가 곱게 밀려서 오면
내가 바라는 손님은 고달픈 몸으로
청포를 입고 찾아 온다고 했으니
내 그를 맞아 이 포도를 따먹으면
두 손은 함뿍 적셔도 좋으련
아이야, 우리 식탁엔 은쟁반에
하이얀 모시 수건을 마련해 두렴
29 강나루 건너서
밀밭 길을 구름에 달 가듯이 가는 나그네
길은 외줄기
남도 삼백리
술 익는 마을마다
타는 저녁놀
구름에 달 가듯이
가는 나그네

에 저항도 하고 지조도 지키고 지사도 될 수 있었다는 것이다. 그러나 이 시대의 가난한 시인을 반기는 곳은 없다. 정신은 무가치하게 여기고, 쾌락과 몸만 있는 시대에 시인이 서 있을 곳은 지하 월셋방 뿐이다.

이육사나 박목월의 시적언어를 비시적 언어로 환치시킴으로 해서 지식인, 지배계층의 사고방식과 허위의식을 풍자한 패러디 시이다. 지사와 학자의 기반을 폭로하고 권위적 태도를 신랄하게 조롱한다.

패러디는 원전에 대해 비판적 거리를 두는, 그래서 원전을 풍자적으로 변형시키는 기법이다.[30] 풍자가 현실을 재현하고 비판한다면, 패러디는 현실을 재현한 텍스트를 다시 재현한다. 원텍스트의 권위와 관습을 조롱하고 희화화한다. 풍자는 원텍스트를 반드시 필요로 하지 않는 반면, 패러디는 원텍스트를 반드시 필요로 한다는 차이점이 있다.

그의 시들은 타락한 자본주의의 현실과 그것에 휘둘리는 욕망의 세태를 야유하고 풍자하기 위하여 전도된 삶의 현실을 시의 내용으로 삼았다.[31]

패러디는 원전에 대한 모방의 형식이면서 비평의 형식이다. 풍자는 공격적이거나 저항성을 띤다. 풍자는 긍정이 아니라 부정이며 비판이다.

풍자, 올바른 저항적 풍자는 시인의 민중적 향연을 창조한다. 풍자만이 시인의 살 길이다. 현실의 모순이 있는 한 풍자는 강한 생명력을 가지고, 모순이 화농하고 있는 한 풍자의 거친 폭력은 갈수록 날카로워진다. 얻어맞고도 쓰러지지 않는 자, 사지가 찢어져도 영혼으로 승리하려는 자, 생생하게 불꽃처럼 타오르려는 자, 자살을 역설적인 승리가 아니라 완전한

---

30 김준오, 『현대시의 환유성과 메타성』, 앞의 책, 132쪽.
31 이경호, 「〈눈 먼 창녀〉의 고백」, 276쪽.

패배의 자인으로 생각하여 거부하지만 삶의 고통을 견딜 수가 없는 자, 삶의 역학을 믿으려는 자, 가슴에 한이 깊은 자가 선택하는 것이다.[32]

로마의 귀족들은 노예들 앞에선 있으나마나 한 것처럼 그냥 아무렇지도 않게 그냥 스스럼없이 옷을 벗었단다. 특히 귀부인 썅년들이 더 그랬다.

그 우아한 알몸을 덜렁덜렁거리며 왔다갔다 하고 있는 걸 바라보고 있는 흑인 노예는 얼마나 꼴렸겠는가.

경우는 다르지만, 나도 내 아내한테 그렇게 한 건 아닌지……
그 모든 인간들을.

생각 해 보니, 이 더운 여름, **먼 데 여인의 옷벗는 소리 어쩌구**……[33] 그렇게 여우짓을 떤 놈이나 나나 다 똑같은 놈들이다.

—『권태』, 78쪽.

김영승시의 주된 기법은 풍자에 의존한 패러디다. 그의 시는 권위, 무지, 부르주아를 패러디를 통해 풍자하고 있다. 그의 언어는 노골적이고 불건전하고 거칠다.

황지우의 풍자시가 점잖게 신랄한 쪽이라면, 박남철과 김영승의 풍자시는 욕설과 성적 힐난이 주류를 이룬다. 말하자면 거친 풍자인 것이다.

이승하가 김영승의 시집『반성』(1987), 『권태』(1994)를 통해 '기상천외한 시집' 이라고 혹평을 한 것처럼, 때로 그의 시의 풍자의 수준은 형편없

---

32 김지하, 「풍자냐 자살이냐」 중에서
33 김광균, 「설야」 중에서

이 저급해서 눈살을 찌푸리게 하기도 한다. 육담과 욕설은 정도가 도를 넘어서 있다. 정도가 너무 지나쳐 풍자의 경지에까지는 나아가지 못하고 저급한 외설의 수준에 머물고 말았다는 평까지 나온다.[34] 김영승의 작품은 성에 대한 문제가 지나치게 노골적이거나 왜곡되게 표현된 부분이 많아 때로는 역겨움을 느끼게 한다. 그러나 이는 금기를 해체시키려는 전략적 글쓰기이며, 또한 작가 내면에 억압되어 있는 것을 대리표상으로 한 글쓰기 전략이라 할 수 있다.[35]

풍자시의 기본적 특성은 과격한 말과 과장된 상상력을 통하여 나타나는 강력함이다. 풍자시인들은 세상의 무질서와 신이 내려주신 본성의 변질을 고발함으로서 인간과 인간조건을 문제 삼는다.[36]

권태 · 777

사랑을 하면은 예뻐져요 어오 그런 노래가 있었지만 사랑을 하면은 눈깔이 멀어요 어오 나는 노래 부른다. 눈깔 좀 멀어 봤으면.
저 눈깔도 안 먼 새끼들이 내 앞에서 감히 사랑을 논하며 왔다갔다 한다.

정치하는 놈들 나부랭이들 그 개, 씨팔놈들만 그러는 줄 알았는데 글 쓰는 새끼들이 모이는 자리도 악수가 너무도 많다. 만나는 놈마다 악수다.

글 쓰는 놈들은 악수를 하지 말고 악수 대신 만날 때마다 차갑게 눈 흘기며 「쌍년……」 따귀를 한 대씩 때리고 그냥 지나쳐 버리면 어떨까.

---

34 이승하, 앞의 논문.

35 가와무라 미나토(1995)는 이를 '전위문학'(제도적인 것이나 표면의 틀을 파괴하는 드릴로서)이라 칭했다

36 김정숙, 「17세기 초 프랑스 풍자시의 특성」, 『민족과 문화』, 한양대 민족학연구소, 1995, 243쪽.

「개새끼……」하며 말이다.

아무리 호박 같은 여자도 사랑을 하면은 예뻐져요 어오 말이다.
「쌍년…」「개새끼…」

— 『권태』, 91쪽.

포스트모더니즘의 한 양상인 패러디는 현대예술의 중심개념으로서 이제 우리 삶의 일상적 실체가 되어버렸다. 광고, TV, 영화, 연극, 문학 등에서 패러디는 때로는 상품을 팔기 위하여, 또는 관객들의 기억 속에 오래 남기 위한 전략적 방법으로 동원된다. 때로는 예술의 심미성을 배가시키기 위해서 전용되기도 한다.

디지털시대에 정치와 패러디 사이는 분명히 밀착되어 있다. 패러디는 디지털시대와 밀착되어 있고 동시에 보다 나은 현실이나 타인과의 관계를 지향한다는 점에서 전략적 힘이 있다

문학, 영화, 시각예술, 그리고 음악은 모두 어떤 식으로든 '현실세계'에 대한 논평을 가하기 위해 패러디를 사용한다.[37]

패러디는 좀 더 대중을 향한 시학이다. 구모룡은 이를 '열린시학, 타자시학, 참여시학'[38]이라고 칭하고 있다. 패러디는 타자를 향해 열려 있고 현실을 향하고 있다는 것이다. 그러므로 패러디는 대화성의 열린 시학이다.

그의 시는 자본주의 상황에서 인간의 삶이 서서히 변질되어 가는 속악한 삶을 비시적 언어로 리얼하게 까발리고 있어 때로는 거칠고 민망하다.

---

37 린다 허천, 앞의 책, 180쪽.
38 구모룡, 앞의 논문, 170~175쪽.

이 시는 기만적이고 위선적인 사회와 인간을 조롱하며 풍자하고 있다. 첫 행은 심심찮게 전파를 타고 흘러 다니는 유행가 가사의 일부이다.

입으로는 '사랑' 타령이지만 진실이 배제된 사랑이다. 인간관계 속에서 조건부의 사랑이나 자기기만적인 사랑만 난무하는 상투적 허실을 폭로한 현실에 대한 풍자와 패러디이다. 하나같이 허위공약만 남발하는 정치꾼들 못지않게 글쟁이들의 허위의식이나 반휴머니즘도 비판의 대상이다. 글쟁이들은 정치꾼들을 칼보다 강한 펜으로써 부패하고 분열되고 황폐화된 시대와 왜곡과 파행으로 치닫는 개판인 현실을 고발하고 계도할 수 있어야 한다. 그런데 이 시대에 가장 첨예하게 살아 있어야 할 글쟁이들이 무딘 칼날을 잡고 있고 정신은 썩고 고여 있다. 정화의 마지막 보루인 글판이 썩어 있다면 김지하 식으로 표현한다면 똥통 세상을 누가 정화하겠는가. 그 사회는 혼란과 부패만 난무할 것이다. 따라서 글판은 눈을 부릅뜨고 형형한 눈빛으로 세상을 주시하고 있어야 한다. 그 어떤 곳보다 훨씬 더 도덕과 가치와 진실의 잣대가 요구된다.

우울한 시대이다. 허위의식과 권위의식, 권력의 힘만이 판치는 현실을 가차 없이 조롱하고 풍자하고 있다. 비속어의 사용은 권위주의 체제에 대한 방법적 파괴에서 나온 것이다.

김영승은 어떤 권력적 실체도 인정하지 않고, 어떤 권력적 실체에도 지배받지 않은 소수의 상태를 꿈꾸는 완전한 자유인이자 회의하는 지성인이다.[39] 그의 태도는 저돌적이고 과격하지만 근본적으로 지성적이다. 그의 눈에는 모든 것이 냉철하게 관찰되고 분석되며 해부된다.

그의 시는 타락한 현실, 야비한 시대를 패러디 하고 있다. 타락한 방법

---

39 정효구, 앞의 책, 116쪽.

으로만 타락한 현실을 담을 수밖에 없다는 루카치(Lukács. G)의 말처럼, 뒤틀린 현실을 뒤틀린 욕설에 담아 풍자를 시도하고 있는 것이다. 조소와 냉소성을 띄고 있는 패러디는 뒤틀려 있는 인간과 현실을 담아내기에 안성맞춤이었던 것이다.

패러디는 대중의 은폐성을 띤 것일수록, 또한 은밀할수록 중요한 대상이 된다. 은밀한 것이 노출되었을 때 대중은 은밀한 고통과 좌절 속에서 뛰쳐나올 수 있을 것이며, 속앓이로부터 해방감을 획득할 수 있을 것이다. 패러디는 작품 상호간의 관계망에서 발생되는 작가의 도구적 전략이다.

따라서 당대 현실의 이데올로기나 치부가 첨예하게 드러난다. 따라서 패러디에는 현실 집단의 사회적 초점이 놓여있고, 상층집단의 관습적으로 오랫동안 축적되어온 이데올로기나 권위와 불합리의 상투적 허실을 풍자하게 된다.

패러디는 가면을 제거하는 장치이다. 권위의 가면, 허위의 가면, 껍질의 가면을 벗겨 실체를 폭로하거나 조롱하는 것에서 그치는 것이 아니라 나아가 독자들에게 마지막 보너스로 카타르시스를 안겨주고 유유히 사라진다.

김영승의 패러디 전략은 제도와 권력, 성과 돈, 관습과 권위의 지배논리로부터 벗어나기 위한 글쓰기이며, 자신을 옭아매고 있는 심리적 압박으로부터 벗어나 자유를 꿈꾸는 글쓰기이다.

그의 시에서 저자의 권위는 존재하지 않는다. 시 전체를 지배하려는 자세를 이미 버렸다. 저자의 몫인 권위를 이미 독자와 나눠가지기를 작정하고 있는 듯하다. 스스로 권위를 내놓음으로써 패러디의 힘이 나온다.

나는 李朱一*이 좋다. 이주일이 좋은 까닭은 이번에 그의 외아들이 비명에 횡사했기 때문이다. 그대가 사랑하는 사람이 죽어 봐라. 그대는 나의 사랑을 받을 것이다.

그대의 부모가 형제가 자식이 아내가 연인이 죽어 봐라.

나의 깊은 사랑을 받을 것이다.

그러니 그대가, 그대가 깊이 사랑하는 어떤 사람을 죽였다고 해 보자. 그대는 얼마나 많은 나의 사랑을 받겠느냐.

애통하는 자는 복이 있을 뿐이다.

---

* 본명, 정주일(鄭周逸), 코미디언, 현 통일국민당 국회의원.

— 『권태』, 94쪽.

상당히 언어 폭력적이다. 죽음을 거론하면서까지 사람들의 정서의 빈약성을 비판하고 있다. 인간은 상처, 고독, 좌절의 극한의 끝에서 만나는 삶의 유한성 앞에 겸허할 수밖에 없으리라. 시적 화자는 적어도 그런 사람이 그리운 것이다. 진정으로 슬퍼할 것들 앞에서 온몸으로 애통해 할 때 하늘은 그에게 길을 안내해 줄 것이다. 역설적이게도 애통 할 줄 알아야, 복이 온다니, 이것이 어쩌면 삶이 가지는 모순된 진실이고 힘이다.

기존 텍스트와 현재 텍스트의 거리를 유지하는 패러디는 원작을 재구성하는 창조적 모방이다. 원작의 형식이나 (문체 · 구성 · 어조) 리듬을 차용하면서도 원작에 대한 조롱이나 비판을 하기 때문에 원작에 바탕을 두고 있되, 그것을 건너뛰고 있는 것이다.

패러디는 기존의 작품을 모방하되, 모반을 시도한다. 패러디는 정전(canon)이 갖고 있는 권위 속에 존재하는 불합리에 도전하고 이를 해체하는 것을 지향하기 때문에 패러디는 일종의 반추의 미학이다.

패러디는 사회적 장르이다. 따라서 패러디가 성행하고 있고 어떤 양상으로 표출되고 있는가를 살피는 것은 그 시대의 현상과 직면하는 것이고 조롱의 대상을 만나는 것이다. 다시 말해 사회의 문제점과 개선해야 할 주체를 인식하는 것임으로, 패러디는 근본적으로 폭로의 양식이다. 원작을 변형하고 과장해 익살과 풍자로 재창조한 패러디는 이제 우리사회에서 대중장르의 하나로 안착했다.

일반적으로 협의의 패러디는 특정한 작품과의 비판적 거리두기를 통해 풍자에 의한 희극적 효과를 산출하는 문학형식으로 이해되었다. 이에 반해 광의의 패러디는 다성성, 상호텍스트성, 메타픽션, 혼성모방 등과 함께 지극히 포괄적인 의미를 가진다.[40]

패러디는 '모방'과 '거부'라는 양면성을 가진다. 또한 '닮음'과 '환멸감'을 동시에 품는다. 아울러 '모방'과 '변용'이라는 구성원리을 지닌다.

그 어느 시대보다 현대에 와서 패러디가 가장 일반적인 양식이 되고 있는 것이다.

패러디는 원텍스트를 조롱하거나 희화화하여 풍자로 나아간다. 이처럼 패러디는 풍자성을 기반으로 한 장르로서 작가의 전략적 기법으로 이해해야 한다.

3. 결론

일제강점기시대에 중국 상해에는 '花技'라고 하는 눈먼 창녀가 있었다. 고급청루의 주인들은 전국을 돌며 가난한 집의 아주 어린, 예쁜 소녀

---

40 정끝별, 『패러디시학』, 앞의 책, 30쪽.

들을 사들여와 공들여 사육했다. 그리고 눈을 멀게 하는 약을 먹여 서서히 눈을 멀게 만들었다. 포동포동 살이 찌고 하얗게 눈이 멀면 화기는 완성된다. 나는 내 스스로 '가난한 집의 아주 어린, 예쁜 소녀'인 '나'를 사들여와 그러한 '눈을 멀게 하는 약'을 먹였다. 그리고 화기가 되었다. '눈 먼 창녀'로서의 나는 아무것도 볼 수 없었던 것이다. 나의 시는 그렇게 '눈을 멀게 하는 약'으로서의 '독'이며 동시에 그러한 독을 해독하는 해독제로서의 '약'이기도 하다.[41] 김영승에게 패러디는 '독'이면서 분명 '약'이기도 하다.

풍자는 소극적, 우회적인 문학 양식이 아니라 적극적인 현실대응의 문학이다.

또한 풍자의 효과는 주체에게 끼치는 인식적 효과와 심리적인 자아의 보호, 유지효과, 그리고 그것이 유발하는 웃음의 사회 결속력과 자기 해방의 효과를 통해, 궁극적으로는 긍정적인 대사회적 목적을 수행할 수 있는 문학양식이다.

패러디는 원 텍스트와 현실, 패러디스트와 이상의 차이에서 나오는 수사법으로서 허위의식을 폭로하려는 예술가의 태도가 반영되어 있다.

김영승시에 나타나는 패러디의 대상은 다양하다. 문학작품을 대상으로 하는가 하면, 동요, 가요, 성경구절, 속담, 격언, 시인, 이웃집 여자, 아내, 장모, 처남, 법과 제도, 등등 전방위적이다. 이런 일상적인 대상을 통해 권위와 허위의식에 대한 나름의 해체와 재조명을 시도하고 있다. 김영승의 시에서는 인간의 가장 깊은 저변에 잠재되어 있는 무의식의 심층 속에 있는 냉소성과 비꼼, 저항의식이 느껴진다. 조롱과 야유는 창조로 나아가

---

41 김영승, 『무소유보다 더 찬란한 극빈』, 나남, 〈自序〉 중에서.

야 한다. 그렇지 못하면 패러디 또한 허풍의식으로 전락하게 된다.

그의 패러디 시는 일반적인 독자가 인식하고 있는 시적 진지함의 요구로부터 우리 자신을 해방시키고 있다. 그의 시는 시에 대한 일반적인 의식, 즉 시어에서 오는 형상적 아름다움, 시어의 조탁, 언어의 다의성과 역사성 등 시적 진지함으로부터 독자를 해방시켜 준다. 적어도 욕설은 난무하지 않아야 한다는 시적언어관을 고려하지 않고 있다. 즉 기존의 시적 사고와 미적 사고도 또 하나의 권위의식이라는 것이다. 작가로서 지녀야 할 마지막 미의식까지도 그에게는 거추장스런 장식에 불과하다. 패러디 언어는 전복을 통해 창조를 꿈꾸는 폐부의 언어이다.

그러나 김영승 문학이 가지는 한계점도 분명하다. 그것은 역사의식의 부재이다.

낭만주의는 거의 전적으로 작가에게 관심을 가져왔다. 이에 대한 반발로 형식주의는 텍스트를 선호했고 독자반응이론은 텍스트와 독자만을 고려하고 있다. 오늘날 패러디는 이러한 한계들을 뛰어넘어야 하는 필요성을 지적하고 있다.[42] 문학 작품은 사회, 역사적 산물로서 시대적 맥락을 지니고 있다. 포스트모더니즘 시대에는 탈중심주의, 원리나 경건함과 엄숙함은 사라지고 어휘와 어조에서는 풍자와 야유가 묻어있다

오늘날 탈모더니즘, 탈구조주의 시대에 패러디는 다양한 측면에서 선호될 수밖에 없는 이상적인 장르라고 할 수 있다.

---

42 린다 허천, 앞의 책, 176쪽.

제2부

채만식 단막극의 현실인식

채만식 단막극의 현실인식

1. 서론

1924년에 조선문단에 단편소설 「세길로」가 추천되면서, 백능(白菱) 채만식(1902~1950)의 작가적 생애는 시작된다. 그의 창작활동 기간은 1920년대 말부터 1940년대 말까지로 약 20여 년간으로서, 이 기간 동안 그는 모든 장르에 걸쳐 창작을 시도한다. 장편·중편·단편소설 및 콩트 그리고 장·단막극·촌극 등 희곡을 발표한데 이어 시나리오·방송극까지도 집필 했으며 문학평론 및 수필, 기행, 서평 등도 쓴다.

그는 문학을 "한인(閑人)의 소장(消長)꺼리나 아녀자의 완롱물(玩弄物)에 그칠 수 없으며, 적으나마 인류역사를 밀고 나가는 한 개의 힘이다."[1] 또한 "소설이라는 것이 시대나 사회 즉 현실을 떠나 순전히 머릿속에서 작

---

1 『채만식전집』 9, 창작과비평사 1980, 520쪽.

만한 이야기를 펜으로 그려놓은 것이라면야 퍽 쉬웁겠지요, 그러나 그러한 것이야 어데 참된 문학이 될 수 있소 오늘날 리얼리즘의 소리가 노픈 것은 그 때문이라요"[2]라고 하여 진정한 문학은 현실을 리얼하게 묘사해야 하며, 현실을 떠나서는 존재할 수 없다고 주장한다.

그는 1927년에 희곡 「가죽버선」을 발표함으로써 희곡작가로의 길로 들어선다. 이후 1947년까지 촌극 11편, 단막극 13편, 장막극 4편을 포함하여 모두 29편[3]의 희곡을 발표하였다.

지금까지 채만식에 대한 연구는 소설가로서만 치우친 점이 없지 않다.

그러나 본고에서는 소설에 밀려 다각적인 평가가 제대로 이루어지지 않은 희곡작품을 검토, 분석하고자 한다. 그리하여 일제강점기라는 특수한 상황 아래서 그의 문학적 목소리는 무엇이었으며, 오늘날 독자에게 무엇을 건네주는가, 또 그의 문학이 역사적 현실 앞에 어떻게 대응하여 왔는가를 살피고자 한다.

본고의 첫째 목표는 채만식이 그가 살았던 당대를 어떻게 인식하며 그것을 작품에 어떻게 형상화하고 있는가를 살펴보고자 한다. 당시의 시대적 상황을 고려하여-모두 일제 강점기 아래서 발표된 작품이라는 점에서-그 상황에서 그 시대를 문학에 어떻게 반영하고 있으며, 대응하였는가를 살펴보고자 한다.

둘째, 그는 이미 소설가로서 확고한 위치에 있는 작가임에도 불구하고 왜 소설로서가 아니라 굳이 희곡이라는 장르를 택했는가, 그러한 연유는 어디에 있는가를 점검해 보고자 한다. 다시 말해 굳이 소설이 아닌 희곡

---

2 채만식, 「소설 안 쓰는 변명」, 《조선일보》, 1936.5.27.
3 1편은 제목만 있을 뿐 확인이 안 되며, 기타 시나리오까지 합하면 31편임.

이라는 특정한 문학의 선택이 일제 식민지하에서의 그 문화권과 어떤 관련성이 있나하는 점을 살펴보고자 한다.

셋째, 29편의 희곡작품이 당대에 단 한편도 공연되지 않았던 원인은 무엇이었는가를 검토하고자 한다.

넷째, 희곡에서 다룬 내용상의 특징이나, 등장인물, 구성, 표현을 고찰하고, 작가가 독자에게 호소하고자 한 것이 무엇이었는가를 살펴보고자 한다.

본고의 연구 범위는 채만식의 희곡 중 특히 단막극을 중심으로 한다. 대상작품은 초기 단막극 「가죽버선」(1927)에서부터 「예수나 않믿었드면」(1937)까지 총 13편의 작품을 대상으로 하며, 촌극과 장막극은 다음 기회의 연구과제로 남겨둔다.

2. 선행 업적 검토

작가 채만식에 대한 그동안의 논의는 희곡작품보다는 소설작품으로서 평가에 치중되어 왔다.[4] 조동일의 한국문학통사[5]는 '새롭게 씌어지는 문학사' 로서 채만식을 희곡작가로서 재조명 한 것은 의의가 있으나 작품이름의 소개에만 그치고 만 것이 아쉽다. 그동안 현대희곡에 대한 논의는 비로소 1970년대 들어서 희곡작품에 대한 고찰이 시작되었으나[6] 본격적

---

4 백철, 『신문학 사조사』, 신구문화사, 1982.
　김현, 김윤식, 『한국문학사』, 민음사, 1973.
5 조동일, 『한국문학통사』 5, 지식산업사, 1988.
6 이주형, 「채만식 연구」, 서울대 석사학위논문, 1973.
　차범석, 「채만식 희곡문학」, 이은상선생 고희기념 논문집. 1973.

인 희곡작품에 대한 각론은 1980년대에 와서야 활기를 띠기 시작했다.[7]

그러나 연구초기이다 보니 개괄적이며 주제 분석에 그치고 만 한계를 드러내고 있다. 이후 개별 희곡작가로서 채만식이 본격적으로 재조명 되어 연구 됐지만[8] 작품의 내용 소개에 머물고 만 한계를 가지고 있다.

기존의 이러한 논문은 때로는 소설에 치우치다 보니 희곡은 단편적으로 언급되기도 하고, 그의 문학의 전반적인 검토에 치중하다 보니 개별적인 작품의 가치평가에 소홀한 감을 주었다.

이후 기존의 연구사를 총체적으로 비평하거나[9] 등장인물의 기능을 살펴본[10] 새로운 각도의 논문이 나오기도 했으나, 전자가 작품 외적인 연구사에 치중하였음이 한계점으로 남고, 후자는 채만식의 희곡작품의 전편을 다룬 것이 아니라, 몇 편만 선별하여 다룬 점이 아쉬움으로 남는다.

이상에서 살펴본 논문들은 한편으론 본고에 시사하는 바가 크지만 다음과 같은 한계점을 안고 있다.

첫째는 채만식의 전 희곡작품을 심도 깊게 전면적으로 조명되어야겠고, 둘째는 장·단·촌극 등 극형식상의 분류가 명확하게 구분되어야겠고, 셋째는 작품자체의 내적인 면에 집중하는 미학적 견지에서 등장인물, 구성의 문제, 풍자구조 등의 탐색이 요망된다고 본다.

---

7 유민영, 『한국현대 희곡사』, 홍성사, 1982.
　서연호, 「한국근대 희곡사 연구」, 고대 민족문화연구소, 1982.
　김상선, 『한국근대 희곡론』, 집문당, 1985.
8 우명미, 「채만식론」, 서울대 석사학위논문, 1977
　김재석, 「채만식 희곡연구」, 경북대 석사학위논문, 1982.
　임찬순, 「채만식 희곡연구」, 청주대 석사학위논문, 1985.
　김진기, 「채만식의 희곡연구」, 청주사대, 제18집, 1986.
9 박천화, 「채만식 비평사 연구」, 중앙대 석사학위논문, 1986. 12.
10 양승국, 「1930년대 희곡에 나타난 등장인물의 기능」, 서울대 석사학위논문, 1988. 2.

3. 채만식의 장르 선택

일본 식민지 정치의 특수한 상황 아래에서 대부분의 희곡작품을 쓴 채만식의 경우 당시의 정치, 사회제도와의 관계를 도외시하고 그의 희곡을 논의한다는 것은 무리이다.

1930년대는 일제의 군국주의 횡포가 극에 달했던 시기로써 일찍이 그어느 때보다 역사적으로 견디기 어려운 시기였다. 일본은 만주사변(1931), 중일전쟁(1937), 2차 대전(1938)을 자행하면서 조선을 수탈과 착취의 온상으로 삼았으며, 더욱 가중된 경제 수탈로 조선인은 극도의 생활고에 시달리게 된다. 따라서 자작농과 자작 겸 소작농도 몰락하고 완전 소작농만이 늘어나게 된다.[11] 그 결과 생활이 어려워진 농민들은 화전민으로 바뀌든가 도시의 공장 노동자로 전직하거나 아니면 일본이나 만주로 이민 가는 수가 해를 더할수록 증가하였다. 그렇게 어렵고 혼란한 시기이다 보니 당시의 많은 지식인들은 일제에 대항하는 방법으로써 사회주의 운동에 동조한 것도 사실이었다.[12]

그러나 암흑기의 수난에도 극작가들은 작품을 쓰고 연극인들은 공연활동을 계속했다. 놀랍게도 1930년대에 활약한 연극단체는 극예술연구회(약칭, 극연) 조선극연사, 황금좌 등 30여개에 이르고 있다.[13]

이같은 사실은 1930년대에는 연극 활동 그 자체가 삶을 영위하는 한 방편으로서 적극적인 존재의 몸짓이었으며 매우 적극적 문학행위였음을 보여준다. 극예술연구회를 통해 근대극 운동이 활발해졌고 동양극장을 통

---

11 이주형, 앞의 논문, 20쪽.
12 이기백, 『한국사신론』, 384쪽.
13 이두현, 『한국 신극사 연구』, 166~177쪽.

해 상업적인 신파극 활동이 이루어졌다. 실제로 이 기간에 공연된 작품은 번역극 24편, 창작극 12편, 모두 36편이었다.[14] 이러한 적극적인 활동에도 불구하고 재정적인 어려움과 일제의 사상적 탄압에 의해 퇴락의 길을 걷게 된다, 일본경찰은 극연을 일종의 사상단체로 보고 동인들을 민족주의자로 몰았다. 그 결과 극연에서 공연하려는 작품에 대한 검열이 강화되었고 더러 해체되기도 했다.

이러한 수난기에 채만식은 30여 편의 희곡작품을 발표했다. 이쯤 되면 그는 왜 굳이 소설이라는 장르가 아니라 희곡장르를 택한 동기가 무엇이었겠는가. 반문하지 않을 수 없다. 또한 30여 편의 희곡을 발표하고도 그의 희곡은 당대에 한 편도 공연 되지 않았던 연유는 무엇인가. 질문하게 된다.

그는 "반드시 희곡을 쓰고 싶었다느니보다는 제재가 마침 소설로는 불편한 점이 있기로 전험(前驗)에 따라 이 형식을 빌린 것이다"[15] 라고 밝히고 있다. 그는 확실히 소설로 쓰기에는 뭔가 적합지 않았기에 희곡을 택했음을 알 수 있다. 그의 「자작안내」[16]나 「극연좌에의 부탁」[17]의 내용을 살펴보면 연극에 지대한 관심이 있었고 희곡 작품에 대한 애착 또한 소설 못지 않았음을 볼 수 있다.

> "이런 말을 하고 있는 나 자신 역시 희곡을 쓰노라고 하는 자이면서 최근 2.3년 기간에 겨우 2.3편 밖에 쓰지 못했을 뿐만 아니라, 그리나마 내가 생각을 해보아도 오늘날의 특수 실정이며 무대건설로는 도저히 상연할 수가 없는

---

14 김원중, 『한국 근대희곡 문학 연구』, 정음사, 1986, 120~121쪽.
15 『채만식 전집』 9, 「당랑의 전설」, 후기에서, 170쪽.
16 『채만식 전집』 9, 「자작안내」, 516~521쪽.
17 채만식, 「극연좌에의 부탁」, 조광, 1939.1.

> 것이다.(실상 또 상연을 위한 극본을 쓰느라고 희곡을 쓴 것이 아니라, 소설을
> 쓰는데 불편한 놈이거드면 희곡의 형식을 잠깐 빌러오곤 하기로 한 것이지
> 만)"[18]

채만식이 '소설을 쓰는데 불편한 놈'을 희곡의 형식을 빌려 집필을 했다는 것은 곧 극적인 상황을 강하게 표출함으로써 작품의 특성을 효과적으로 살려 보려고[19] 한 채만식 나름의 문학적 시도였다고 본다.

그러면 소설과 희곡의 구별은 무엇으로 대별 되는가. 희곡은 시간적·공간적으로 제약을 받는 무대 예술인만큼 소설이 지니는 세밀한 성격묘사, 심리, 사상, 환경 등을 포괄하기는 힘이 든다고 볼 수 있다. 또한 인물의 대사에 의해서만이 독자와 만나기에 일층 압축적이어야 하고, 간결하고 직선적, 구체적이고, 현재적이어야 하는 특징을 가지고 있다. 물론 현대에 와서는 소설 이상으로 성격과 심리를 표현하려고 노력하기도 한다. 어쨌든 소설이 활자를 통한 고독한 단독자의 감상적 행위라면, 희곡은 시각과 청각을 통해서 다수 대중과 호흡하는 열린 감상이다. 이러한 희곡적 특성은 채만식으로 하여금 소설이 아닌 희곡 장르를 택한 계기가 됐을 것이다. 즉 채만식의 희곡이 대개가 계몽적이고 리얼리즘에 입각해 있는 만큼, 한순간에 많은 대중을 대면하여 메시지를 전달해야 하는 숙명적인 주제 앞에서 동시에 다수의 대중을 만날 수 있는 희곡장르가 적합했을 것이다.

특수한 시대인 만큼 일제강점기하의 연극은 계몽적 효과와 사회적 기

---

18 채만식, 「극연좌기의 부탁」, 조광, 1939.1.
19 김정희, 「채만식의 전희곡에 관한 분석적 연구」, 연세대 교육대학원 석사학위논문, 1983. 192쪽.

능을 중시하였다. 희곡은 하나의 중심적 충돌에 모든 것을 집중하게 되어 갈등이 선명하게 드러난다. 따라서 어떤 문학양식보다 상황의 극적 표출이 가능하여 현실에 대한 비판과 사회모순을 드러내기에는 절대적으로 유리한 장르가 된다. 따라서 채만식은 당대의 연극계가 사회적 기능을 중시한 것에 영향을 받고, 또 작가의 사회적 책임을 다하는 데는 희곡이 다른 장르보다 우월한 것임을 깨닫고 희곡을 창작한 것이다.[20]

그러나 그의 희곡은 단 한편도 연극화 되지 못하였다. 그의 희곡이 무대에 올려 지지 않은 이유는 무엇인가. 무대에 올릴 수 없을 만큼 사회적 환경의 열악함 때문인가. 아니면 작품의 질적 측면에서 미흡함 때문인가.

지금까지 몇 편의 자료를 통해 확인하여 정리해 보면, 첫째, 그의 희곡이 공연에는 부적합하다는 비연극적 성향과, 둘째, 당시의 연극 풍토가 실제 연극운동을 하는 작가의 작품만이 무대에 올려 질 수 있었고, 연극계에서 비연극인이 쓴 희곡은 무대화 되지 않았다는 당시의 신극운동 풍토에 있다.[21] 또한 비타협적이고, 결백증적인 깔끔한 성격과 병적 자존심이 비활동적이도록 한 요인이 되었을 것이며, 더더욱 당시 극작가들은 저마다 어떤 특정 극단에 소속됨으로써 작품은 소속된 극단에서 공연하도록 제도화 되어 있었다.[22]

즉 당시의 연극계는 극단과 극장을 중심으로 희곡의 공연 유무가 결정되었음을 알 수 있다. 따라서 우선 작품외적인 환경적 요인에 의해 그의

---

20 김재석, 앞의 논문, 125쪽.
21 유민영, 앞의 책, 192쪽.
22 차범석, 앞의 책, 『동시대의 연극인식』, 범우사, 1987, 153쪽.

희곡 작품은 공연되지 못하였다. 그럼에도 불구하고 그는 희곡창작을 멈추지 않고 흔들림 없이 고독하게 작품을 집필 했다. 그는 현실의 상황을 직시하여 연극성은 다소 부족하지만 문학성이 강한 작품을 썼을 것이다. 요컨대 레제드라마(lese-drama)로 기울인 듯하다.[23] 즉 희곡을 문학성과 연극성으로 나눠 볼 때 그의 희곡은 연극성보다는 문학성에 더 치중한 lese-drama[24] 형식에 머문다.

그렇다고 하여 그가 공연을 배제한 읽는 희곡을 목표로 했다고 보기는 어렵다. 그것은 그의 작품 곳곳에 상연을 전제로 한 부분이 여러 군데 도출되기 때문이다. 「낙일」의 「작자부언」에서

> "읽고 **듣기에**[25] 난해한 사투리는 피한다."라고 했으며, "각가운 햇빗치 좌우편으로부터 비스듬히 쏘여들어 대청바닥에 **자국**을 내이고 있다(**등장인물**은 될 수 있는 대로 이해쎼츨 **관객석**으로부터 가리지 안토록 하여야 한다)."[26]

위의 인용문에서 보면, 연극무대에서 햇볕의 자국을 명암으로 칠해놓은 무대의 상태가 그려진다. 「낚시질 판의 풍파」에서[27] "상빈(上賓) 용으로는 **관객**의 인상을 용이하게 하기 위하여 다음과 같은 색깔의 의복을 입힘도 가."라는 인물의 복장설명이라든가, 또한 「제향날」에서는 "임의 **상연** 촬영금지."라는 주의가 있고, 「코떼인 지사」에서는 무대를 그림으로

---

23 lese-drama: 언제고 공연할 것을 전제로 하여 작품을 쓰되, 우선 문학으로 남겨두는 것을 말한다.
24 차범석, 앞의 책, 161쪽.
25 굵은 활자—필자.
26 채만식, 「낙일」, 『채만식전집』 9권, 218, 219, 227쪽.
27 채만식, 「낚시질판의 풍파」, 앞의 책, 314쪽.

도식화 하고 있으며, 「당랑의 전설」[28]에서도 "그통에 고씨는 도로 자리에 앉고. 형석, **관객석**을 향해 선 채 한손은 허리를 짚고서 넋을 놓고, 인원과 대원은 형석에게 절을 하지 못해 서서 잠깐 망설이다가 그대로 **관객석**을 향해 나란히 앉고. 일동, 한동안 침묵." 등 지문에서도 무대상연을 전제로 하고 있다. 희곡 「조조」[29]에서도 "조조: 조조의 종졸은 그것을 막고 조조는 질겁하여 우수로 달아나려 하는데 말 탄 관우가 호통을 하며 나타난다(**만일 말 탄 관우를 등장시킬 수가 없으면 조조가 우수로 퇴장한 뒤에 다음의 대사만 무대 뒤에서 들려와도 좋다**)." 등 공연을 섬세하게 잘 표현하기 위한 자세한 지시문이 쓰여 있다. 이상의 예에서 볼 때 그는 레제드라마를 목적으로 한 것이 아니라, 항시 공연을 염두에 두고 작품을 창작했다고 본다.

4. 단막극의 개념과 범위

그의 희곡 작품의 출발은 1927년의 작품으로 추정되는 단막극 「가죽버선」에서부터이다. 이후 3년 후인 1930년에 「낙일」이 별건곤에 상재된다.

아래 도표는 채만식의 희곡작품 29편을 정리 한 것이다.

---

28 채만식, 「당랑의 전설」, 앞의 책, 149쪽.
29 채만식, 「조조」, 앞의 책, 341쪽.

〈채만식의 희곡 작품〉

가. 작가 채만식의 분류.   나. 필자의 분류

	작품명	발표지	극형식		비고
			가	나	
*	가죽버선	문학사상 1973.2.	단막극	단막극	1927. 유고작.
*	낙일(落日)	별건곤 1930.6.	단막극	단막극	
*	농촌스케취	별건곤 1930.8.	단막극	단막극	
*	밥	별건곤 1930.10.	단막극	단막극	
*	그의 가정 풍경	별건곤 1931.1.	단막극	단막극	
*	미가대폭락(米價大暴落)	별건곤 1931.2.	단막극	단막극	
	시님과 새장사	혜성 1931.3.	촌 극	촌 극	촌극이라 표기
*	야생(野生)소년군	동광 1931.5.	단막극	단막극	
	두부	혜성 1931.5.	단막극	촌 극	
	코쩨인 지사(志士)	혜성 1931.8.	단막극	촌 극	
*	사라지는 그림자	동광 1931.9.	단막극	단막극	
	간도행(間島行)	신동아 1931.11.	촌 극	촌 극	촌극이라 표기

	조고만한 기업가	신동아 1931.12.	대화소설	촌 극	대화소설로 표기
	행낭들창에서 들리는 소리	신동아 1932.2.	촌 극	촌 극	촌극으로 표기
	낙시질판의 풍파(風波)	혜성 1932.3.	단막극	촌 극	희곡소설로 표기
*	감동의 안해	동광 1932.3.	단막극	단막극	희곡소설로 표기
	목침마진 사또	신동아 1932.5.	촌 극	촌 극	촌극이라 표기
	부촌(富村)	신동아 1932.7.	대화소설	촌 극	대화소설로 표기
	조조(曹操)	신동아 1933.3.	단막극	촌 극	
	다섯귀머거리	신가정 1934.3.	촌 극	촌 극	서동실이란 필명
*	인테리와 빈대썩	신동아 1934.4.	단막극	단막극	
*	영웅모집	중앙 1934.8.	단막극	단막극	
	심봉사	한국문학전집 33(민중서관)	장막극	장막극	1936년 작품
*	흘러간고향	조광 1936.3.	장막극	단막극	
*	예수나 않밀었드면	조선문학 1937.5.	단막극	단막극	
	제향날	조광 1937.11.	장막극	장막극	
	당랑의 전설	인문평론 1940.10.	장막극	장막극	
	심봉사	전북공론 5,6,11월호 1947.4.10월	장막극	장막극	
	대낮의 주막집	미상	?	?	

*는 본고에서 다룰 작품임.

위의 도표에서 나타난 희곡들을 채만식의 분류에 따라 나누어보면 장막극 5편, 단막극 16편, 촌극 5편, 대화소설 2편 등이며, 필자의 분류를 따르면 장막극 4편, 단막극 13편, 촌극 11편임을 알 수 있다.

필자와 작가자신의 분류 결과로서 공통점은 채만식은 장막극보다 주로 단막극을 창작했다는 것이다.

채만식은 「부촌」의 「작자부언」[30]에서 "그런데 소설도 아니요, 희곡도 아니요, 시나리오도 물론 아니오, 라디오 드라마……라고도 하기 어려운 이것을 나 역시 무어라고 이름 지었으면 좋을지 모른다. 편의상 「간도행」은 촌극이라고 하고 「조그마한 기업자」와 이번 것은 대화소설이라고 하였지만 결코 만족한 명칭은 아니다."라고 하고 있다. 필자는 이러한 것을 촌극으로 간주하고 분류하였다. 또한 작가 자신이 단막극으로 표시해 둔 16편을 검토해 보면 단막극보다 오히려 촌극의 범주에 속하는 것이 많음을 알 수 있다.

그러면 단막극과 촌극의 차이를 살펴보면, 단막극은 1막으로 완결된 극을 지칭한다. 길이가 짧고, 구성이 압축되어 있으며, 인간의 한 측면, 인생의 한 단면을 다루게 된다. 또한 단막극에서는 모든 효과가 하나의 결과를 향해 집중시켜야하므로 주로 단순플롯으로 구성되는 특징을 지닌다.[31]

이에 반해 촌극은 길이가 극히 짧은 10~20분 정도의 극,[32] 또는 "하나의 짤막한 에피소드만으로 구성된 10분 내외의 짧은 극"[33]을 지칭한

---

30 채만식, 「부촌」, 「작자부언」, 『채만식전집』 9권, 336쪽.
31 김재석, 앞의 글, 10쪽.
32 이광래 외 5인 공저, 『현대희곡론』, 이우출판사, 1985, 178쪽.
33 『연극용어사전』, 한국문화예술진흥원, 1980, 27쪽.

다. 즉 소설에서 콩트를 연상하게 하는 재치와 위트가 있는 짧막한 작품이다. 따라서 재미와 흥미를 동반하되, 풍자성이 짙으며, 비극보다는 희극을 지향하되 30분을 넘지 않는 짧은 극이다.

필자는 이러한 제요소를 포괄하여 단막극은 연극의 제요소 즉, 희곡의 구성(구성, 대사, 성격, 주제), 희곡의 특성(극적상황, 무대제시)이 비교적 잘 갖추어져 있어 무대에서 공연하기에 알맞은 것으로 간주하고, 이에 반해 연극의 제요소가 결핍되었거나 공연하기에 다소 무리가 있는 것은 촌극으로 분류했다.

촌극은 무대에서 막과 막 사이에 잠깐의 틈을 이용하여 행해졌을 가능성이 크다. 따라서 희곡의 제 요소가 무시되기가 일쑤였을 것이다. 주로 촌극은 연극의 미적 기능보다 메시지가 부각되는 계몽성과 현실 개조에 그 목적이 있었기에 더욱 그러하다.

이러한 특징으로 채만식의 작품 중 단막극을 분류해보면 ① 가죽버선 ② 낙일(落日) ③ 농촌스케취 ④ 밥 ⑤ 그의 가정풍경 ⑥ 미가대폭락(米價大暴落) ⑦ 야생 소년군(野生小年軍) ⑧ 사라지는 그림자 ⑨ 감독의 안해 ⑩ 인테리와 빈대썩 ⑪ 영웅모집 ⑫ 흘러가는 고향 ⑬ 예수나 않밑었드면 등 13편이 단막극의 범주에 들 수 있는 작품이다.

5. 작품 분석

1) 식민지 현실과 농촌 현실 폭로

(1)「落日」

채만식은 일제강점기인 1920년대부터 1940년대까지 지속적으로 당시의 불온한 현실 문제에 관심을 기울인 작가였다. 즉 식민지 현실 속에서의 농민의 궁핍상과 피지배자로서 모순된 현실을 폭로하고 부정적인 현실 속에서 삶을 영위하는 지식인의 갈등 등 시대적 상황을 문학 속에 투영하였다.

1930년대는 이미 언급 되었듯이 일제의 무자비한 수탈 정치가 더욱 가중되었던 시기로 이때의 우리 농촌과 농민은 빈궁과 좌절과 불안 속에 살 수 밖에 없었다.

그의 대부분의 작품이 그러하듯이 「낙일」, 「농촌스케취」, 「미가대폭락」, 「사라지는 그림자」, 「흘러간 고향」도 식민지 시대의 농민이 궁핍화 되어 가는 삶의 과정을 주제로 삼고 있다. 일제→ 지주→ 소작인→ 농업노동자 → 일제, 이러한 구조로 그의 희곡은 전개된다.

「낙일」은 지주인 참봉네 일가의 이야기이다. 일 년 중 가을, 하루 중에서는 오후에서 해질녘까지 일어나는 사건을 그린 것이다. 지주인 아버지가 일으켜 세운 (오전의)일가가 아들대에 와서 몰락해 가는 (오후의)가족사를 묘사한 것이다. 제목 '낙일'과 '가을'이라는 배경과 '오후'라는 시간대에서 이미 작가는 가족의 몰락을 어휘를 통해 암시하고 있다.

기생첩을 얻어 방탕한 생활을 하면서 은행돈을 쓰고 아버지로 하여금 빚 독촉을 받게 하는 상조, 일본에 가서 법률을 공부한다고 했으나, 미술전 특선수상이 신문에 보도 되면서 탄로 나는 상근, 사회주의자가 된 상천, 그리고 제멋대로 자유결혼을 해서 나간 상희의 초라한 귀가, 이 모든 사실이 하루 나절에 하나씩 탄로가 나면서 극적 갈등이 고조되고, 문자 그대로 참봉네의 완전 몰락으로 끝을 맺는다. 모두 하나같이 문제점을 안고 있는 아들, 딸들로 인해 '세상이 이렇게 망하구 집안이 요따위로 망하다니!'[34]라며 참봉은 한탄한다.

작가는 다양한 등장인물을 통해 시대의 모순과 혼란, 비극을 고발하고 있다. 그러나 한편 몰락하는 집안은 역설적으로 재기와 재건을 전제로 한 도전의 터전이기도 하다. 그것은 감옥소에 잡혀 가기 전 상천이 아버지에게 하는 대사에서도 드러나는데, 이 대사를 통해 작가가 표출하고자 하는 의식이 반영되어 있다.

> 상천 : 아버지! 그런 것입니다. 저 해를 보십시오, (間) 아침에 떠올라서 왼종일 있다가 저녁때가 되면 저렇게 지지 않습니까?! 아버지는 아무리 오늘 하로가 섭섭허셔두 아무리 밤이 싫으셔두 그러나 해는 집니다. 아버지, 밤이 싫으시지요?…… 그래도 해는 져요.[35]

이는 상실과 억압으로 절망적인 일제강점기 아래이지만, 한 시기가 지나 다음시기인 아침이 오면 태양이 다시 떠오르듯이 언젠가는 이 암울한 시대가 끝나고 해방이 오면 역사는 새롭게 씌어질 것이다 라는 것을 작가는 암시하고자 했다. 한편 이 대사에서 역설적 표현을 배제한다면, 자신의 집안의 몰락으로 감옥으로 잡혀가는 囹圄의 신세임에도 불구하고, 상천의 대사는 다분히 설명적이고 감상적인 대사임이 노출되고 있다.

이 「낙일」은 희곡으로써 비교적 짜임새가 있으며 극적인 긴장을 통해 효과를 내고 있다. 각 인물이 갖는 성격과 사상도 길지 않는 짧은 대사로서도 충분히 전달 가능했으며, 사건의 진행과 상황도 박진감 있게 전달하고 있다. 따라서 희곡만이 가질 수 있는 특성을 잘 살려 표출했다고 본다.

---

34 『채만식전집』 9, 「낙일」, 앞의 책, 226쪽.
35 『채만식전집』 9, 앞의 책, 227쪽.

(2) 「사라지는 그림자」

제재를 보면 「낙일」의 후편으로 연상되는 「사라지는 그림자」의 김선달
은 「낙일」의 참봉보다 더욱 처참한 경제적 몰락을 체험한다.

대지주인 김선달네가 다음 세대에 가서는 피폐해지고 궁핍해져 부의
그림자가 사라진다는 이야기다. 좋은 논밭 수 천석을 팔아 허펑태평 없애
버리고 어느새 50줄에 들어선 큰 아들 상원, 큰일 한다고 논밭 팔아 청국
으로 간 후 소식 없는 둘째아들, 이혼하고 친정살이를 하는 맏딸과 외손
자, 이러한 김선달에게 유일한 희망인 막내아들 인원마저 부친의 마지막
기대를 좌절시킴으로써 「낙일」과 동일한 파국을 보인다.

이 시대의 작품은 거의가 작품을 발표한 당대를 배경으로 농민의 궁핍
상, 지주와 소작인 사이의 갈등을 다룸으로써, 1930년대의 우리 농촌이
당면한 빈궁한 삶을 리얼리즘 수법으로 비교적 정확하게 표현하는데 성
공하고 있다.

리얼리즘이란 현실의 꼭 같은 재현이 아니라 본질적인 현실을 인식하
는데 그 깊이가 있다.[36]

> 인원 : 형님도 그런 말씀은 말으시요. 그따우 월수쟁이 돈노이(貸金業)하는
> 　　　놈 하나쯤 때려주면 쾌할게 무어야요?
> 인원 : ……애초에 잽혀 먹지를 말든지 또 잽혀놓고 못 찾게 되었으면 그만
> 　　　이지, 지금 세상이 모다가 그렇게 된 것을 그따우 여석 하나를 붙잡고
> 　　　시비를 캐고 때리고 하면 그야말로 모기를 보고 칼을 뽑는 셈이지요.
> 김선달 : (멍석에 펄썩 주저앉으며) 다 틀렸다. 다 틀렸어. 그래도 너 하나를
> 　　　믿었더니! 인제는 다 틀렸다. (막)[37]

---

36 정한숙, 「상황과 예술의 일체성」, 『문학사상』, 1973.12, 320쪽.

37 『채만식전집』 9, 앞의 책, 294쪽.

모든 희망을 건 인원이었지만 여기선 나약한 지식인을 대변할 뿐이다. 나약한 지식인이라는 점에서 「인테리와 빈대쩍」의 종식이나 「낙일」의 상천, 「가죽버선」의 A와 동일선상의 인물이다. 약간의 의지를 보이기는 하나, 이들의 현실인식은 어떠한 저항적 행동으로 연결되지 않고 소극적으로 끝나고 만다. 이들 모두는 식민지 선상에서의 허약한 지식인의 전형이다. 이러한 체념에 앞서 감상적이고 설명적인 대사는 가정의 몰락이라는 비극적 요인을 극적으로 형상화 시킬 수 있는 좋은 계기임에도 불구하고 그 역할을 하지 못하고 있다. 인원은 종식에 대한 기본적인 분노도 없이, 오히려 그 분노는 '모기를 보고 칼을 뽑는 셈'이라고 일축해 버림으로써 현실의 중압에 견디지 못한 체념적이고 허무적이기까지 하다.

이러한 것을 해결할 수 있는 방향을 작가는 제시하고 있지 않다. 다만 잡혀 가면서도 자신의 정당성을 믿는 상천이나, 지금과 같은 세상은 오래가지 않을 것임을 믿는 인원에게서 미래를 찾을 수 있는 힘을 기대하고 있음을 느끼게 할 뿐이다. 이는 식민지 시대의 실상을 사실적으로 드러냄으로써 그 모순을 극복하는 데로 나아가려는 리얼리즘 정신의 반영인 것이다. 지주의 기구한 몰락을 전개하면서 식민지 사회의 일면이 붕괴되는 단층을 보여주며 현실을 비판하려는 의도가 작품의 저변에 깔려 있다.[38]

(3) 「농촌스케취」

「농촌스케취」는 농촌현실의 문제점을 스케치한 것이다. 지주와 소작인의 갈등과 이해관계와 일제하의 거대한 조직 속에서 핍박받는 농촌의 풍

---

38 김재석, 앞의 논문, 23쪽.

속도이다.

이 희곡은 다소 계몽적인 성격을 띤다. '한'의 장황한 설득문은 대화라기보다는 연설문 같은 장문이다. 이러한 점은 희곡이라는 장르가 묘사 없이 대화로서 모든 것을 해결해야 하는 극 장르의 특성 때문일 것이며, 작가가 당시 현실에 대한 자각을 민중에게 고취시키고자 한 과잉의식의 노출이라고 본다.

이 희곡에서는 긍·부정적 인물이 첨예하게 대립관계를 보여준다. '강'은 가해자를 대변하는 인물로서 몰인정하고 잔혹하며 이기적인 인물이다. 이에 대립되는 인물로서 '한'은 채만식의 희곡에서 드물게 나타나는 긍정적 인물이다. 따라서 독자적인 개성을 지닌 인물이라기보다 작가의 목소리를 대변하는 서술자요, 인도자며, 외치는 인물이다.

> 한 : 그러니까 우리는 우리 농민 연합회의 본래 사명을 다허기 위해서 표준임금을 제정을 헐 필요가 절대로 있읍니다. 표준임금을 제정허면 즉 고지나 품삯을 올리게 될 터인데 그것은 우리가 주는 사람더러 올려 주십사고 애원허는 것이 아니라 투쟁방식으로 헐 것입니다.[39]

이러한 '한'의 외침은 식민지의 질곡을 피부로 느끼고 투쟁하는 인물이며, 의지가 뚜렷한 성격으로서 식민지 치하의 민족적 상황을 극복하기 위해 노력하는 인물이다. 작가는 '한'을 통해서 농촌현실과 문제점, 그리고 갈등을 폭로하고자 하는 의도가 역력하다. 이는 풍자작가로서의 채만식의 작품에 드물게 나타나는 긍정적 인간상이다. 또한 이 작품에서는 해학적 표현이 두드러진 점도 돋보인다.

---

39 『채만식전집』 9, 앞의 책, 20쪽.

극작가는 인물과 등장인물의 언어를 통해서 그가 말하고자 하는 의도를 제시한다. 극에서의 대사는 말해지는 말들의 모든 결단이며 상황의 근거에서 말해지고 상황에 머문다. 또한 대사야말로 희곡에서는 독자와 만나는 유일한 창구이다. 대사를 통해 인물의 성격이 창조되며 판단되어진다.

즉, 인물이란 작자의 관념을 표현하기 위한 하나의 수단이며, 한 작품의 가치는 작자의 관념 속에 있다고 볼 수 있기 때문이다.[40] 채만식의 인물에는 개성의 강조보다는 대체로 긍정적인 인물과 부정적인 인물로 대별되고 있다.

(4) 「米價大暴落」

채만식 작품의 대부분이 사회의 구조적 모순이 첨예하게 드러나는 농촌을 배경으로 하고 있다. 「미가대폭락」 역시 당시 착취당하는 소작인의 실상과 이래저래 이중고에 시달리는 농촌의 현실을 보여주고 있다.

이미 지주에게 농사비를 비싸게 차용해서 농사를 지어 놓으면, 그 사이 쌀값 대폭락으로 인해, 시장에 나가면 중간 상인에게 헐값으로 팔리고 만다. 쌀을 헐값에 팔아서 비싸게 좁쌀과 바꿔 먹어야 되는 농민들,

홍서방 : 체, 도야지들! 이 헐헌 쌀 값에 쌀을 팔어서 좁쌀을 사먹어![41]

라는 소리를 중간상인에게 들을 만큼 구조적 제도의 모순 속에 속수무책

---

40 윤효식, 「채만식 희곡연구」, 영남대 석사학위논문, 1987.2, 27쪽.
41 『채만식전집』 9, 앞의 책, 247쪽.

으로 당하고, 때로는 세상물정을 잘 몰라 이리저리 착취당한다. 가진자(김주사)와 중간상인들은 더욱 폭리를 취하고 못가진자(농민1, 2, 3, 4)는 늘 가난하다.

> 전방주인 : 그러니 세상이 돈 있는 사람만 살게 마련이란 말이야.[42]

김주사는 조합에서 쉽게 변전을 하여, 농민의 돈으로 쌀을 헐하게 사들여 저장했다가 시세가 오르면 몇 곱절로 되팔아 이윤을 남긴다. 그러나 소작인들은 미리 꾸어간 농사비는 곡물 가격 폭락으로 갚을 길이 없다보니 다시 농토를 차압당해 다시 빈손이 된다는 것이다.

당시의 농촌이란 고통 받는 그 시대, 우리 민족의 축소판이었고 가장 집약적으로 수난 받는 현장이었다. 따라서 사건의 전개가 리얼리티를 획득하며, 또한 극중 인물들은 친숙한 일상 언어를 사용하여, 인물의 설정이나 행위가 자연스러우며, 지극히 현실을 사실적으로 보여주고 있다.

즉 당대의 삶에서 얻어온 소재는 작가가 말하고자 하는 주제를 강화시키는 효과를 주고 있으며, 현실을 객관적으로 묘사하고 있다. 따라서 농민의 뼈아픈 현실과 삶을 위한 서러운 투쟁을 보다 리얼하게 묘사하고 있다.

(5) 「흘러간 고향」

「흘러간 고향」은 과거회상수법을 사용한 희곡이다. 주인공이 간도에서, 고향에 두고 온 애인과 고향을 그리워하는 이야기이다.

---

42 『채만식전집』 9, 앞의 책, 247쪽.

사랑하는 분이가 홍수에 떠내려가 죽은 줄 알고 만주로 떠났다가 살아 있다는 소식을 듣고, 꿈에 그리던 고향으로 돌아오지만 분이가 이미 결혼한 상태임을 알고 다시 고향을 떠난다. 고향도 잃고, 애인도 잃고 타향인 간도로 떠돌아 다니는 농민의 뿌리 뽑힌 삶을 그리고 있다.

채만식은 지식인으로서 당대 농민의 참상을 관찰하고, 사실적인 묘사로 그것을 폭로하고 농민을 착취하고 수탈하는 요소에 대해 신랄한 비판을 가하고 있다.

형식상 단막에서 장막으로 전환되는 중막극의 위치에 놓인 작품이지만, 「흘러간 고향」에서는 소설이나 희곡의 주 요소인 갈등이나 투쟁의 요소가 배제되어 있으며, 극의 구성이 부자연스럽게 이어지는 결함을 보인다.

> 태수 : (상수를 향하여 우두커니 먼 하늘을 바라보다가 한숨을 내쉰다. 독백)
> 저기 보이는 저 산이 백두산! (間) 저 산을 넘어서두 이천리 길을 가야
> 만 고향! 고향 분이 분이!
> 갑자기 하수에서 탕하는 총소리가 나더니 이어 콩볶듯이 총소리가 탕
> 탕거린다. 근처에서 사람의 부르짖는 소리가 들려온다. 태수는 처음
> 어리둥절하다가 눈 위에 납작 엎드려 소리를 친다.
> 태수 : 아버지 아버지 일어서지 말구 기어나오세요. 엎드려서 기어나오세요.
> 윤첨지 : (허둥지둥 방문을 하고 뛰어나온다) 이게 웬일이나. 응 태수야?[43]

3경과 4경의 장면전환에서 전개되는 이 같은 대사는 매우 어색하다. 극의 진행에서 부자연스러울 수 있는 대화다. 잠깐 사이를 두어 암전으로 무대 구분을 해주었더라면 차라리 자연스러웠을 것이다. 평화로운 토담집에서 태수가 눈을 치우고 있는데 어떤 상황묘사도 없이 느닷없이 윤첨

---

43 『채만식전집』 9, 앞의 책, 385~386쪽.

지가 총상을 입고 죽는다는 장면은 관객으로서는 당황하지 않을 수 없다.

2) 생존의 고통과 지식인의 현실인식

(1) 「밥」

채만식은 지식인의 무능력과 현실인식, 그에 따른 생존의 고통을 단막극을 통해 사실적으로 보여주고 있다.

「밥」은 자유노동자이며 정미소 임시직공인 임서방과 정미소 파업 직공인 A, B, C와의 갈등과 화해의 이야기이다. 무대는 도회지의 빈민굴에 자리 잡은 움막집에 사는 임서방네는 오늘도 끼니가 없어 네 끼를 굶은 상태이다.

그러다가 겨우 정미소에 임시직공으로 고용되어 잠시 굶기를 면하게 되었다. 정미소에는 직공 A, B, C가 부당한 임금에 대해 파업 중이다. 그러던 중 임서방네에 파업직공들이 찾아와 정미소를 그만 둘 것을 제의한다. 그래서 결국 동맹파업에 가담하게 된다. 처음 임서방은 당장 끼니가 없으므로 거부하지만 결국은 오늘보다 더 나은 내일의 중요성을 인식하고 동참하게 된다는 것으로 막을 내린다.

식민지하의 가난한 서민이라는 동류의식을 가지며 서로 우호적이다. 「영웅모집」의 중심인물들이 모두 부정적인 인물인데 반해, 「밥」은 모두 현실을 직시하는 긍정적인 인물로서 의지를 보이는 인물들이다.

정미소 임시직공과 파업직공의 대립 없이, 체념보다 희망적인 요소가 가미된 계몽적인 성격을 띤 희곡이라 볼 수 있다. 당장 오늘은 힘들더라도 견뎌서 정당한 노동으로 정당한 대가를 받자는 노사관계에 초점이 맞추어져 있다.

또한 사건이 전개됨에 따라 무지함을 벗어나 현실을 자각하는 인식의 전환이 형성되는 심리의 변화가 펼쳐지는 성격 발전의 양상을 보인다. 파업직공 A의 목소리는 임서방을 향하고 있지만, 관객에게 직접 들려주고자 하는 작가의 의도가 그대로 표출된다. 이 단막극에서는 자신과 현실의 모순을 극복하기 위한 응전과 도전의 자세가 나타난다. 그의 현실인식 자체는 현장성에만 머무르는 것이 아니고 미래 지향적인 요소를 건강하게 제시해 주려는 의욕이 주목된다.

1930년대 문학의 또 다른 특성은 1930년대의 문인들이 자기가 서 있는 위치를 냉정하게 확인하기 시작한 점이다.[44] 이렇게 노동자들은 사회 속에서 뿌리 뽑혀 가면서 현 위치를 수정해 간다. 「밥」은 약자간의 정신적 유대와 단결, 개인과 집단, 개인과 사회와의 구조적 모순관계, 도시빈민층의 구조적 모순을 폭로하고 있다. 놀라운 것은 거대한 압력과 조직체 안에서도 개인은 쉬이 굴복함을 거부하는 자세를 보여준다.

(2) 「그의 가정풍경」

「그의 가정풍경」은 서울에 찌부러져 가는 초가집에 살림살이라곤 별로 눈에 띄는 것이 없는 가난한 한 가정을 묘사한 희곡이다. 그런데 사건을 이미 도입부에 암시함으로써 희곡의 생명인 극적인 긴장감이 무너져 극의 전개가 흐지부지해 지고 만다. 그리하여 그야말로 단순한 한 가정을 묘사한 단순극으로 끝난다.

가난한 지식인이 방값이 없어 돈을 꾸어주기로 한 친구를 우두커니 기다리지만, 끝내 친구는 오지 않는다. 그러자 지식인은 내일 아침 끼니와

---

44 김현, 『식민지시대의 문학』, 문학과지성사, 1971년 가을, 571쪽.

장작을 사기 위해 책을 팔러가는 것이 글의 줄거리이다.

그는 고등교육을 받은 인텔리임에도 불구하고 무능력한 실업자이다. 아내를 통해 당시 지식인들이 지니고 있던 사회주의 이념의 실상을 폭로한다.

이는 아내의 의문이자 관객의 의문이기도 하다. 과연 사회주의 사상이 이 배고프고 '생활이 이렇게 모래밭같이 바싹 말런' 현실을 윤택하게 해줄 것인지, 도대체 그 이념이란 무엇인지 알 길이 없다. '그'의 대답에 해당되는 80행이 삭제되어 그 뜻을 짐작하기 어렵지만, 뒤 이어지는 안해의 항변에서 그의 뜻이 제대로[46] 전달되지 못했음을 알 수 있다. 그는 현실에 대한 비판 이념으로 사회주의 이념을 택하였으나, 그 이념을 현실에 적용시킬 능력도 없고 가족에게조차 유대감을 형성시키고 있지 못하기 때문에 이념과 현실적인 빈곤 사이에서 갈등을 일으킨다.[47] 결국 현실의 배고픔을 채우기 위해서는 사회주의 이념서적을 팔아서 쌀을 사게 함으로써, 채만식은 당대 지식인은 역사의 변혁을 위해 행동할 수 있는 가능성이 없는 인물로 파악하고 있다. 지식인은 이기적이고 개인주의적 존재로 파악하고 있다. 이러한 현상은 「사라지는 그림자」 '인원'에서도 볼 수 있다.

---

45 『채만식전집』 9, 앞의 책, 240쪽.
46 채만식의 〈필자의 변〉에서 "중간에 가장 중요한 부분을 약하게 되고 보니 작품의 생명이 없어졌다."라고 밝히고 있다. 『채만식전집』 9, 앞의 책, 243쪽.
47 김재석, 앞의 논문, 15쪽.

서울에서 유학한 인텔리지만 몰락해가는 그의 가정을 위해서는 아무 것도 할 수 없는 무능력한 지식인일 뿐이다. '모기를 보고 칼을 뽑는' 어리석은 행위로 간주함으로써 대세의 흐름 앞에 개인의 저항이 한없이 무력하다는 것을 풍자하려한 작가의 의도가 드러난다.

(3)「인테리와 빈대쩍」

「인테리와 빈대쩍」은 제목에서 풍기는 바와 같이 1930년대의 창백한 인텔리의 비생산적인 철학과 무능을 풍자한 작품이다. 대학교육까지 받은 종식은 실업자다. 근근이 세간을 잡혀서 살아가는데 이제는 잡힐 것도 없어서 끼니를 거르고 있다. 이때 직장을 다니는 친구가 찾아와서 시장하니 빈대떡이나 먹자고 한다. 종식은 아침부터 굶었으면서 체면 때문에 점심을 먹었다고 한 뒤 마음과는 달리 빈대떡을 아주 조금씩 조금씩 떼어먹고 있는데, 이를 비웃기라도 하듯 걸인이 찾아와 구걸을 한다. 친구는 남은 빈대떡을 걸인에게 넙죽 주어버린다.

> 친구 : (소반에 남은 빈대떡을 신문지째 집어 걸인을 주며) 이것 가지고 가서
> 　　　먹어.
> 종식 : (말을 못하나 당황해 하고)
> 　　　　　　　：
> 안해 : (부엌에서 나온다)
> 두사람 : (서로 치어다보다가 서글퍼 웃는다.)
> 안해 : 시장허시다면서 왜 안 잡수었수?
> 종식 : 점심을 먹었다고 해 놓고 걸씬 들린 놈처럼 자꾸만 먹을 수 있나!
> 안해 : 체면이 사람죽이겠네
> 종식 : 그 빌어먹을 거지는 왜 또 공교스럽게 왔어! 나는 그렇게 냄겼다가 같
> 　　　이 좀 먹으량으로……

<blockquote>
안해 : 체면도 그만두고 내 생각도 그만두고 그때 더검더검 자셨으면 하나나
　　　시장은 면했지.[48]
</blockquote>

당시의 지식인이 처한 모순된 사회와 지식인의 허위의식을 폭로한 내용이다. 친구가 간 후 아들이 월사금을 안내서 학교에서 쫓겨 오자 이제 공부하지 말고 공장에나 나가라고 한다.

<blockquote>
종식 : 내가 지금 자식을 학교에 보내서 공부를 시킨다는 것은 결국 자식을
　　　나를 닮게 만든다는 것인데 대관절 우리 자식이 나를 닮아서 무얼
　　　하겠소? 아무생활 능력이 없는 지식 계급(間) 물론 내가 재산이 있어
　　　서 공부도 최고 학부까지 마치게 하고, 그러고 나서 실업 인테리축
　　　에 들지 않고도 먹고 살아 갈 유산이라도 남겨줄 그런 정도라면 공
　　　부를 시키겠지만, 지금 내 형편이 기껏해야 저로 중학교 하나쯤 맞
　　　추게 해 줄것……그래 중학하나를 맞추고 난들 그게 무슨 소용이 있
　　　겠소?
종식 : (무겁게) (방백) 애비를 닮지 말고 시대를 닮어라, 시대를 닮어라, 공
　　　장에 가서 직공이 되여라.[49]
</blockquote>

당시의 세태에 대하여 강한 반발을 보이지만, 한편 현실을 직시하고 공장 직공이 되어 시대에 발맞추어 나가는 것이 현명한 처사임을 이야기한다. 이는 식민지 시대의 고등교육에 대한 작가의 회의적인 태도를 보여준다. 김상선은[50] 이에 대해 현실에 대해서 완전히 거부하는 것이 아니고, 자기 학대로써 현실을 은근히 꼬집고 비꼬는 것이며, 행동으로 현 상황을

---

48 『채만식전집』 9, 앞의 책, 356~357쪽.
49 『채만식전집』 9, 앞의 책, 358~359쪽.
50 김상선, 앞의 책, 176쪽.

이끌어 나가지 못한 지식인들은 내부로 망명하여 현 상황과 타협하며 체념에 빠져 버림으로써 자기학대가 시작된 것이라고 주장한다.

채만식이 가장 적극적으로 작품을 쓰던 1930년대 후반부터 해방을 맞을 때까지는 한국인 특히 지식인들에게는 최악의 시기였다. 또한 1930년대는 식민지 정책의 급박한 사회변동으로 전대에 비해 현실문제가 심각하게 부각되었고, 이러한 시대적 분위기는 많은 작가들을 현실문제에 깊은 관심을 갖게 했다.

(4) 「감독의 안해」

식민지하의 노동문제의 심각성을 드러내어 보이는 「감독의 안해」는 현실 문제에 좀 더 적극적으로 개입하려는 채만식의 사고를 보여준다. 공장을 운영해 가야하는 감독인 남편과, 노동자들의 권익을 위해 동맹 파업을 행한 아내의 갈등을 그린 것이다.

> 전 : 너 이년아, 오늘 회사에 무엇하러 왔어?
> 안해 : 갔으면 어때? 나 볼일 있어 갔어.
> 전 : (뻔히 치어다보며) 저년봐 (間) 이년아, 뉘 주둥아리로 그말이 나와?
> 안해 : 왜? 왜?
> 전 : (벌떡 일어서서 한걸음 다가서며 세듯이 꼬박꼬박) 아 이년아, 글쎄 그
>   놈년의 축에 들어서 나까지 회사에서 미움을 받게 해 놓고는 또 오늘
>   그 년놈의 축에 끼어서 회사를 부시러 와?
> 안해 : 회사를 부시러 갔으면 뭣 당신 회사요? 별걱정을 다하네.[51]

일제 강점 아래에서 생존을 위해 어쩔 수 없이 순응해야만 하는 남편

---

51 『채만식전집』 9, 앞의 책, 310~311쪽.

과, 생존보다는 좀 더 나은 인간다운 생활을 하기 위해 거대한 조직체와 투쟁하는 아내인 한 가족사를 그린 것이다. 안해는 「가죽버선」의 B와 같은 저항하는 인물이다. 남편 「가죽버선」 A의 사회주의 사상을 비웃고, 이념보다는 현실을 직시하는, 오히려 당대의 지식인보다 현실감각이 두드러진 진취적인 여성이라는 점에서 두드러진다.

1930년대의 노동자의 삶은 최악의 궁핍 상태였다. 민족별 임금 격차가 심하여 대체로 조선민 노동자의 임금은 일본인 노동자의 반 이하에 그치고 있었으며, 그럼에도 반 이상이 12시간 이상의 노동에 혹사당하고 있었다. 공장의 중요한 생산공정은 일본인과 그 추종자들이 차지하고 있었고, 이들은 감독, 십장 등의 지위에 있으면서 노동 귀족화되어 노동투쟁을 방해하는 역할을 했었다.[52]

이 작품은 당시의 사회현실과 가족의 붕괴과정을 리얼하게 파헤친 사실극이다. 욕설과 비속어를 사용해서 희극에 나타나는 희화적 인간형을 구성하는 한편, 한가족이 거대한 사회라는 상황 속에서 어떻게 침식되고 어떻게 몰락하는가를 작가의 감정 개입 없이 비장하게 보여준다.

리얼리즘 문학은 전형적인 상황에서 어떤 집단의 성격을 대표할 수 있는 전형적 인물을 중요시한다는 관점에서 보면, 가진자(폭력단, 형사)와 못 가진자(아내)에 대한 숙명적인 대결론이 표출되고 있으며, 남편과 아내 사이지만 어떤 결연한 무관심이 가진자의 비정함을 맛보게 한다. 또한 남편이 형사에게 잡혀가는 아내를 무력하게 바라보아야만 하는, 제도하에서의 남편의 무능력함을 보여주기도 한다. 끝내 우는 딸을 떼어 놓으며

---

52 권영욱, 「일본제국주의하의 조선의 노동사정」, 『1930년대 민족해방운동』, 거름신서, 1984, 232쪽.

형사에게 체포되어 가는 아내의 모습을 이용하여 관객들에게 가진자의 횡포에 대한 분노를 유발토록 하여, 현재의 노동문제의 심각성을 다시금 깨닫도록 극적 효과를 노렸다.

이 작품은 인물의 대립을 통해 극적 행동이 전개되므로 인물사이의 대립적 행동을 중심으로 이루어져 있다.

어떤 연유에서인지 중간에 18행이 삭제되어 있어 작품의 생동감이 줄어든 것도 사실이다.

3) 세태 풍자와 영웅 희구

(1) 「가죽버선」

「가죽버선」은 그의 초기작으로서 29편의 희곡작품 가운데 유일한 애정물이다. 현재보다 미래에 희망을 두고 사는 젊은 남자A와, 과거는 믿을 수가 없고 미래도 지나간 일로 모두 외면하고 오직 현재만 있을 뿐이라고 생각하는 자유방임형의 여성B, 이 둘의 서로 상반되는 인생관과 성격을 거의 장면 묘사 없이 대화로서만 시종일관하면서 인물성격의 뚜렷한 대립을 보여준다.

> B : …… 설사 내가 D씨를 사랑하기로니 선생님께 대한 사랑이 변했다는 증거는 없지요? 또 한 사람이 다른 두 이성을 사랑할 수는 없지 않지 않잖아요?
>
> A : (서서히 고개를 들어 B를 보며 한심하게) 무엇이라고요? 그것이 될말입니까?
>
> B : …… 세상에 삼각연애가 허다하지 않아요? 그 삼각관계에서 연애의 긴장미도 생기고 진실성도 발로가 되지 않습니까?… 이 정도의 일에 낙망을 하시고 자포자기를 하시는 것을 보면 도리어 선생님의 사랑

이라는 것이 의문이 생깁니다. 왜 싸우지 아니하세요?

                          :

A : …… 사랑은 다른 떡조각이나 과실낱같이 손이나 칼로 쪼개서 분리시킬
　　성질의 것이 아니예요. 분리를 억지로 시킨다면 그것은 벌써 사랑이
　　라고 이름지을 수가 없습니다. 그러니까 지금 B씨가 나도 사랑하고
　　또 D도 사랑한다 하면 그것은 말 못할 기형적인 것입니다.

결국 둘은 그렇게 헤어지는 마당에 A의 친구 C가 나타나 조언을 한다.

C : 저, 중국사람들은 계집이 달아나지 못하게 하느라고 발에다 가죽버
　　선을 신긴다고 하잖나?… 연애가 웬만큼 되어 가거든 그놈을 자네
　　애인의 (큰 소리로) 심장에다 신기란 말이야. 사랑이 달아나지 못하
　　게.[53]

「가죽버선」은 "그 주제의식이나 형식으로 봐서 가장 잘 짜여 졌을 뿐
아니라 연극성도 잘 계산된 작품"[54]이란 평을 받은 작품이다.

이 작품에는 젊은 시절에 한번은 거치게 마련인 가치관 전반에 걸친 회
의와 내적 갈등이 담겨있다. 여타의 작품과는 성격을 달리하는 흥미 있는
작품임에는 틀림이 없으나, 관념적이고 추상적인 대화의 나열, 잡기를 벗
어나지 않은 감상적인 독백이나 대화 등에서 보이는 센티멘털과 생경한
관념성 등, 짜임새 있는 극적 구성을 이루고 있지 못한 점에서 앞서 가장
우수한 희곡이라는 차범석 씨의 평가는, 이후의 작품을 고려할 때 지나친
속단이 아닌가 한다. 더구나 희곡에 있어 가장 중요한 전제라고 볼 수 있

---

53 『채만식전집』 9, 앞의 책, 212, 213, 217쪽.
54 차범석, 《문학사상》, 15호, 1973.12, 329쪽.

는 행위가 거의 없고, 단일한 배경과 대사만을 통해 전달되는 결함을 고
려할 때 더욱 그러하다.[55]

「가죽버선」은 식민지 시대의 지식인의 무능함을 풍자함과 아울러 젊은
이들의 세태를 풍자한 것이라 볼 수 있다.

(2) 「야생소년군」

어린이들의 구김살 없고 맑고 건강한 이미지를 통해 어른들의 불건강
한 모습을 해학적으로 반영하고 있다. 이 작품에는 특별한 주인공이 등장
하는 것이 아니라, 어린이 모두가 작품의 전체적인 성격을 구성하는 요소
들로서 이들은 집단적인 성격을 지니며 하나의 큰 핵이 되어 기성인들을
리얼하게 풍자하고 있다.

작가는 어린소년들로 하여금 어른들이 행하지 못하는 일을 행하게 함
으로써 당시의 억압된 사회의 욕구를 표출하고자 했으며 이 사회를 풍자
하고자 하는 일면을 엿볼 수 있다.

무엇보다도 이 「야생소년군」은 빈곤으로 말미암은 배고픔과 헐벗음을
제재로 다루었음에도 불구하고, 처절한 적빈의 냄새가 풍기지 않고 오히
려 신선하고 가볍고, 시원한 바람을 쐬는 것 같은 분위기를 조성해주고
있는 특징을 지니고 있다. 또 스스로 불의를 질타하고 의를 행하는 소년
들에게서 당대의 어둠을 극복할 수 있는 희망을 발견 할 수 있다. 따라서
다른 어떤 희곡보다 분위기가 밝고 익살과 희극적인 요소가 짙으며 희망
적인 미래를 제시해 주고 있다.

---

55 우명미, 앞의 논문, 156~157쪽.

(3) 「영웅모집」

이 시대의 영웅을 찾기 위해 피에로가 서울의 한 공원으로 나왔다. 소
년과 전문학생, 거리의 남·녀, 신사, 젊은 과부와 병든 노동자, 순사, 변
절자, 이주민가족, 룸펜, 소년들, 주정꾼 등 사회 각양각층의 인물들을 등
장시켜 사회의 단면을 보여 줌으로써 진정한 영웅을 구한다.

30여명의 등장인물로 하여금 얼마나 사회가 타락했는지를 보여주고 있
다. 또한 영웅의 특전을 통해 시대의 타락상을 폭로하고 있다.

> 피에로 : 자, 영웅이 나와야 합니다. 영웅, 이태리의 히틀러 같은 영웅, 독일
> 의 뭇솔리니 같은 위대한 영웅, 와싱톤 같은 거룩한 영웅! 나폴레옹
> 같은 위대한 영웅, 보시오 와싱톤은 불란서의 오늘날의 영화를 끼치
> 었고 나폴레옹은 미국의 아버지가 되지 아니하였습니까? 우리에게도
> 영웅이 있어야 됩니다.
> 소년들 : (여기저기서 모여들어 차츰차츰 피에로를 둘러싸고 구경을 한다.)
> 피에로 : 자, 우리 조선에도 영웅이 있어야 합니다. 여러분 누구나 다 응모하
> 십시오. 자, 누구나 다 응모하십시오. 영웅은 참으로 좋은 것입니다.
> 민족을 구하며 그 일홈이 영원히 남으니 좋고, 또 영웅에게는 여러 가
> 지 특전이 있습니다. 좋은 집에서 살 수가 있고, 맘대로 술을 먹을 수
> 가 있고, 호색도 할 수가 있읍니다. 약간의 허물을 모다 덮어 줍니다.
> 자 누구든지 와서 기회를 놓치지 마십시오. 자.[56]

피에로가 구하는 영웅의 자격이 이상하고, 영웅이 누리는 혜택(?)이 수
상하지만, 어쨌든 1930년대의 혼란한 상황에 진정한 영웅이 절실히 요청
됨을 알 수 있다. 이 작품의 나레이터인 피에로에 의해 영웅조차 풍자되

---

56 『채만식전집』 9, 앞의 책, 371쪽.

었고 피에로는 다시 작가에 의해 풍자되었다는 사실이다. 좋은 집에서 풍
족하게 살고 호색도 할 수 있으며, 허물도 덮어주는 영웅이란 표현에서
1930년대의 절망적 상황이 제시되어 있을 뿐 아니라, 민족 지도자에 대한
풍자를 읽을 수 있다.[57] 피에로로 하여금 사이비 영웅을 진짜 필요한 영
웅인 양 말하게 하여 더욱 강하게 역설적 효과를 주면서 현실 자체를 풍
자하고 있다. 영웅을 모집한다는 것 자체가 당치도 않은 일임에도 불구하
고 영웅을 모집하게끔 이끌어 간 것이 그것이다.[58]

　이 시기와 같이 작가가 적극적으로 현실을 비판하고 항의 할 수 없을
때에 소극적이나마 그 시대에 대한 부정적인 면을 폭로하는 수법으로 풍
자적인 문학이 등장하게 된 것을 볼 수 있다.[59]

　이처럼 「영웅모집」은 풍자성이나 해학적 표현에 있어 희극적 효과를
보인다. 이러한 면에서 「예수나 않믿었드면」도 마찬가지이다.

(4) 「예수나 않믿었드면」

「예수나 않믿었드면」은 영감과 전도사의 교묘한 술수에 말려 판단력을
상실한 채 갈팡질팡하는 아씨(본처)를 통해 당시대의 세태를 풍자한다.

　아씨는 철원댁(소실)의 코고는 소리가 듣기 좋다는 영감의 말에 "나는
그 버담 더 잘 곤다우"하며 자랑하고, 전도부인이 와서 아이를 간절히 원
하는 아씨에게 "자식도 없는 것도 다 하느님의 뜻"이며, 음악조차도 음탕
한 노래로 간주하는 전도부인의 말에 레코트판을 깨어버리는 우둔한 자

---

57 우명미, 앞의 논문, 168쪽.
58 김상선, 앞의 책, 156쪽.
59 백철, 앞의 책.

이다. 부자가 천당가기는 낙타가 바늘구멍을 나가기보다 어렵다는 성경
의 말씀조차 희극화해 버리는 영감에게,

> 영감 : 돈이 좀 들더래두 말이야. 바늘은 어쨌든지 큼직허게 하나 철공장에
> 다가 마추거든. 자세들우. 얼마나 크냐하면 둘레가 낙타 몸뚱이 보담
> 크게 해요. 그래 가지구는 떡 천당을 갈때에 그놈을 화물 자동차에다
> 가 실쿠 간단 말야 그럭허며는 천당문지기가 느이는 부자니까 낙타가
> 바늘구멍으루 못 나가듯이 천당에 들어오지 못헌다구 그럴게 아니
> 요? 막으면서 그러거들랑 그놈 바늘을 척 내려서 문지기가 보는데 천
> 당문에다가 구멍을 하나 쾅 뚫거든, 뚫어질게 아니야? 그래놓구 자,
> 낙타가 이 구멍으로 나가나 못 나가나 한번 시험을 해 보라구 떡 뻐티
> 거든 어때 그랬으면 될 거 아니야?
> 아씨 : 글쎄! 참 영감 의견이 그럴듯 허군요. 딴은 참 그래요.[60]

할 만큼 판단능력이 상실되어 있다. 그러기에 막상 첩과 싸움을 해야
할 때에도 "원수를 사랑하라"는 말씀에 좇아 첩도 원수니 사랑해야하고
사랑하니 이제 원수가 아니므로 싸워도 되고, 싸우니 도로 원수가 되어
사랑해야하는 모순에 빠져들어

> 아씨 : 이렇게 싸우면 도루 원수지? 원수지 원수야. 그러믄 싸우지 말구 사
> 랑을 해야지.(울듯이 철원집을 보고) 여보게 나는 자네를 사랑허네.
> 자네를 사랑해요.
> 철원집 : 이 여편네가 상성이 됐어.
> 아씨 : … 그런데 가만 있자. 사랑을 허니까 인제는 또 원수가 아니었다. 옳
> 지 옳지. 그러니까 미워허구 때려주구 그래도 괜찮지? 참 그래. (철원

---

60 『채만식전집』 9, 앞의 책, 399쪽.

집에게 사납게 덤빈다) 요년 요년 찢어죽일년.

철원댁 : (눈이 휘둥그래서) 이게 정말 미쳤어요! 덤빌테거든 덤벼 이년아.

아씨 : (덤비다가 우뚝 서서 방백) 아니 아니야. 이러믄 도루 원수야! 그래 그
　　래 원수야……원수니까 사랑을 해야지(철원집더러) 여보게 아우님,
　　나는 자네를 사랑허네 사랑해

　　　　　　　　　⋮

아씨 : ……(왔다 갔다 하면서) 이거 어떻게 된 셈이야? 응? (가슴을 찢는다)
　　아이구 답답해 죽겠네! 답답해서 나 죽어요 나 죽어요 차라리 예수나
　　안믿었드면 좋았지! 아이구 답답해서 나죽네. (급히 막이 내린다)⁶¹

가치관과 이념에 혼란이 오는 모습을 보여준다. 이는 일제의 회유정책
에 빠져 현실적 이득과 식민지 상황의 극복이란 갈림길에서 방황하던 당
대인들에 대한 채만식의 냉혹한 비판인 것이다.

또한 현실과 종교적인 이상과의 괴리를 보여주는 작품이다. 원수를 사
랑하라는 기독교적인 정신을 왜곡, 오해시킴으로써 일어나는 익살로써
현실과 이상의 괴리를 보여준다.

이런 면에서는 「영웅모집」도 마찬가지이다. 영웅이 구하는 이상적인
인물에 비하면, 이 시대에 살고 있는 인물들은 너무나 타락되어 있다. 따
라서 영웅이 구하는 이상과 현실과의 괴리 현상을 보여 주고 있다.

풍자극에서의 바보의 익살이 파괴적인 중핵을 지니고 있다면⁶² 채만식
의 희곡에서의 풍자적인 인물 중 「예수나 않믿었드면」의 삐에로 역시 풍
자적인 인물이지만 전자와는 다른 역설적인 요소를 지닌 인물이다.

대체로 채만식의 희곡은 구성면에서 어떤 격렬한 갈등이 없이 사실적

---

61 『채만식 전집』 9, 앞의 책, 400~401쪽.
62 윤효식, 앞의 논문, 34쪽.

인 현실의 묘사에 중점을 두고 있다.

채만식의 희곡의 서사 모델들은 가족사(단막극 13편 중 9편)거나, 아니면 인간 내외면의 풍경으로 이루어져 있다.

그는 작가의 위치에서 적당한 거리를 두고 인간의 모습 (영웅모집)이나 활동(야생소년군) 상황 등을(가죽버선) 관찰하고 응시한다. 또한 주로 농촌을 스케치하거나(농촌스케취), 그들의 가정풍경을 바라보거나(그의 가정풍경), 사또(목침 맞은 사또), 지사(코떼인 지사), 스님(시님과 새장사), 인텔리(인테리와 빈대쩍), 피지주(농촌스케취외 다수)들을 다섯 귀머거리(목침, 빈대떡, 새, 두부, 가죽버선)를 통해 풍자하기도 한다.

물론 위의 인물들은 당대 농민들의 실상을 일면 보여주는 인물들임에는 틀림없으나, 그들이 하나의 개성으로 표현되지 못하고 소재정도만 반영하는 평면성을 벗어나지 못하고 있다. 이것은 곧 작가가 현실을 있는 그대로 묘사하려는 데 중점을 두었기 때문이다. 따라서 삶의 본질을 추구하는 데에는 미흡함을 드러내는 한계점을 안고 있다.

6. 결론

채만식은 소설가로서 널리 알려져 있는 것이 사실이다. 허나 그는 30여 편의 희곡을 쓴 극작가이다. 본고는 그가 작품을 쓴 시대적 상황에 초점을 두고, 그의 문학적 목소리가 무엇이었으며, 문학이 역사적 현실 앞에 어떻게 대응하여 왔는가를 단막극을 중심으로 살펴보았다.

그는 시대적 요청에 의해서 소설로 쓰기에는 불편한 것을 희곡이라는 장르를 통해 당대 현실을 리얼하게 표현하고자 했다.

식민지하의 연극은 계몽적 효과와 사회적 기능을 중시하였기에 직접적이고 현재적인 희곡장르가 유리했을 것이며, 또한 희곡은 어떤 문학 양식보다 상황의 극적 표출이 가능하여 현실에 대한 비판과 사회모순을 드러내기에는 유리한 장르였다.

그의 희곡이 당시에 여러 사회적·문학적 요인으로 인해 단 한편도 공연된 적이 없었던 것은 불행한 일이다. 그러나 그는 결코 공연을 배제한 읽는 희곡을 목적으로 삼지는 않았다.

그의 희곡을 살펴보면 초기에는 단막극이 주류를 이루다가 이후 촌극으로, 다시 후기에는 장막극으로 이행됨을 볼 수 있다. 여기에 장막극보다 촌극과 단막극이 단연 우세함은 당시의 계몽적 효과와 현실 개조의 효용론적 관점에 역점을 두었기에, 이러한 양상이 나타난다고 볼 수 있다.

1980년대 들어서 채만식에 대한 연구는 실로 폭발적이라 할 만하다, 그럼에도 불구하고 그에 대한 연구가 계속되고 있음은 그의 문학이 풍자와 해학을 곁들인 리얼리즘 문학이라는 데에 기인한다고 사료된다. 현실을 직시하고 그것을 수식 없이 진솔하게 표현함으로써 독자에게 관심의 폭을 확대해 주었으리라본다. 채만식은 소박하게 인간적인 삶을 사는 서민이나, 민중의 입장에 서서 관심을 가지고, 그 탈출구를 찾으려 했으며 그것을 훌륭히 작품화 했다는 점은 논자의 관심을 받는데 큰 역할을 했으리라 본다.

그의 희곡 작품을 살펴보면, 당대를 배경으로 농민의 궁핍상, 지주와 소작인 사이의 갈등을 다룸으로써, 1930년대의 우리 농촌이 당면한 빈궁한 삶을 리얼리즘 수법으로 비교적 정확하게 표현하는데 성공하고 있다.

지주의 몰락을 통해 시대 모순과 비극을 고발한 「낙일」, 「사라지는 그림자」, 농촌현실과 현실에 대한 개혁의지를 보여준 「농촌 스케치」나 「밥」, 또한 농민의 비참한 삶의 현장을 보여준 「미가대폭락」, 표류하는 농민의 현실을 그린 「흘러간 고향」, 현실에 대한 회의와 비판을 하면서도 무기력한 인텔리를 다룬 「인테리와 빈대떡」, 「그의 가정풍경」, 도시노동자의 처절한 삶의 현장을 보여주면서 사회 현실에서의 부정적인 면을 타개해 보려는 의지가 엿보인 「감독의 안해」, 식민지 시대의 지식인의 무능함을 풍자함과 아울러 젊은이들의 세태를 반영한 「가죽버선」, 어린이를 통해 어른들의 빗나간 세태를 풍자한 「야생소년군」, 타락한 현 사회를 구제해 줄 진정한 영웅을 찾는 「영웅모집」, 현실과 종교적인 이상과의 괴리에서 방황하는 당대인을 묘사한 「예수나 않믿었드면」, 이러한 단막극은 식민지 현실에 대한 그의 인식을 사실적인 수법으로 형상화 하였다.

그의 희곡이 당대의 사회현실과 밀착되어 있는 만큼, 그의 희곡에 나타난 여러 등장인물들은 시대적 상황과 밀접한 관련이 있다. 현실에 밀착한 소재로서 식민지 사회의 구조적 모순이나 억압을 리얼하게 묘사하고 있지만, 저항의 흔적이나 앞으로의 희망적인 방향제시가 없이 평면적으로 머물고 만 점이 아쉽다. 또한 인간 존재에 대한 존재론적 탐구나 내면적인 탐색이 아닌 사실적인 묘사나 객관에 머물고 말았다. 그의 작품에 풍자적인 요소가 있는 것은 현실적으로 해방될 수 없는 상황이기에 풍자로서 극복하였다고 본다.

그의 희곡의 특징은 리얼리즘 경향이 짙고, 또한 당대 상황을 선명하게 묘사하고 있다는 점이다. 따라서 1920년대의 신파조의 감상주의 희곡에서 차차 리얼리즘 희곡으로 이행되었다는 긍정적 평가를 내릴 수 있을 것이다.

앞으로의 연구 방향은, 왜 희곡이 한편도 공연되지 않았던 이유에서 문학 외적인 면보다는 근본적인, 희곡이나 연극의 원론적인 측면에서 문제점을 찾아야겠고, 그에 따른 작품의 분석이 철저히 뒤따라야 할 것이며, 소설 작품과의 대비고찰이 이루어져야겠다. 또한 동시대의 다른 작가의 작품과의 비교검토도 선행되어야 할 것이다.

제3부

「요한시집」과 「구토」와의 비교 고찰

「요한시집」과「구토」와의 비교 고찰

1. 머리말

특징적인 한 시대는 특징적인 작가를 낳는다고 볼 수 있다. 장용학이 활발히 창작 활동을 하고 있던 1950년대는 전후의 폐허와 궁핍으로 인한 생존의 문제, 실존의 위기의식과 패배의식이 팽배했으며, 정신적 절망과 허무의식이 지배하고 있던 시기이다. 전후의 상황은 현실을 회의하고, 인간 자체의 부조리성과 불합리성을 인식하게 되고, 인간 존재에 대한 근본적인 물음이 작가나 독자들에게 요청되던 시기이기도 하다.

작가로 하여금 인간과 신, 혹은 사회와 인간, 혹은 이념과 인간, 인간과 관습, 인간과 제도 등에 깊이 있게 성찰하는 계기가 되었다. 인간 실존적 삶의 의미나, 자유와 의지, 존재 등 삶의 근원적인 문제에 관심을 갖게 했다.

특징적인 개성을 지닌 장용학은 1950년대 전후 문인으로서 한국 문학에 새로운 지평을 열었다고 볼 수 있다. 무엇보다도 문학 속에 실존주의의 도입은 그의 문학뿐 아니라 우리 문학사에 한 획을 그었다.

물질적·정신적 황폐기라 할 수 있는 6·25 직후 발표된 「요한시집」은 전후의 잔재들이 인간의 실존적 존재를 극한까지 위협하는 과정을 선명하게 보여주고 있다.

장용학은 1955년 《현대문학》지의 7월호에 단편소설 「요한시집」을 발표하고 난 후 "「요한시집」은 우연한 기회에 「구토」를 읽고 그 영향하에서 창작되어진 소설"이라고 밝히고 있다.[1]

본고의 목적은 장용학의 「요한시집」을 대상으로 하여 장용학의 실존주의의 수용양상이 어떻게 접맥되고 있는가를 고찰하고자 한다. 또한 실존주의의 아버지인 사르트르와 상관관계를 고찰하면서, 사르트르의 주된 작품인 「구토」와의 비교 검토하에, 장용학이 받아들인 실존주의가 문학작품에는 어떤 양상으로 투영되었으며 그에 따른 의의와 변모 양상을 탐색하고자 한다.

「구토」는 1938년 《N. R. F》지를 통해 발표된 사르트르의 실존철학이 그대로 투영된 문학작품이다. 따라서 「요한시집」은 「구토」와 직접적인 영향관계에 놓여 있다는 작가의 진술에 따라 본고에서는 두 작품을 비교·분석 하고자 한다.

무릇 한 작가에 있어서, 다른 작가, 다른 작품의 영향은 쉬이 간과될 수 없는 것이며 하나의 새로운 작품을 탄생케 하는 요인이 되었을 경우에는 더욱 그러하다. 오늘날의 문학 비평가들은 이러한 텍스트의 상호관련성에 중요성을 부여하고 많은 시간과 노력을 투자하여 연구가 진행

---

1 장용학, 「실존과 요한시집」, 『한국 전후문제 작품집』, 신구문화사, 1960, 400쪽.

되고 있다.

본고에서 논하는 영향[2] 관계는 작가의 직접적인 고백을 바탕으로 한 작품 자체에 내재하는 유사성, 인접성, 관계성 등을 고려한 내적 관계의 규명이 될 것이다. 이러한 사실 아래 본고의 주안점은 다음과 같다.

첫째, 사르트르의 실존주의가 장용학이라는 한 작가의 의지를 통해 어떠한 양상으로 「요한시집」이라는 작품에 투영되었으며,

둘째, 인간의 자유와 죽음. 그리고 거기에서 나타나는 부조리의 실존적 의미를 고찰할 것이며.

셋째, 구원의 의미가 누혜나 로캉탱에게 무엇으로 표출되는가를 고찰해 보고자 한다.

이 과정을 거친 후에 두 작품의 차이와 동질성은 무엇인지를 살펴보게 될 것이다.

2. 선행 연구의 검토

장용학은 1949년 《연합신문》에 첫 작품으로 「戲畫」를 발표했으나. 실제적인 첫 작품은 1948년에 탈고한 「肉囚」이다. 그는 1952년 1월 《문예》[3] 지를 통한 당선소감에서 "마땅한 아버지를 만나지 못하였기 때문에 햇빛도 보지 못하고 죽어간 아들"을 회고하며, "나는 처녀작이 없는 작가가

---

2 영향의 종류로는 작품을 중심으로 하여 내적인 면과 외적인 면으로 구별된다. 다시 말하면 내적인 면은 그 영향이 작품 그 자체 속에 나타나 있는 것이고, 외적인 면은 또한 직접적인 고백과 간접적인 고백으로 나누어진다. 즉 직접적인 고백에는 작자 자신의 서간문·담화·수필·일기 같은 것이 포함되고, 후자 즉 간접적인 고백은 전기가의 정보가 이에 해당된다. ― 김학동, 『한국문학의 비교 문학적 연구』, 일조각, 1972, 33쪽.

3 『한국현대소설이론 자료집』, 제42권(50. 6~53. 7), 국학자료원, 1990.

되었다.”라고 회한하면서, 2년 가까이 책상서랍 안에서 구박받고 있는 「肉囚」의 죽음(?)을 통탄해 하고 있다.

공식적인 문단 데뷔는 1950년 5월 「地動說」로 《문예》지에 추천을 받으면서 시작된다. 그의 작품 활동은 대부분 1950~60년대에 활발히 행해졌던 연유로 전후작가로 통칭되어 왔으며, 실존주의 작가로 지칭되어 왔다. 그는 특히 1955년 《현대문학》지에 「요한시집」을 발표 하면서 문단의 주목을 받기 시작했으며, 그 후 「非人誕生」·「現代의 野」·「圓形의 傳說」·「喪笠神話」·「易姓序說」·「死火山」 등 흥미로운 작품을 발표하여 많은 평자들의 관심을 받아왔다.

「요한시집」은 ‘이것도 소설이냐’ 라는 세간의 논란을 불러 일으키기도 했으나, 한편으로는 관념소설의 일종으로서 현대의 인간 조건을 매우 진지하게 추구한 작품이라는 긍정적 평가를 받기도 했다.

장용학에 대한 지금까지의 선행연구를 검토해 보면, 그는 우선 손창섭·김성한·오상원·선우휘 등과 더불어 신세대작가[4]로 평가되는 한편, 전후 문학적인 측면[5]과, 실존주의적 측면[6] 그리고 그의 문학의 난해성과 신화적 원형성에 초점을 두어 논의[7]가 이루어져 왔으며, 기타 주제

---

4 김상선, 『신세대 작가론』, 일신사, 1962.
5 김윤식, (속)『한국 근대 작가론고』, 일지사, 1981.
　신경득, 『한국전후소설연구』, 일지사, 1983.
6 김현, 『사회와 윤리』, 일지사, 1974.
　김우종, 『한국 현대소설사』, 성문각, 1980.
　허형석, 「장용학 소설고」, 군산 수산전문대학 연구 보고, 제17권 1호, 1983, 5월.
　신덕수, 「장용학의 단편소설연구」, 대구대학교 교육대학원, 석사학위논문, 1986.
　강신경, 「장용학 소설의 실존주의 수용양상에 관한 연구」, 중앙대 국어국문학과 석사학위논문, 1990.
7 김윤식·김현, 『한국문학사』, 민음사, 1974.

나 Plot, 문체[8] 등 언어의 개념[9]을 통한 고찰이 있어 왔다. 또한 사르트르, 까뮈[10] 니체[11]와 장용학의 소설 속에 나타난 사상을 중심으로 한 비교고찰[12]이 있다. 이러한 외국 실존주의 작가와의 비교와는 달리, 박신헌[13]은 장용학과 최인훈의 비교연구를 시도하면서 「요한시집」이 「광장」의 모체가 되었다는 관점에서 기술하고 있어 흥미롭다. 그리고 존재론적 입장에서 자의식 문학[14]과 형태나 내용적 측면에서 죽음의 문제[15]나 저항의 모습을[16] 고찰한 다수의 연구가 있다.

이러한 기존의 연구들을 개괄적으로 살펴보면, 김상선은 장용학의 문학적 세계는 인간의 해부로부터 시작하여 인간생명에 대한 진지한 작가

이숙경, 「장용학 소설에 나타난 신화적 원형 고」, 국어국문학논문집(서울대) 제10집, 1982.

문승준, 「장용학 소설연구」, 성균관대 국어교육전공 석사학위논문, 1987.

진영옥, 「장용학 소설의 관념소설 고」, 부산대 국어국문학과 석사학위논문, 1982.

8 서승자, 「자의식 소설의 세계」, 『성대문학』(성균관대), 1967. 1. 30.

이석규, 「장용학론 - 문체론적 고찰」, 『선청어문』(서울대), 1970. 제1집.

최창록, 『한국소설의 문체론적 연구』, 형설출판사, 1981.

9 심민화, 「언어의 개념을 통하여 고찰한 사르트르의 「구토」」, 『덕성여대 논문집』, 제9집, 1980.

권오룡, 「사르트르의 문학적 세계」, 『문학의 자유와 자유의 문학』, 문학과 지성사, 1989.

10 서수생, 「사르트르와 장용학의 비교고찰」, 『눈문집』(경북대학교, 인문 · 사회편), 제16집, 1972.

이석규, 「「이방인」과 「요한시집」의 대비연구」, 『논문집』 제8집(대유공업전문대), 1986.

11 김미리, 「장용학 소설론」, 전남대 국어국문학과 석사학위논문, 1986.

12 오현봉, 「「요한시집」과 「구토」의 비교」, 『논문집』(육군사관학교), 제8집, 1970.

이재전, 「「요한시집」의 사상적 고찰」, 동아대 국어국문학과 석사학위논문, 1970.

13 박신헌, 「「요한시집」과 「광장」의 비교고찰」, 『문학과 언어』(문학과 언어 연구회), 제5집, 1984.

14 서승자, 「자의식 소설의 세계」, 성대문학(성균관대), 1967.1.30.

15 박수진, 「장용학 소설연구」, 중앙대 석사학위논문, 1984.

서상익, 「장용학 소설에 나타난 죽음의 양상」, 경북대 교육대학원, 국어교육전공, 1987.

16 김용구, 「장용학 소설에 나타난 저항의 문제」, 전광용 외 2인 『한국현대소설사연구』, 민음사, 1984.

적 태도를 취하면서, 인간생명의 구원을 위한 의지적인 노력에서 출발하고 있다[17]고 하였고, 허형석[18]은 6 · 25를 통해 체험한 인간적 비극과 그 무렵 읽은 실존주의 문학과의 접목을 통해 얻어진 것으로, 우리 소설의 새로운 공간, 즉 상징의 형성화라는 과제를 제시한데 새로운 의미를 부여하고자 했으며, 김현[19] 은 "그의 소설은 긍정적인 인간, 혹은 실존하는 인간을 찾기 위한 노력으로 이어진다"는 실존주의적 측면에서 보고자 했다.

죽음의 의미와 구원의 문제를 실존주의 측면에서 다룬 박수진[20]은 "그의 소설은 종래의 전통적 소설기법이랄 수 있는 객관적 묘사위주에서 벗어나 주관적 · 관념적 서술을 통해 인간의 생존적 상황과 그 상황 속에서의 생의 의미를 모색하고 있다"고 하여 실존적 측면에서 살펴보았고, 서상익[21] 역시 「요한시집」에 나타난 죽음은 실존적인 자아로서의 현실적인 죽음을 극복하여, 영원한 실재를 자기구원의 방법으로 죽음의 길을 택한 것이다" 하여 죽음의 의미를 분석하고자 했다.

이석규[22]는 "그의 작품이 관념적이고 추상적인 것은 오직 상징적인 어휘와 상징적인 문장을 사용하고 있기 때문이다" 하여 관념적이고 난해함은 상징성에서 연유한다고 보았다. 한편 김상선[23]은 이러한 상징성은 현대문명을 비판하고 있을 뿐만 아니라, 그 언어배열에 있어서 독특한 경지를 개척하여 리드미컬한 문장을 이루고 있어, 마치 시를 읽는 것과 같은

---

17 김상선, 앞의 책, 1쪽.
18 허형석, 앞의 논문, 46쪽.
19 김현, 『사회와 윤리』, 앞의 책.
20 박수진, 앞의 논문, 1쪽
21 서상익, 앞의 논문, 39쪽.
22 이석규, 앞의 논문, 37쪽.
23 김상선, 앞의 책, 155쪽.

아름다움을 준다고 보았다.

심민화[24]는 로캉탱의 일기는 필경 존재에 대한 사르트르의 철학적 명제들로서 어떤 위기에 대한 그의 개인적이고도 특수한 반응이다 하여 「구토」를 언어의 개념을 통하여 분석하고자 했으며, 조진희[25]와 권오룡[26] 역시 구토를 유발시키는 동기를 이름이나 언어로 명명할 수 없는 해석 불가능의 언어 마비에서 온다고 구토의 발생동기를 언어를 통하여 모색하고자 했다.

이재전[27]은 전통적 측면에서 「요한시집」을 보고자 하였다. 작품의 저변에 깔려 있는 관념의 형태 속에는 우리의 전통적인 사고가 바탕을 이루고 있으며, 무의식적으로 지배하고 있는 전통사고와 서구의 실존주의가 결합하여 이 양자가 사상적 배경을 이루어 창조된 작품이 「요한시집」이라고 보았다. 문승준[28] 역시 "「요한시집」의 실존은 내림굿을 기다리고 있는 한 인간의 탄생의 목마름이며, 신화적으로 외디푸스의 세계를 극복하려는 인간의 인격분열의 묘사이며, 풍요의 세계를 회복하려는 제의적이며 주술적인 속죄양의 기록이다"하여 전통굿과의 접맥을 통하여 고찰했으며 또한 신화적 구조와 원형상징을 중심으로 고찰하였다.

김용구[29]는 장용학 소설에 나타난 저항의 문제를 형태와 내용적 측면에서 검토하였다.

---

24 심민화, 앞의 논문, 4쪽.

25 조진희, 「구토체험과 구원의 모색」, 이화여자대학교 불어불문학과 석사학위논문, 1990.

26 권오룡, 앞의 논문, 243쪽.

27 이재전, 앞의 논문, 55쪽.

28 문승준, 앞의 논문, 47쪽.

29 김용구, 앞의 논문, 466쪽.

김미리[30]는 장용학의 작품에 대한 비평적 접근방식이 대체로 사르트르나 까뮈의 실존주의 작가들과 관련해서 이루어졌다고 보고, 니체의 생철학적인 입장에서 접근하는 방식을 취했다. 또한 비교문학적 관점에서 오현봉[31]은 "사르트르는 로캉탱에게 혼을 불어 넣어 작품 「구토」를 완성하였고, 장용학은 로캉탱을 통하여 사르트르를 이해하고 동시에 동호와 누혜를 설정하여 「요한시집」을 탄생시켰다"하여 영향선상에서 보고자 했다.

이수경[32]은 「구토」는 양차 세계 대전에서 모든 의미를 박탈당한 부조리한 인간 존재에 대한 고발이다 하여 현대를 사는 사물화 된 인간의 인간적인 한계와 그 한계를 극복하는 방법이 무엇인지를 고찰하고자 했다.

김용구[33]는 「요한시집」의 작품은 역사의식에서 출발한 것처럼 보이면서도 종국에는 실존의식으로 끝나는 점이 작품구조의 핵심이 되고 있다 하였으며, 이진홍[34]은 이 작품은 일반 소설론적 입장에서 볼 때 종래의 한국소설의 개념에 대한 하나의 반성이며, 따라서 과거의 소설적 요소에 묶여 있지 않고 소설의 세계를 보다 내면화·관념화함으로써 깊고 넓게 확장시켜 놓은 작품이라고 긍정적 평가를 하고 있다.

지금까지 장용학의 작품에 대한 접근, 연구방식은 다양한 각도에서 이루어졌다고 본다. 이러한 논문들은 본 논문의 방향설정 및 작품 이해에 많은 도움을 주었다.

---

30 김미리, 앞의 논문, 5쪽.

31 오현봉, 앞의 논문, 15쪽.

32 이수경, 사르트르의 「La Nausée」와 로브그리예의 「La Jalousie」에 나타난 사물의 관점, (홍익대 불어불문학회) 불문학 3, 1987. 3.

33 김용구, 앞의 논문, 474쪽.

34 이진홍, 『한국현대소설의 이해』, 학문사, 1986, 201쪽.

그러나 개괄적이고 형태적인 면에 그치고 만 아쉬움이 있어 본고에서는 작품의 구체적인 분석에 주안점을 두고자 한다. 본고의 관점은 작품을 논할 때 가장 중요한 것은 작품 그 자체인 것이라고 보고 두 작품 간의 긴밀한 연관관계를 살펴보고자 한다.

본고의 연구 방법은 비교문학적 관점[35]에서 출발하며 두 작품의 사상의 영향[36]하에서 고찰되어질 것이다.

3. 실존의 의미, 장용학의 실존주의의 수용

1) 실존주의의 발생 배경

실존주의의 철학상의 어원은 칼 야스퍼스(Karl Jaspers)가 자기 철학에 붙인 이름에서 출발 된다. 원천(原泉)으로는 파스칼, 키에르케고르, 니체에서 출발하여, 방법론적으로는 후설의 현상학을 거쳐, 하이데거, 야스퍼스, 사르트르 등의 철학을 실존철학이라 부른다.[37]

문학상에서의 실존주의는 2차 세계 대전 후 사르트르의 작품에서 그 시원(始源)을 찾고 있다.[38]

---

35 비교문학은 '국제간의 문학적 교류사' 즉 한 나라의 문학이 언어의 국경선을 넘어서 "외국문학에 미쳤거나 받았을 영향의 대차관계를 밝혀 외국문학과의 동질성과 이질성"을 규명해내는 것으로 그 개념을 정의하고 있다. — 김학동, 『한국문학의 비교문학적 연구』, 일조각, 1972, 7쪽.

36 "문화 간의 영향관계는 주종관계에 의해서가 아니라 굴절이라는 현상으로 이해하여야 한다. 문학에서의 영향이란 마치 빛과 같아서 그 빛을 받아들이는 물체에 따라 굴절된다." — 김현·김윤식, 『한국문학사』, 민음사, 1973, 17쪽.

37 정창범, 「실존주의 문학」, 『문예사조사』, 어문각, 1977, 178쪽.

38 정창범, 앞의 책.

실존주의의 발생 배경은 크게 세 가지로 나누어 볼 수 있다.[39]

첫째, 실존주의는 보다 더 구체적이고 생생한 현실적인 인간의 삶에 초점이 맞추어 진다.

둘째, 실존주의는 기계문명, 물질문명, 과학문명의 틈바구니에서 인간이 대중화, 도구화, 획일화 되어가는, 즉 거대한 기계속의 한 부품으로 전락되어 버린 인간의 주체적 자유를 갈망하는 상황에서 형성된 것이다.

셋째, 세계대전은 빈곤과 파괴, 절망과 허무를 안겨 주었다. 이러한 불안과 위기의식이 시대비판과 함께 실존주의를 형성하게 한 배경이 되었다.

실존주의는 세계 속에 자신을 투신하고 창조하면서 형성해가는 '자유의 철학', '행동의 철학' 으로 표현된다.

2) 사르트르의 실존주의

사르트르의 실존주의는 '실존은 본질에 앞선다' 는 명제에서 출발한다.[40] 이 세상에 있는 모든 존재들이 그 존재를 인식하는 관념에 앞서서 존재한다는 것이다.

사물은 그 용도, 목적, 제작과정이 그 사물의 개념과 본질을 구성한다. 사물은 만들어지기 전에 벌써 어떤 것을 만들고자 하는 이념과 본질의 관점이 앞서는 것이요. 이 본질과 개념에 따라 도구를 만든다. 그러므로 도구적 존재에 있어서는 본질이 존재에 앞선다. 그러나 인간은 도구처럼 본

---

39 박준택, 『현대철학사상』, 박영사, 1979, 96~98쪽.
40 J. P. 사르트르, 최성민 역, 『실존주의는 휴머니즘이다』, 서문당, 1983, 59쪽.

질이나 목적이 결정되어 있는 것이 아니다. 신이 자기의 관념대로 인간을 만들었다면 인간은 도구와 마찬가지로 본질이 존재에 앞설 것이다. 그러나 사르트르에 의하면 "신은 존재하지 않기 때문에 인간의 존재에 앞서는 본질이 있을 수 없다"[41] 따라서 무신론적 입장에 서 있는 그는 인간을 주관적으로 자기의 삶을 이어가는 하나의 지향적(指向的)존재로 본다. 인간은 이 세계에 우연히 내던져진 존재며 우연히 '거기에 있을 뿐' 인 존재이다.[42] 신이 존재하지 않으므로 모든 것이 허용된 인간은 '자기를 스스로 만들어 가는 그것' 밖에 인간존재를 극복 할 길이 없다.

일체가 허용되어 무한히 자유롭다. 무한한 자유는 무한한 선택의 가능성을 의미한다. 그 선택은 또한 모든 일은 나로 말미암아 일어나는 것이라는 무한한 책임을 예상한다. 그래서 인간은 저 자신의 '입법자' 이며 누구의 명령도 없는 대신 누구에게도 의지할 수 없는 '내버려진' 속에서 결정을 내려야 한다. "인간은 자유에 의해 처형 되었다"[43]는 사르트르의 말처럼 자유는 반드시 선택이 있어야 한다. 이렇게 자유는 무엇인가를 선택해야만 한다는 필연성으로 구성되어 있다. 그래서 자유는 고민스럽고 고독하다. 이 자유는 책임이 뒤따른다. 전적으로 혼자 선택해서 행동해야 하는 만큼 책임에 대한 짐도 혼자 짊어져야 하는 것이다. 그 선택은 현재를 선택하는 것이다. 미래는 선택되어질 수 없기 때문에 더욱 불안은 가중된다. 여기서 실존적 생의 불안이 싹튼다. 그렇지만 사르트르에겐 절망

---

41 J. P. 사르트르, 앞의 책, 62쪽.

42 J. P. 사르트르, 앞의 책.

43 그는 홀로였다. 거창한 침묵의 한 복판에 자유롭고 그리고 홀로였다. 도움 없고 핑계 없이 어떤 가능한 依支도 없이 결단을 하도록 처형된 채, 영원히 자유롭도록 처형된 채로, J. p. 사르트르의, 앞의 책.

이나 불가능이 없다. 선택만이 중요할 뿐이다. 인간은 스스로의 선택에
의해서 자신을 만들어 가는 것 외에는 아무것도 아니다.

사르트르는 인간은 본래 필연적으로 고독한 존재이므로 고독과 허무를
극복하기 위해서는 인간존재 스스로가 자신의 실존 속에서 끊임없이 창
조해 나아가야 한다고 주장한다. 따라서 인간존재를 구원할 수 있는 것은
오직 자신으로부터 출발하며, 그 '무엇'에 의해서도 진정으로 구원 될 수
없다는 것이다. 결국 사르트르의 실존주의는 인간존재의 주체성을 주장
하는 휴머니즘이라 하겠다. "인간은 존재하는 것이 아니라 인간은 실존
한다." 이것이 사르트르 실존주의의 핵심사상이다.

3) 장용학의 실존주의 수용

한국문학에 실존주의가 처음으로 소개된 것은 1948년 《신천지》 3권 9
호에 〈실존주의 특집〉이 마련되면서 출발된다.[44] 실존주의가 한국에 소
개된 자료를 살펴보면 다음과 같다.

- 실존주의 비판―「사르트르」를 중심으로, (김동석) 신천지, 10. 12.
- 사르트르의 사상과 그의 작품, (양병식).
- 사르트르의 실존주의, (박인환).
- 실존주의 소설, 「벽」(Le Mur), (짱 폴 사르트르 著, 전창식 譯).
- 문학의 시대성, (장 폴 사르트르).

이후 실존주의가 철학과 문학의 양 측면에서 본격적으로 소개되고 논

---

44 강신경, 앞의 논문, 11쪽.

의된 것은 6 · 25가 끝날 즈음 1952년《자유문학》에서부터이다.

> 《자유문학》 1952년 10월호.
> - 실존주의와 현대철학, (박종홍).
> - 실존주의 소설, 「페스트」(La Peste), (알벨 카뮈 著).
>
> 《사상계》, 1953년 7월 통권, 제4호.
> - 작가와 진실성, (알베엘 카뮈 著, 송욱 譯).
>
> 《사상계》, 1953년 12월.
> - 실존의 윤리, (고범서).
> - 알베엘 까뮈론, (귀어밋트 랜스너 著, 송욱 譯).
>
> 《사상계》, 1954년 8월.
> - 실존주의는 휴매니즘이다, (장 뽈 사르트르 著, 임갑 譯).

실존주의는 절망 · 불안 · 허무 · 부조리의 사상을 앞세운다. 이렇게 어두운 사상이 1950년대에 우리나라에 들어 올 수밖에 없었던 것은 그 시대상과 깊은 연관성을 가진다.

카뮈, 사르트르 등 실존주의 작가들이 이즈음 소개된 것은 6 · 25로 인한 전쟁체험이 가져다주는 한계상황의 의식이 실존주의 문학의 그것과 동질성을 갖기 때문이었다고 할 수 있다.[45] 전쟁으로 인한 물질과 정신의 폐허는 인간 실존에 대한 물음을 인간 스스로 던지게 했다. 따라서 자연스럽게 실존에 대한 작품이 나올 수밖에 없었다.

장용학은 서구의 실존주의의 직접적 영향하에 있었던 대표적 작가이다. 그의 의식 성향에 의해 자연스레 흡수된 실존주의에 대한 장용학의 견해는 다음과 같다. "西歐的 思考 方式과 民族情緒의 結合, 그 調和에서

---

45 강신경, 앞의 논문, 11쪽.

만 民族文學은 世界文學으로서의 民族文學이 될 수 있는 것이다."[46] 이러한 열린 가치판단이 있었기에 그의 실존주의 수용은 더욱 용이했을 것이다. 그는 서구적 사고방식과 민족정서의 결합만이 세계문학이 될 수 있음을 강조하고 있다.

서구적 사고와 민족정서의 결합을 보여주는 작품, 실존주의의 영향을 받아 처음으로 쓰게 되었다는 「요한시집」의 창작동기에 대해 살펴보고자 한다. 이는 장용학이 실존주의를 수용하게 된 직접적인 모습을 엿볼 수 있기 때문이다.

> "「요한시집」은 實存主義文學의 影響을 받고 쓴 첫 作品이 된다. (중략) 그러던 내가 實存主義 作品을 읽게 된 것은 釜山避難地에서, 一九五三年 봄 어떤 학생이 나의 하꼬방에 사르트르의 「嘔吐」를 들고 와서, 外國에서는 이런 것이 지금 大流行인데 小說을 쓴다면서 어떤 것인가 하는 것쯤은 알아야 할 것이 아니냐고 하면서 두고 갔다. 그런 說敎를 받고서도 며칠 방구석에 내버려 두었다가 無聊한 틈틈에 한 장 구경해 보다가 모르는 사이에 사로 잡히게 되었다. 나는 「구토」를 읽은 후, 생리적으로 취미가 맞았고 안개 속에서 희미하게 느끼고 있던 것을 길은 여기라고 구체적으로 짚어서 말해주는 것 같았다. 그때 내가 느낀 실존주의 문학을 도식화해서 말하면 '토스토이엡스키-神性=사르트르'가 되었다. 거기서 내가 배운 것은 사물을 보는 눈이었다. 예를 들어 말하면 '들어오는 것'은 '나가는 것'이 된다는 발견이다."[47]

그에게 실존주의의 만남은 커다란 충격이었음에 틀림없고 따라서 「요한시집」에 나타나 있는 자유나 인간존재, 죽음의 문제들은 사르트르의 실존주의 영향권에 있다는 것을 알 수 있다.

장용학 스스로의 고백에서처럼 그가 사르트르 이전에 토스토옙스키를 참 문학으로 읽었다는 것은 인간존재에 대한 관심으로 그가 갖는 실존의식의 저변을 엿 볼 수 있다. 이후 〈토스토옙스키–神性=샤르트르〉라는 등식에서처럼 사르트르로 대표되는 무신론적 실존주의 사상에 매료 되었으며, 사르트르의 구체적 사상체계를 담은 「구토」라는 작품을 읽은 후 결정적으로 실존주의라는 새로운 사조에 매료되고 영향을 받았다.

최소한 장용학에 있어서 작가의 역사체험(민족주의)과 실존주의의 영향은 밀착되어 있음을 알 수 있다. 이러한 실존주의 경향을 받아들인 장용학은 거의 모든 작품에서 실존주의 양상을 짙게 풍기고 있다.

4. 작품의 대비적 고찰

「요한시집」은 序·상·중·하의 4부로 나뉘어져 있다. 한 옛날 깊고 '깊은 산속' 이라는 상징적인 토끼의 寓話로 序는 시작된다. 동화 같은 우화의 등장은 독자들에게 잔뜩 긴장감을 고조시킨다. 사실 이 서두는 매우 상징적인 단락으로서 이후 전개되는 상·중·하와 긴밀한 연계를 가진다. 上은 포로수용소에서 귀향한 동호라는 인물의 내적독백을 통해 그 내면의식을 묘사하고 있으며, 中에서는 동호와 누혜의 포로수용소에서 겪은 이야기가 회상형식으로 나타나며, 下에서는 누혜의 유서를 중심으로 그의 자유의지와 실존의 의미를 보여주고 있다. 또한 上은 누혜 어머니의 현실과 죽음이 현재형으로 나타나고 있으며, 中은 누혜의 죽음이 소과거 형태로, 下는 대과거 형태로 구성되어 있다.

비교대상인 「구토」는 1938년에 《N. R. F》지에 발표된다. 드 보봐르가 사르트르에게 "형이상학적인 진실과 감정을 문학적인 형태"로 표현해 보라는 권유에 의해, 철학적인 난해한 관념을 문학적인 언어로 형상화시켜 발표한 것이니만큼, 사르트르 실존주의에 대한 사상을 알기 쉽고 좀 더 쉬운 형태로 담아 낸 문학작품이다.

「구토」는 부빌시에 사는 안토니 로캉탱이라는 한 독신자의 내적 체험의 고백이 일기 형식을 통해 전개되고 있다. 주인공은 늘 반복되는 일상 생활 속에서 권태롭게 생활을 영위해 간다. 이 독신자의 부조리한 삶을 통해 사르트르는 자유나 인간실존의 문제, 부조리 등을 독자 스스로에게 질문을 던지게 한다.

사르트르는 "「구토」는 나의 철학의 여러 가지 면에 대한 하나의 문학 해설서이다. 나는 「구토」에서 존재 이유도 없는 불쾌한 내 동료들의 존재를 묘사하고, 나 자신의 실존은 일단 제외시키는데 성공하였다, '나'는 로캉탱이었는데, 그를 통해서 자기를 만족하는 법 없이, 내 생의 드라마를 보여주었다. (중략) 얼마 후 나는 인간은 이해하기 힘든 존재라고 기꺼이 주장하였다"[48]라고 고백한다.

이러한 진술을 볼 때 「구토」는 단순한 흥미위주의 소설이 아니라, 철학 해설서라고 볼 수 있으며, "철학자가 되는 것이 소망이었던"[49] 장용학이 이러한 문학 해설서를 읽은 것이 그의 작품에 적지 않은 영향을 주었으리라는 것은 쉽게 짐작할 수 있다.

1) 실존의 자각

'실존은 본질에 선행한다.'는 실존주의 사상의 핵심은 플라톤이 주장

---

48 프랑시스 장송, 『사르트르 평전』, 서정철 옮김, 서문당, 1987, 137~138쪽.
49 장용학, 「나의작가수업」, 『한국현대소설이론자료집』 제46권,(1955. 10~12), 155쪽.

한 '본질은 현상너머에 존재 한다' 라는 사상과 전면 대응 된다. 본질보다 실존을 더 강조한 사르트르의 사상은 곧 '실존주의는 휴머니즘이다.' 라는 것으로써 인간의 실존(현상)을 강조한 사상이다.

실존이란, 인간이라는 존재는 단순한 사물적 존재가 아니라 본래적 존재로서의 인간을 의미한다. 이는 인간은 도구적 존재가 아니라, 주체적이고 인격적 존재임을 천명하는 것이다. 사르트르의 실존주의는 세계 안에 내던져진 구체적이고 개별적인 인간의 실존만을 문제 삼는다. 즉 무신론적 실존주의로써 자유의지를 가진 인간존재, 책임을 지는 주체적이고 이성적인 존재, 끊임없이 실존을 자각하는 존재자로서의 인간이다.

전후의 의식을 새로운 기법으로 작품화한 장용학은 다른 전후 작가보다도 다분히 실존주의적 색채가 짙으며, 그 누구보다도 의식과 방법에서 전후 소설의 기수임을 보여주고 있는 작가이다.[50]

장용학은 사르트르의 「구토」를 읽고 나서 「요한시집」을 썼다라고 「나의 작가수업」[51]에서 밝히고 있다. 이 「요한시집」의 특수성은 자유의지를 가진 인간존재의 문제, 주체적이고 이성적인 인간, 실존을 온몸으로 자각하는 인간의 문제를 다루고 있다는 점이다.

「요한시집」이 다루는 존재나 자유의 문제는 또한 사르트르의 가장 중요한 개념들이기도 하다는 측면에서 「구토」와 많이 닮아 있다. 이 두 소설의 주인공들은 역사의 전체적인 흐름 안에서 개인의 존재는 우연히 던

---

50 구인환, 『한국근대소설연구』, 삼영사, 1978. 8.
51 그래서 실존주의라는 것도 처음에는 묵살하고 들었다……그러던 내가 「구토」를 읽은 것은 부산 피난시절이다. 어떤 학생이 갖다 두었기에 마지못해 읽어보았다. 재미가 없고 무슨 말을 썼는지 처음 三分之一 쯤 읽는데 보름 가까이 걸렸다. 그러다가 점점 관심을 모으게 되었다. 나는 거기서 내가 스스로는 의식 못하였던 나의 生理를 발견했다. 거기서 의식되어진 눈으로 쓴 것이 「요한 詩集」이다 —장용학, 「나의 작가수업」, 앞의 게재지, 156쪽.

져진 미미한 존재로서 역사 속에 희생되고 사라지는 존재이다. 즉 역사나 제도 속에 우연히 투기된 존재로서 인간은 역사안의 주체자로서가 아닌 변두리 존재로서 삶의 뒤안길로 사라지는 무기력한 존재이다.

> "세평, 나는 줄거리가 없는 소설을 쓰는 작가여서 그런지, 줄거리나 장면장면의 배치에 마음을 쓰거나 고심하는 일은 별로 없다. 그저 최단거리를 효과적으로 가려는 생각뿐이다. (중략) '예술은 우연이다.' 라는 것이 나의 지론쯤으로 되어 있다."[52]

장용학 자신도 '예술'까지도 필연이 아닌 '우연이다' 라는 것이다. 인간존재가 우연인데, 삶의 부속물인 예술인들 필연이겠는가. 그러다보니 「요한시집」이나 「구토」는 소설적인 흥미나 애틋한 사랑이야기나 쾌락이 없다. 우연히 던져진 인간으로서의 삶의 지리함, 권태, 구토, 무기력만이 있을 뿐이다. 따라서 소설양식을 빌려 쓴 철학적인 인간 근본 메시지의 물음만이 있을 뿐이다.

따라서 「요한시집」은 기존의 소설형식의 스토리 위주의 틀에서 볼 때 다소 생경하며 그만큼 난해하다는 평을 듣는다. "소설은 줄거리가 있어야 하는 시대는 이미 지나가 버렸고, 이제는 줄거리보다 인간의 상황을 그려내고 새로운 인간을 창조하는 시대가 된 것이다."[53]

전쟁체험은 인간의 실존을 자각하게 했고 급기야 시대는 소설의 형식까지 재편하게 했던 것이다.

인간 실존의 자각을 살펴보기 위해 먼저 「토끼의 寓話」를 보자. 이 소

---

52 장용학, 「창작여행」, 《사상계》, 1962, 278쪽.
53 김상선, 앞의 책, 156쪽.

설에서 토끼는 인간을 알레고리화한 것으로서 상징적이며 암시성을 갖는다.

토끼가 사는 세계는 '일곱 가지 색으로 꾸며진 꽃 같은 집'인 동굴이다. 더 나은 바깥세계를 알기 전까지의 그가 알고 있는 세계는 온전한 세계일 것이다. 그러던 어느 날 토끼는 바깥세계가 있음을 자각하고 동굴을 무사히 탈출했다고 인정하는 순간 '홍두깨가 눈알을 찌르는 것 같은 충격'을 받고 그 자리에서 '소경이 되어 버려' '죽을 때까지 그 자리를 떠나지' 못한다. 이윽고 '그가 죽은 자리에 버섯이 하나 났는데' 그것을 후손들은 '자유의 버섯'이라 칭하고, 후손들의 신앙과 구원의 대상이 되었다.

토끼의 존재에 대한 자각은 바깥세계를 통해 신선한 충격을 받는 데서 출발한다. 비로소 그는 그의 동굴이 불완전한 공간임을 자각하는 순간 눈을 잃어버리지만 진정한 자유를 얻는다. 즉 자유는 그 무엇으로부터의 자유라는 것을 아는 자각이다. 실존의 유한성, 능력의 한계, 죽음, 삶의 끈으로부터 자유로울 수 없는 실존의 자각을 상징한다.

> "나는 바깥 세계에서 들어온 것만 사실이다. 저 빛이 저렇게 흘러드는 것처럼"[54]

어딘지는 모르나 나의 의지와는 무관하게 바깥세계로부터 던져진 투기(投企)의 존재라는 자기인식의 출발과 동시에, 어떠한 유한한 상황 속에 존재가 구속되어 있다는 것을 알게 된다. 한편으로는 이 구속은 인간의

---

54 장용학, 「요한시집」, 《현대문학》, 1995. 7월호, 50쪽.

자유의지 속의 投企라는 점에서 자기구속이다. 의지가 개입된 구속이기에 존재는 그것을 의지로써 헤쳐 나갈 수 있는 주체성이 있다. 판도라의 상자에서처럼 자유를 얻는 대신, 속박, 책임을 알게 된 것이다. 그는 존재의 자각을 모를 때는 도무지 행·불행이라는 것을 모르는 자족의 생활을 보낸다.

사르트르의 실존철학이 신을 부정함으로써 인간 주체성의 자각이 명증했던 것처럼, 토끼도 실존 속에 놓인 존재임을 자각한 이후, 가장 중요한 '보는' 것을 잃음에도 불구하고 기꺼이 '지각' 되는 자유를 선택한다. 통로 저편에 죽음이 기다릴지언정 자유를 향한 탈출을 감행했다. 또한 한 발자국도 옮길 수 없는 극도의 불안 속에서, 동굴보다 어두운 칠흑 같이 보지 못하는 암흑 속에 갇혀 최후를 맞이하지만, 그의 죽음은 후대에 의해 삶의 지침이 되며 또 다른 구원의 양상을 띤다. 즉 자신을 동굴(세계) 밖으로 投企함으로써 인간 구원에 가 닿는 희노애락을 체득하게 된다. 이는 곧 실존의 승리라고 볼 수 있다. 즉 휴머니즘의 승리를 암시하고 있다. 따라서 『요한시집』에 나오는 이 토끼의 우화는 인간실존의 다양한 양상을 시적이며 상징적으로 묘사하고 있다.

토끼가 사는 동굴은 '일곱 가지 고운 무지개' 로 '아름답게 꾸며진 꽃 같은 집' 이다. 여기에 나오는 '꽃 같은 집' 은 사르트르에 있어서는 旣自 (안의 세계)의 미화분된 의식이라 할 수 있다.

자유의 내재적 요소가 곧 의식이며 旣自는 현실에 만족하는 존재이며 對自는 의식의 지향성으로 자아의 자각을 말한다.[55] 그러던 어느날 토끼는 창틈으로 새어드는 빛을 보고 바깥세계를 희구한다.

---

55 박수진, 앞의 논문, 9쪽.

토끼의 비극은 빠져나갈 구멍이 없는 대리석으로 된 굴속에 살고 있다는 사실을 인식했다는 데서 기인한다. 굴속에 갇혀 있다는 사실을 알기 이전의 존재는 既自의 존재였다. 그러나 바깥세상이 따로 있다는 사실을 안 후에는 對自로의 변신을 하게 된다. 사르트르의 철학개념으로 보면 이 對自야말로 의식을 가진 인간의 본래적인 존재방식으로 끊임없이 현재에 있는 자신을 부정하고 미래로 지향하는 존재이다.[56]

이 토끼우화는 인간을 무지의 동굴에다 방치해 두지 않고 그곳에서의 탈출을 감행해 세계 안에서의 인간 실체를 자각하는 주체적인 인간의 모습을 구현하려는 작가의 의지를 엿볼 수 있다.[57] 즉 인간 실존에서 비롯되는 근원적인 불안을 해소하기 위한 지난한 몸부림으로서 스스로를 자각한 후 무지의 동굴에서 탈출을 시도한다.

인간은 스스로를 창조하는, 스스로 자기자신을 선택하는 주관적으로 자기의 삶을 영위하는 하나의 지향적 존재[58]인 까닭에 언제나 對自속에서의 삶을 지향한다.

> 나는 나자마자 한 살이고, 이름이 지어진 것은 닷새 후였으니 이 며칠 동안 이 나의 오직 하나인 故鄕인지도 모른다. 世界는 '이름'으로 이루어진 것이니, 가령 이 며칠 사이에 죽었더라면 나는 이 세상에 존재하지 않은 것으로 되었을 것이다. 이름이 지어지자 곧 戶籍에 올랐다. 이로써 나는 死亡屆라는 법적수속을 밟지 않고는 소멸될 수 없다는 엄연한 존재가 된 것이다. (중략) 나는 이렇게 해서 公民社會의 한 分子가 되어 60초 지각은 지각이지만 50초 지각은 지각이

---

56 박수진, 위의 논문, 39쪽.
57 "어둡다는 것은 빛이 가까워진다는 반어(反語)라는 것, 이것이 나의 思考方式이고 인간에 대한 나의 信仰이다. 내 作品의 生理도 이것인 것이다." —장용학, 「작가수업」, 앞의 게재지, 156쪽.
58 사르트르, 『실존주의는 휴머니즘이다』, 앞의 책, 64쪽.

아니라는 것을 배우게 된다. (중략) 그러던 어느날 교내 조회 때 천명이나 되는 학생들의 가슴에 달려 있는 단추가 모두 다섯 개씩이라는 것을 발견하고 현기증을 느꼈다. 무서운 사실이었다. 주위를 살펴보니 모두 그런 무서운 사실 투성이었다. 어느 집에나 다 창문이 있고 모든 연필은 다 기룸한 모양을 했다. 모든 눈은 다 눈썹 아래에 있었다. (중략) 나는 進化論의 강의를 듣고 대학을 졸업했다. 따라서 存在가 罪惡이라는 것도 깨닫지 못했다. 다만 두 개의 細胞로 분열된 나의 그림자를 물끄러미 내려다보고 있는 나를 거울 속에 느꼈을 뿐이다.[59]

이름은 존재의 집이다. 현실태에서는 인간은 법이라는 규범으로부터 자유로울 수 없는 실존태이다. 인간은 철저히 어떠한 상황으로부터 구속되는 존재이다. 관습이나 제도, 법은 인간을 확일화 시키는 현기증 나는 무서운 제도이다. 인간은 진화한다는 사실은 관념태일뿐이다. 따라서 인간은 창조적인 인간이기를 포기 한 채 사물적인 존재이기에 존재자체가 무용지물인 죄악의 존재로 전락하게 된다. 진화와 창조, 조리와 부조리, 순응과 저항의 길 위에서 갈피를 잡지 못하고 갈등, 분열되는 인간의 무기력함을 누혜는 인식한다.

누혜는 당면한 현실상황을 수용하는 것보다, 생의 의미, 또 자신의 성장과정을 통한 존재의미에 더 깊은 관심을 두고 있다. 여기서 그는 진정한 자유와 또한 생에 대한 무의미성을 자각한다. 존재에 현기증을 느끼며 그것으로부터 벗어나려는 개인적인 존재의 확인을 시도한다. 나는 누구인가, 나는 무엇인가 하는 자신의 존재에 대한 물음으로서 본연의 인간성을 확인하고 되찾고자 한다.

이 존재의 본질 앞에서 현기증을 느낀다. 장용학은 "이 '眩氣症' 은 嘔

---

59 장용학, 「요한시집」, 앞의 책, 75~77쪽.

吐라고 바꾸어 말해도 좋겠지만 嘔吐라는 表現보다는 俗된 말이지만 '눈물겹다' 든지 '嗚咽' 이라든지 하는 말이 더 할 것 같다."[60]라고 말하고 있어 사르트르의 「구토」와 일치하고 있음을 알 수 있다. 모든 것이 획일적이고 제도 속에 갇힌 견고한 벽들을 보고 구토를 느낀다. 사물과 존재의 설명 불가능성을 발견할 때 구토를 느낀다. 이러한 구토는 현대 문명의 소산이며, 실존을 자각한 자는 명증하게 체험되는 것이기도 하다.

나와의 분리된 사물처럼 내가 나의 신체를 관찰하는 계기는 우선 거울의 경험으로 나타나고 있다. 이때 내 눈에 비친 나의 신체가 마치 낯선 사물처럼 보이는 경우를 로캉탱에서도 볼 수 있다.

> 벽에 흰 구멍이 있다. 거울이다. 함정이다. 나는 이 함정에 걸려 들게 되리라는 것을 알고 있다. 틀림없지, 걸려 들었구나. 거울 속에 회색빛의 물체가 나타난다. 나는 가까이 가서 그것을 본다. 이제는 거기서 더는 떠날 수 없다.[61]

이처럼 실존을 자각한 누혜는 현기증을 느낀다. 「구토」의 로캉탱이 인간과 사물의 본래성을 띠고 나타남으로써 구토를 느끼는 것과 같다.

> 바로 이것이, 이 눈부신 명백함이 '구토' 란 말인가? (중략) 나는 존재한다. ─ 세계는 존재한다. ─ 그리고 나는 세계가 존재한다는 것을 안다. 그 뿐이다. 그러나 나와는 아무 상관이 없다. 모든 것이 나와 아무 상관이 없다는 것은 이상하다. 그 사실이 나를 무섭게 한다! 어느날 나는 물수제비뜨기 놀이를 하려고 조약돌을 찾았다. 나는 조약돌을 줏었다. 바로 그 순간 모든 것이 시작되었다. 나는 조약돌이 존재하는 것을 느꼈다. 그리고 구토가 치밀었다.[62]

---

60 장용학, 「감상적 발언」, 『한국현대소설이론자료집』, 제48권, 앞의 게재지, 176쪽.

61 사르트르, 「구토」, 방곤 역, 26쪽.

62 사르트르, 「구토」, 김희영 역, 162쪽.

　세계 안에 우연히 던져진 존재자로서의 인간, 존재하는 세계와 나 속에
는 인간의 의지는 없다. 우연히 던져진 강가의 조약돌에 불과하다. 인간
의 무기력함을 인식하는 순간, 존재자는 구토가 치밀어 오른다.

　이렇게 사물들이 인간으로부터 부여받은 의미를 벗어 던진 존재로 나
타날 때, 인간의 범주에서 벗어난 사물자체의 모습에선 구토가 발생한다.
구토란 그것은 감춰졌던 것이 드러나는 실존이다.[63] 구토란 의식 존재가
자기의 존재와 사물의 존재를 느꼈을 때 일어나는 반응이며, 그것을 통해
존재의 우연성과 설명 불가능함을 발견할 때의 반응이다.[64] 즉 존재의 사
실과 만날 때 구토를 일으킨다. 이러한 구토는 누혜에게도 나타난다.

> 　침을 뱉고 싶은 생각이 목젓을 건드린다. 언제 이런 구역과 분노를 느낀 적
> 이 있다. 섬에서이다. 변소에 들어가서 뒤를 보려다가, 무엇이 손질하고 있는
> 것 같아서 밑을 내려다보고 그만 소리도 못지르고 거품을 물었다. 그것은 정말
> 손이었다. 누런 배설물 속에 비스듬히 꽂혀있는 사람의 손, 쭉 뻗은 손가락은
> 내 발목을 잡아쥐지 못해 하는 그것은 그 전날 죽은 누혜의 손목이었던 것이
> 다. (중략) 싸늘해지는 손을 느꼈다. 잠에서 깨어난 것처럼 그 손을 물리치려고
> 했다. 그러나 내 손가락은 노파의 손가락에 꽉 엎여 있었다. 끝내 나는 잡힌 것
> 이다. '변소의 손'이 나를 잡은 것이다![65]

　이 구토와 분노는 어디서 오는가. 작가는 인간이 던져진 이 세계를 고
립된 섬으로 설정하고 있다. 또한 그 세계는 배설로 가득찬 혐오스런 세
계이다. 그 세계안의 존재자로서의 인간의 무기력함에 구토를 느낀다. 미

63　프랑시스 장송, 『사르트르 평전』, 앞의 책, 142쪽.
64　조진희, 앞의 논문, 5쪽, simon, 재인용.
65　장용학, 「요한시집」, 앞의 책, 65~66쪽.

미한 존재자인 인간에게 주어진 유일한 것은 스스로 죽을 수 있는 의지밖에 없다는 것이다. 즉 현실태의 공간은 무력함을 안겨주는 패배의 공간이라는 데에 분노를 느낀다. 인간이 인간으로서가 아니라 하나의 물건, 사물화 되어지는 것에 대한 구토이자 분노이다. 이러한 양상은 누혜 어머니의 존재 방식에서도 나타난다. 인간의 체면을 이렇게까지 더럽힌 노파에게서 동호는 인간존재의 혐오와 구토를 느낀다.

사르트르는 「구토」에 대해 다음과 같은 주석을 붙였다. "로캉탱은 거추장스럽고 아무도 받아주지 않는 가운데 무턱대고 돌아다닌다. 그러다가 봄철 어느날 자기운명의 의미를 이해한다. 구역질 그것은 감춰졌던 것이 드러나는 실존이다."[66]

> 탁자위의 나의 손을 본다. 그 손은 살아있다. (중략) 기름진 배때기가 보인다. 손가락은 짐승의 발이다. (중략) 점점 견딜 수 없다.……나는 손을 잡아 당겨서 호주머니에 넣는다. (중략) 존재하는 데 대한 증오, 싫증, 그것이 '나로 하여금 존재시키는 방법'이며, 존재 속에 나를 밀어넣는 방법인 것이다.[67]

이러한 손은 나의 일부로서의 손이 아니라 낯선 사물로서의 생물적인 본래의 손이다. 이러한 불쾌감은 독학자의 손에서도 느낀다. "허옇고 커다란 구더기 같은 그의 손." 이러한 역겨움은 주위에 널려있는 사물들에게서도 같은 반응이 계속된다. 그에게 있어 구토란 감춰졌던 것이 드러나는 존재이다. 사물들이 껍질을 벗고 그대로 노출되었을 때 사르트르는 공포와 두려움과 함께 구토를 느낀다.

---

66 프랑스 장송, 『사르트르 평전』, 앞의 책, 142쪽.
67 사르트르 「구토」, 방곤 역, 157~159쪽.

나는 나의 一部分을 살고 있는 셈이 된다. 나는 나의 一部分에 지나지 않는다. 그림자에 지나지 않는다. 그래도 동호는 나인가? 나는 나인가? 아까 동호를 불렀는데도 내가 끝내 대답하지 못한 것은 이 때문이 아니었을까.[68]

세계안의 인간은 사르트르가 지칭하는 '남아도는(잉여인간)' 인간에 불과하다. 의지와 주체가 소멸된 인간이다. 인간과 주변 사물까지도 의미를 잃는다는 것은 사물과 인간은 동질이라는 것이다. 따라서 인간은 존재의 근거를 잃고 부동된다.

'왜 사람들은 여기에 있나? 왜 그들은 먹나? 그들은 사실상 자기들이 존재한다는 것을 모르고 있다. 나는 떠나가고 싶다. 어디든지 정말 '나의자리' 라고 할 수 있는, 그 속에 나를 집어넣을 수 있는 그런 곳으로 가고 싶다……그러나 내 자리는 아무 데도 없다. 나는 餘分의 존재다.[69]

이 두 존재자는 자기 존재의 우연성과 여분을 자각한다. 존재한다는 것은 '지금', '여기'에 발을 딛고 있는 그 자리이다. 인간은 순간순간 실존의 사실을 망각한다. 무엇보다도 '나는 왜? 여기에 있는가'를 자각해야 한다. 그러나 여분의 존재로서의 인간은 무기력하다. 로캉탱에 있어서는 죽음마저도 '여분의 것'으로 인식된다.

그 여분의 존재의 최소한 하나라도 말소시키기 위해서 자살을 할까도 생각해 보았다. 그러나 나의 죽음 그 자체도 여분이었다.[70]

68 장용학, 「요한시집」, 57쪽
69 사르트르, 「구토」, 방곤 역, 195쪽.
70 사르트르, 앞의 책, 206쪽.

죽음까지도 여분으로 남아도는 인간세계는 인간존재에 더 이상 가치를 부여하지 않는 세계이다. 여분의 인간으로서 실존적 비극을 체험하면서 불안과 절망의 세계에 놓여 있음을 자각한다. 즉, 김현의 「에피메니드의 역설」[71]처럼 인간은 인간 자신의 존재자 밖의 위치에 놓임으로써 더욱 더 자기 존재위치를 확연히 구분한다는 것이다.

로캉탱은 과거의 부재를 인식함에 따라 그가 이미 회의하기 시작했던 롤르봉 연구를 포기한다. 이미 존재하지 않는 과거의 인물에게 매달려 있는 것은 타고난 특성으로서의 자신의 자유를 버리고, 사물처럼 존재하려고 하는 비정상적인 삶의 태도라고 생각했기 때문이다.[72] 로캉탱은 자신의 존재를 느끼지 않기 위해 아니 확실한 존재의 확인을 위해서[73] 그는 글을 계속 쓰고 있었던 것이다.

> 드 롤르봉 씨는 나의 협조자였다. 그는 존재하기 위하여 나를 필요로 했으며, 나는 나의 존재를 느끼지 않기 위해서 그가 필요했었다. (중략) 그런데 그의 일은 나를 대신하는 것이었다. 나의 삶을 빼앗고 있었다. 나는 내가 존재한다는 것을 이미 보지 못하고 있었다. 나는 나의 내부에서 존재하지 않고, 그의 내부에서 존재하고 있었다. 내가 먹는 것도, 내가 호흡하는 것도.[74]

로캉탱은 존재의 망각을 위해서 롤르봉씨의 생애 속으로 피신하려 했으나, 그럴수록 자신의 생애를 명료하게 자각하는 역설적인 상황을 보여준다. 동호 역시 누혜의 대리자로서의 삶을 살고 있다. "난 누혜입니다."

---

71 김현, 「사회와 윤리」, 앞의 책, 178쪽.
72 김영숙, 앞의 논문, 40쪽.
73 사르트르, 「구토」, 김희영 역, 81쪽, "내가 글을 쓰는 것은 어떤 상황을 명백하게 하기 위해서다."
74 사르트르, 앞의 책, 156쪽.

라는 그의 말처럼 누혜가 되고자 했으나, 오히려 그럴수록 자신의 존재를 자각하게 된다. 결국 자신의 과거의 삶을 청산하고 참다운 삶을 향해 새롭게 출발한다. 누혜가 아니면서 누혜라고 말함으로써 그 말속에 자신을 완전히 몰입시키려고 한다. 이것은 자신의 현실과 자살한 누혜의 세계 사이에 유대를 맺으려는 노력이며 동일시하려는 시도라고 볼 수 있다.

장용학 소설의 인물과 「구토」의 인물들은 역사와 현실의 불합리성을 철저히 인식하는 인물이다. 그들은 매일 반복되는 일상의 현실 속에 갇혀 있는 의식을 발견 한다. 이러한 상황에서 모든 인물들은 진정한 아픔과 고뇌를 맛보게 된다는 점[75]에서 공통점을 지닌다.

또한 불합리한 현실 상황에서 적극적인 탈피를 위한 행동을 보인다. 즉 수동적인 인간에서 적극적인 인간으로 변화된다. 따라서 실존이란, 존재와 비존재 사이의 끊임없는 대결과 상황의 모색이며 그곳에서 탈피하고자 하는 인간 노력에 의해서 존재는 가치를 부여받게 된다.

2) 자유와 죽음 그리고 부조리

(1) 자유

이 두 작품에는 언제나 상황 속에 뛰어든 인간의 자유를 논하고 있다. 일반적으로 문학작품의 제목은 작품내용의 암시이며 상징이다. 작품이 무엇을 말하려 하는가를 상징함으로써 작품내용과는 불가분의 상관관계에 있다. 따라서 제목은 그 자체가 하나의 질문이자 길잡이이다. 「요한시집」의 경우도 마찬가지이다.

---

75 김영도, 「장용학 소설 연구」, 숭실대 석사학위논문, 1987, 21쪽.

요한은 그리스도의 선구적인 예언자 세례요한을 의미하는 것으로 요한이 나타났을 때 세상 사람들은 그를 구세주라 생각했다. 그러나 그는 그 뒤에 올 참된 구세주 예수를 위하여 길을 닦고 죽어야 할 존재에 지나지 않았다.

> 生을 살리는 오직 하나의 길은 自由가 죽는 데에 있다. '자유'가 죽는 데에 있다. '自由' 그것은 진실로 그 뒤에 올 그 무슨 '眞者'를 위하여 길을 외치는 豫言者, 그 신발끈을 매어 주고, 칼에 맞아 길가에 쓰러질 '요한'에 지나지 않았다![76]

「요한시집」에서의 요한은 자유, 그를 위해 신발끈을 매어주고, 기꺼이 칼에 맞아 최후를 맞이하는 희생자이다. 따라서 「요한시집」의 주제는 자유이다. 그러나 자유는 그 무엇을 준비하는 존재에 지나지 않는다는 것이다. 따라서 동호가 예수적 존재라면, 이 소설과 연관되는 요한적 존재는 토끼와 누혜이다. "요한이 뒤에 올 참된 구세주 예수를 위하여 길을 닦고 죽어야 할 존재에 지나지 않는 것처럼"[77] 요한에 비유된 토끼나 누혜의 자유도, 그 뒤에 올 동호의 자유를 준비하는 것에 불과하기 때문이다.

「구토」의 원제는 「La Nausée」로서 '배'를 의미하는 것으로 배멀미에서 유추 되었다. 사르트르에 있어 구토는 의식의 반영으로서 의식 있는 존재를 상징한다. 다시 말해 의식이 있음으로써 인간은 자신에 대해 언제나 불안과 공허를 느끼게 마련이며, 따라서 이 불안과 공허를 채우려는 노력이 끊임없이 이어지는데 사르트르는 이것을 자유라고 부른다. 따라서 사르트르의 자유와 장용학의 자유가 한 곳에서 만난다. 사르트르는 인간은

---

76 장용학, 「요한시집」, 79쪽.
77 장용학, 「실존과 요한시집」, 앞의 책, 402쪽.

자유 그 자체라고 말한다. 사르트르에 있어 자유란 인간존재의 기본양식이며 결국 인간 그 자체의 의미를 띠고 있다. 그 자유는 행동과 책임에 의해 실현되어야 할 대상이다. 그 행동과 책임은 개인의 실존적 차원에서 投企의 방식으로 구체화된다. 그러므로 실존주의의 첫걸음은 그가 존재한다는 것을 파악하고 그의 실존에 전적인 책임이 그 자신에게 부과되는 일이다.[78] 자유는 반드시 선택이 따르며 선택은 책임이라는 고리와 연결되어 있다.

따라서 누구나 이 무거움으로부터의 탈출을 시도하려고 하지만 "인간이 인간으로서의 주체성을 초극할 수 없다"는 것을 알게 됨으로써 "奴隷, 새로운 自由人을 나는 노예로 보았다. 차라리 노예인 것이 자유스러웠다. 不自由를 自由의사로 받아들이는 이 第三奴隷가 現代의 英雄이라는 認識에 도달했다."[79] 하여 즉, 자유가 주는 불안과 책임이 없는 即自[80]의 상태를 동경하게 된다.

> 自由가 있는 한 人間은 奴隷여야 했다! 自由도 하나의 數字, 拘束이었고, 强制였다. 극복되어야 할 그 무엇이었다. '뒤'의 것이었다! 神, 永遠 …… 自由에서 빚어져 생긴 이러한 '뒤에서 온 說明'을 가지고 '앞으로 올 生'을 잰다는 것은 하나의 屠殺이요 冒瀆이다. 生은 說明이 아니라 權利였다! 迷信이 아니라 意慾이었다! 生을 살리는 오직 하나의 길은 自由가 죽는 데에 있다.[81]

---

78 사르트르, 「실존주의는 휴머니즘이다」, 앞의 책, 65쪽.

79 장용학, 「요한시집」, 79쪽.

80 인간은 자기를 無라고 의식하는 무를 對自(Pour-Soi)라고 부르고, 이에 반하여 자기의식을 갖지 않는 것, 다시 말하면 있는 그대로의 존재양식을 即自(En-Soi)라고 한다. 전자는 돌, 나무 등이 여기에 속하며 인간만이 오로지 후자에 속한다. — 최성민, 『현대문학의 지표』(外 1편), 서문당, 165쪽.

81 장용학, 「요한시집」, 79쪽.

여기서 우리는 실존주의에서의 자유와 일치됨을 알 수 있다. 선택함과 책임에 있어서 인간은 자유의 노예이다. 그러나 자유를 방임하는 것이 아니라, 상황의 구체성 속에서 주체적으로 창조해 나가야 한다. 수동적인 자유가 아니라, 능동적인 자유의지는 권리이다. 神을 의지한다든가 기독교가 주는 '영원한 세계 속에' 자신을 내 맡기는 일은, 즉 '뒤에 올 설명'을 가지고 미래를 잰다는 것은 인간실존에 대한 모독이며 도살이라는 것이다.

생은 '존재' 함으로써 책임져야 할 그 무엇이며 스스로를 창조하고 투기함으로써 권리를 찾는 주체자의 입장이어야 한다는 것이다. 따라서 자유 앞에서 절망하지 말고 자유를 죽임으로써 진정한 자유를 얻는 끊임없는 투쟁의 길이 되어야 한다. 사르트르의 실존적 진리는 행동 속에서만 존재한다는 것이다. 인간은 저 스스로를 만들어 가는 그것 이외의 아무것도 아니다. 「요한시집」의 주제는 자유를 요한적인 존재로 보는 데 있다. 우리는 '자유' 하면 모든 것이 해결되는 해피엔드가 될 줄 알지만 자유는 기껏해야 세례적인 존재에 지나지 않는다. 참으로 뒤에 올 그 '무엇'을 준비하는 존재에 지나지 않는다.[82]

> 토끼가 죽은 그 자리에 버섯이 하나 났는데 그 後裔들은 무슨 까닭으로인지 그것을 '自由의 버섯' 이라고 일컬었다. 큰 짐승, 작은 짐승 할 것 없이 어려운 일이 생기면 그 버섯 앞에 가서 제사를 지냈다.[83]

자유는 인간의 권리이며 살아 있는 이유이며 존재 가치이다. 토끼는 "자유가 아니면 죽음을" 달라는 필사적인 각오로 자유를 갈망했으므로,

---

82 장용학, 「작가의 변」, 《새벽》, 1960. 8.
83 장용학, 「요한시집」, 53쪽.

곧 자유의 묘비명인 셈이다. 이것은 요한적인 (자유)것이 죽은 뒤에 오는 메시아적인(眞者)것을 의미하는 것으로 누혜의 죽음을 암시한다[84]고 볼 수 있다. 토끼나 누혜의 죽음 그것은 바로 자기인식에서 온 자유를 위한 죽음이었다.

장용학의 자유는 자아를 자각 하는 데서 비로소 능동적인 형태를 띤다. 「요한시집」에서 주체가 자유를 찾도록 메시지를 전하는 발신자는 실존주의임을 알 수 있다.

(2) 죽음

장용학 소설의 한 특징은 죽음을 통한 구원의 시도이다. 이 죽음은 단순한 죽음이 아니라 바로 존재의 물음에 대한 몸부림, 자유, 절대자유를 향한 도전이자 질문이다. 토끼의 죽음이나 누혜의 죽음이 그러한 양상을 띤다.

장용학의 「요한시집」에 내재된 죽음의식은 실존주의 사상에서 비롯된다. 실존적 인간의 탄생은 고뇌의 현대인을 구원하는 유일한 방법으로서 그 실존적 인간은 단순한 존재로서의 인간이 죽어야만 탄생되는 것이라고 장용학은 주장한다.[85] 김현은 이러한 죽음을 '에피메니드의 역설'로 설명하고 있다.

> 그 철조망에 어느날 새벽 한 시체가 걸리게 되었으니 그것은 하나의 突破口가 거기에 트여짐이다.
>
> —「요한시집」 75쪽.

---

84 염무웅, 「실존과 자유」, 『현대한국문학전집』, 신구문화사, 1967, 429쪽.
85 이인복, 『한국문학에 나타난 죽음의식의 사적연구』, 열화당, 1981, 294쪽.

언제면, ……脫出할 수 있을 것인가.……破壞해야 할 것은 〈바스티유〉의 監
獄이 아니라, 이섬을 둘러싼 *海岸線*이다.

—「요한시집」 80쪽.

자유를 구속하는 이 삶속에서 언제쯤이면 벗어날 수 있을까. 선택할 수 있는 자유를 준 이 감옥안에서 무엇을 선택 할 수 있을까. 고립된 섬이지 않은가. 그 감옥은 섬이라는 보이는 현상이며, 자유는 해안선 너머에 있는 비가시적인 형태로 나타난다. 해안선 너머는 곧 죽음으로서 그 죽음은 자유를 찾아 나선 죽음이었다. 따라서 '자살은 하나의 시도요. 마지막 기대' 일 수밖에 없었다. 결국 자유를 저당 잡힌 삶의 감옥으로부터 탈출을 감행한다. 그것은 인간 스스로 선택 할 수 있는 삶과 죽음의 선택이다.

그는 주검으로 인간은 주체적인 존재라는 것을 강변하고 있다. 비로소 인간은 자유의지에 의해 자유로울 수 있는 존재이다. 그가 말한 '새롭게 빨간 꽃'(「요한시집」, 344쪽.)으로 피어난 것이다. '자유의 꽃' 으로 환생한다.

그러나 사르트에게서는 죽음 저편의 자유의 세계는 없다. 철조망 너머, 해안선 너머의 세계가 배제되어 있다. 현재의 삶, 현재의 생만이 존재한다. 삶의 권태로움이나 환멸에서 오는 구토를 없애줄 구원의 요소도 현실에서 찾는다. 이 점이 장용학의 구원의 요소와 다른 점이다.

장용학에게 있어 구원은 영원한 자유이며, 이 영원한 자유는 현실에서 존재하지 않으므로 죽음으로써 극복한다. 장용학에 있어 육체는 죽음(자유)을 구속하는 집이다. 인간생존의 처절한 현장이며 존재에 대한 회의의 집인 것이다.

그러나 사르트르에 있어 육체는 존재하는 유일한 근거지이다. 즉, 무(無)의 상태이며, 거기서 창조하고 성장되는 존재이다. 그러나 장용학의 경우는 이미 구속된 유(有)의 상태이며 따라서 구속을 벗어난 무(無)의 상태를 동경하게 되는 것이다.

사르트르의 「구토」는 자살이나 죽음의 가능성이 배제되어 있다. 그것은 사르트르에게 있어 사람이 죽어 그 다음세계에 대한 문제는 관심 밖이다. 사르트르는 현세에 있어서의 인간, 죽음 직전까지의 인간의 생만을 문제 삼고 있다.[86] 그러나 장용학에 있어서의 죽음의 문제는 문학 속에 큰 지류로 흐른다.

> 地上의 모든 拘束이 끝나는 것이 죽음이다. 마지막 위로요, 안식이요, 마지막 용서이다.[87]

죽음은 인간이 인간이고자 하는 실존적 자각으로서 비인간, 부자유에서 벗어나 영원한 자유를 찾으려는 몸짓이다. 「요한시집」에서도 누혜의 죽음은 또 하나의 시도이며 안식이며, 마지막 용서인 구원의 손길이다.

> 自殺은 하나의 試圖요, 마지막 期待이다. 거기에서도 나를 보지 못한다면 나의 죽음은 소용없는 것이 될 것이고, 그런 소용없는 죽음이 기다리고 있는 것이 生이라면 나는 차라리 한시 바삐 그 轉身을 꾀하여야 할 것이 아닌가. ……[88]

「요한시집」의 누혜가 남긴 유언의 이 마지막 구절은 장용학의 죽음 사상이 내포된 구절로써 그 의미가 상징적이고 집약적이다.

누혜는 죽었다. 예수의 출현을 기다리며 죽은 요한의 존재처럼, 그 죽

---

86 김영숙, 앞의 논문, 34쪽.
87 장용학, 「요한시집」, 71쪽.
88 장용학, 「요한시집」, 80쪽.

음은 초월이요, 해탈의 성격을 띤다.

실존은 본질에 선행 한다는 실존주의의 대명제하에서 본다면 죽음은 모든 인간조건으로부터의 해탈[89]로 볼 수 있다. 불안과 몸부림의 상태에서 완전한 해탈에 이르는 길이 바로 죽음이라는 것을 누혜 어머니의 죽음으로 입증되고 있다. 누혜의 죽음은 자유라는 새로운 벽이 무너짐이며 철조망에서의 탈출이다. 그의 죽음은 동호의 새로운 탄생을 의미하므로 누혜가 끝나는 장소에서 동호가 시작된다고 볼 수 있다.[90]

「요한시집」의 주인공은 동호이다. 서장에서 그쳤으나 누혜가 주인공으로 보일수도 있지만 누혜는 요한적 존재이고 「요한시집」의 동호가 자유의 시체 속에서 부화되어 탄생하는 과정을 그리려고 한 것이다.[91]

따라서 누혜의 죽음은 실존적인 자아로서의 현실적인 죽음을 극복하여 영원한 실존을 위한 자기 구원의 방법으로 죽음의 길을 택한 것이다. 또한 "의혹과 불안의 대상인 세계 앞에서 그것을 똑바로 마주하기를 두려워함이며 무한한 자유에 힘겨워하며 그것을 조금이나마 덜어보려는 태도일 것이다. 이러한 태도는 역설적으로 구원의 가능한 원천임을 보인다."[92]

실존철학에서 삶은 곧 죽음을 의미하는 것으로 보나 실존을 침식하는 것은 현실적 죽음이 아니라 가능성으로서의 죽음이라고 보았으며, 따라서 죽음은 '삶의 최후의 법정' 으로 보았다.[93] 그러므로 이 죽음을 능동적으로 앞당김으로써 거기서 잃은 삶을 찾으려고 했다. 동시에 이같은 죽음

---

89 이인복, 앞의 책, 299쪽.

90 서상익, 앞의 논문, 36쪽.

91 장용학, 「실존과 요한시집」, 앞의 책, 402쪽.

92 조진희, 앞의 논문, 35쪽, 재인용.

93 안병무, 『죽음의 이해』, 문학사상, 1973. 6, 344쪽.

의 밑바닥에는 자유와 구원의 희구와 사회적 부조리에 대한 절망에의 도전이 깔려 있다고 볼 수 있다.

(3) 부조리

실존주의 색채가 짙은 장용학의 전후의식은 새로운 기법을 작품화한 다른 전후 작가들보다 더 부조리에 절망하고 존재의 허무를 혐오하며 고독에 절규하는 인간상을 그리고 있다.[94]

「구토」에서 가장 근본이 되는 개념은 사르트르의 일생 면면이 이어오는 존재의 '우연성' 혹은 '일상성' 이다.[95] 이 개념은 사르트르의 "실존은 본질에 선행한다."라는 명제에서 출발된다. 사르트르에 있어 선택한다는 의식은 책임과 불안이 겹친 실존주의적 느낌으로 나타난다고 하였다. 그런데 이 책임감과 불안감은 그 까닭모를(Grantit) 즉 이유를 알 수 없는 것이다. 그런데도 역시 사실로 인정해야만 하고 바로 이러한 사실이 우리 자신들의 부조리에 드러내 보이고 있다.[96]

「요한시집」에서의 토끼는 "일곱 가지 색으로 꾸며진 꽃 같은 집"에서 어느 날 '까닭 모르게' 무엇이 그립고 아쉬워지면서 그의 마음이 내면으로 들어가게 되는 것을 느낀다. 비로소 실존을 자각하기 시작한 토끼는 바깥세계를 열망하게 된다. 그것을 장용학은 "하나의 開眼이며 혁명이라고 칭한다." '존재자'는 끊임없이 왜 '존재' 하는가를 묻고 답하는 자이다. 이러한 의식은 불안과 책임이 겹쳐진 실존주의의 모습이다.

---

94 구인환, 앞의 책, 369쪽.
95 김영숙, 앞의 논문, 2쪽.
96 손연미, 앞의 논문, 25쪽.

드디어 존재에 눈뜬 그에게 혁명이 일어난다. 동굴(에덴)에서의 탈출과정은 절망과 좌절을 겪으면서 몇 번이고 되돌아가려고 뒤돌아보지만 "되돌아가는 길이 앞으로 나아가는 길보다 더 멀어지고" 그러면서 한 걸음 한 걸음 앞으로 나아갈수록 앞길 또한 멀어만 지는 것 같은 부조리를 느낀다.

> 이 부조리하고 두터운 존재에 대한 분노로 숨이 막힐 지경이었다. 사람들은, 그 모든 것이 어디로부터 오는 것인지, 어떻게 해서 無가 아니고 세계가 존재하게 되었는가를 자문할 수도 없었다. 그것은 무의미했었다.[97]

세계 속에 놓여 있는 고립된, 고독한 존재로서의 인간, 인간실존의 우연성에 부조리를 느낀다. 이 존재는 우연적인 것이며, 설명되어지지 않는 것이기에 더 더욱 부조리하다.

사르트르는 신이 없다는 전제를 통하여 존재의 '우연성'이 인간실존의 조건을 이룬다고 말하고 있다. 이 개념에 따라 인간이란 신의 창조물이 아니라 이 세상에 우연히 '내던져진' 존재이며, 단순히 '거기에 있을 뿐'인 인간존재에 어떠한 논리적 근거가 있을 수 없으므로 부조리한 것이 되고 만다. 즉 사르트르의 부조리는 존재자체 내에서의 부조리라고 할 수 있다.

> 이 나와 저 나를 같은 나로 느낄 확고한 근거는 없었다. 나는 나를 나라고 서슴치 않고 부를 수가 없었다. 발도 손도, 기쁨도 슬픔도 나의 것 같지 않았다. 나의 몸에 붙어 있으니까 마지못해 나의 것으로 해 두고 있는 것에 지나지 않

---

97 사르트르, 「구토」, 방곤 역, 216쪽.

는 것 같았다. 그래서 나의 집에서 나는 손님에 지나지 않았다. 나의 옷을 입었으면서도 나는 내가 아니었다.[98]

자신의 존재의 우연성과 근거 없음을 자각한다. 인생이 부조리하다고 말하려면 의식은 살아 있어야 한다[99]는 까뮈의 말과 같이 인간이 세계에 대한 정당한 의식이 없으면 부조리도 없다.

나에게는 월요일도 없고 일요일도 없다. 있다는 것이라곤 무질서에서 밀려오는 나날과, 그리고 번갯불같이 돌연 생겨나는 마음속의 움직임이다.[100]

그는 고독하고 허무하다. 이유 없는 삶이 주는 허무와 부조리, 현대인의 정신적 진공상태를 표출하고 있으며, 공허한 인간내면의 위기를 사실적으로 묘사하고 있다. 인간과 존재에 대한 부조리성에서 인간의 실체를 자각하고 인간의 존재이유에 회의하고 그 삶을 부인하면서도 끊임없이 반추하고 성찰한다.

'부조리'라는 말이 지금 나의 펜 안에서 태어난다. (중략) 나는 '존재'의 열쇠를, 저 '구토'의 열쇠, 그리고 나 자신의 생활의 열쇠를 발견했다는 것을 알았다. 사실, 내가 이어서 파악할 수 있었던 모든 것은 이 근본적인 부조리로 귀착된다. 부조리, 역시 말(語)이다. 나는 말과 싸운다. (중략) 인간들의 채색된 조그만 세계에 있어서의 한 동작, 한 사건은 상대적으로만 부조리하다. 즉, 그 동작, 또는 사건에 수반하는 상황과의 관계에 있어서 그러하다.[101]

---

98 장용학, 「요한시집」, 61쪽.
99 까뮈, 「반항적 인간」, 『한국인과 문학사상』, 송욱, 「서구인의 반항과 한국인의 반항」, 10쪽.
100 사르트르, 「구토」, 방곤 역, 86쪽.
101 사르트르, 「구토」, 방곤 역, 207쪽.

사르트르는 인간조건의 무의미함 혹은 부조리함을 정면에서 성찰한다. 구토를 일으키는 요인은 상대적으로 부조리한 일상생활의 관계에서 비롯된다는 것이다.

주지하다시피 인간에 대한 무한한 믿음이 흔들리기 시작한 것은 19세기 말부터였고, 그것은 세계대전이라는 인간에 의해 자행된 끔찍한 재앙을 겪으면서 근본적인 회의의 시작이 된다. '과연 인간은 어떤 존재인가', '인간은 사물과 다름없이 무의미하게 세상에 던져져 있는 존재가 아닌가.[102] 이러한 그의 물음은 다음과 같은 결론을 얻음으로서 그의 독특한 문학세계가 마련된다. 즉 인간은 자율적이고 유일한 존재, 사물과는 달리 그 어떤 본질보다 실존이 앞서는 존재라는 규정이 그것이다.

3) 인간생존과 구원의 모색

이러한 부조리의 세계 속에서 로캉탱은 자기존재에 생명을 불어넣기 위해 18세기의 역사철학자인 롤르봉에 관한 연구를 함으로써 존재가치를 부여받으려고 한다. 즉 로캉탱은 자신의 존재를 의식하지 않기 위한 방편으로 롤르봉에 대한 연구를 시도하지만 종국에 가서는 자신의 존재를 객관적으로 확인하기 위한 구원의 양상으로 변모해간다.

> 드 롤르봉씨는 나의 협조자였다. 그는 존재하기 위해서 나를 필요로 했으며, 나는 나의 존재를 느끼지 않기 위해서 그가 필요했었다.[103]

---

102 정명교, 「사르트르의 문학적 세계」, 앞의 책, 112쪽.
103 사르트르, 「구토」, 방곤 역, 156쪽.

로캉탱은 롤르봉을 재생시킴으로서 자신은 롤르봉의 과거 속으로 피신하는 대신 롤르봉은 다시 살아나서 로캉탱의 삶을 대신 살아가고 있는 것이다. 이러한 현상은 「요한시집」에서도 나타난다.

> 어머니! 난 누헵니다!. (중략) 어머니를 불렀다. 그 소리에 나는 내가 그의 아들이 된 것 같았고 동호는 누혜인 것만 같기도 했다. 저기에 〈1+1=2〉의 世界가 있는 것처럼 여기에 〈1+1=3〉의 世界가 있어도 좋다. (중략) 밤은 고요히 깊어가는데 누혜의 비단옷을 빌어 입은 나의 그림자는 언제까지 그렇게 서있는 것이었다.[104]

동호는 자신의 내부에서가 아니라 누혜의 내부에서 존재하며 누혜의 세계 속에서 존재하는 것처럼 보임으로 하여 죽은 누혜를 생존시키는 수단에 불과한 면을 보여준다. 지금까지 동호 존재의 정당성을 던져주었던 누혜는 "마지막 위로요, 안식이요, 마지막 용서"인 죽음을 택함으로써 다시 동호를 존재하게 하여 새로이 존재의 무상 속으로 빠져들게 한다.

「요한시집」에서는 상황에의 도전과 초극이 나타난다. 이 점에서 사르트르의 「구토」와 구별된다고 볼 수 있다. 토끼는 바깥세계에 대한 경이와 희망을 안고 벽을 넘는다. ―그것이 설사 영원한 암흑과 죽음이 저 너머에 실재한다 하더라도 ―누혜 역시 전쟁포로로서 동료들로부터 타락한 반역자로 낙인이 찍혀있다. 그것은 그가 자유를 갈망하기 때문이다. 마침내 그는 인간으로서의 영원한 자유를 얻기 위해 자살을 한다.

새로운 구세주의 출현에 요한의 죽음이 의미가 있었다면, 인간의 궁극적인 자유를 증명하는데 그의 자살은 의미가 있는 것이다.[105] 즉 죽음을

---

104 장용학, 「요한시집」, 66쪽.
105 허형석, 앞의 논문, 48쪽.

통한 구원의 시도요 자유와 절대를 향한 몸부림이다. 그러나 「구토」의 로
캉탱은 이 세계에서 나의 존재가 여분에 불과하다는 인식에서 자살을 잠
시 꿈꾸어 보지만 죽음은 구원이 될 수 없으므로 생을 포기하지는 않는
다. 현실 세계 안에서 자유를 쟁취하며 의지와 창조를 통해 그 가치를 찾
고자 하는 것이다.

사르트르의 주된 메시지는 너는 자유다. 선택하라. 즉 창조자다. 어떠
한 도덕도 무엇을 해야 할 것인가를 너에게 가르쳐 주지 못한다. 세계에
는 지표란 없다[106]는 것이다.

「구토」가 다루는 주된 문제는 생에 대한 집중적 추구, 즉 인간 실존의
문제로 귀착된다. 사르트르는 인간존재의 구원의 양상을 '음악' 이라고
말한다.

> 구토가 사라졌다. (중략) 그와 동시에 음악의 연속이 팽창하고 회오리바람과
> 도 같이 부풀어 올랐다. 음악은 벽에다 우리들의 비참한 시간을 짓누르고 금속
> 적인 투명한 빛으로 방안을 채웠다. 나는 음악 '속' 에 있다. 거울 속에서 불덩
> 어리가 돌고 있다.[107]

> 또 딴 행복도 있다. 나의 외부에는, 그 강철로 된 허리띠, 음악의 협소한 연
> 속이 있어, 우리의 시간을 한쪽에서 또 다른 쪽으로 가로질러 놓고, 그것을 거
> 부하고 날카로운 작은 송곳 같은 것으로 우리의 시간을 갈기갈기 찢어 놓는다.
> 우리의 시간과는 딴 시간이 있는 것이다. (중략) 그만큼 이 음악의 필연성은 강
> 하다.[108]

---

106 사르트르, 「실존주의는 휴머니즘이다」, 앞의 책.
107 사르트르, 「구토」, 방곤 역, 36쪽.
108 사르트르, 앞의 책, 35쪽.

음악은 각각의 다른 음과의 긴밀한 관련 속에서만 존재하며 생성자체가 필연적인 것처럼 사멸 또한 필연적이다.[109] 존재의 여분 같은 것은 전혀 찾아 볼 수 없다. 인간이나 사물이 정형성을 띤 유형체라면, 음악은 실존하지 않으면서, 구체적이지 않는 무형성이지만 감각으로 남아 정신을 구원한다. 음악의 세계 이외에도 로캉탱에게 필연적으로 보이는 또 다른 세계는 원(圓)이다.

> 다른 세계에는 원, 음악적 테마들이 그 나름의 순수하고 엄격한 선을 지키고 있다. (중략) 圓은 부조리하지 않다. 그것은 직선의 한 선분이 그 극한의 한 점을 중심으로 회전하는 궤적이라고 분명하게 설명된다. 그러나 또한 원은 존재하지 않는다.[110]

원은 그것이 가지고 있는 성질들이 모두 원이라는 개념 안에 내포되고 있어 그 성질 이외의 여분의 성질을 가지고 있지 않는 존재이다. 왜냐하면 원의 세계는 어떠한 여분성이나 우연성도 지니지 않는 절대적인 설명과 이치를 지닌 세계이기 때문이다. 이렇게 볼 때 원이 속한 세계는 주어진 의미가 무너져 내리는 구토의 세계가 아니다. 결코 원이란 의미의 허물은 벗겨지지 않는 세계라고 할 수 있다.

다음으로 인간을 구원할 수 있는 것은 문학이고 예술이라는 것이다. 존재의 무상성에 대해 깊이 있게 성찰하는 개연성 있는 진정한 세계, 예술적인 창조만이 인생에 의미를 부여할 수 있다는 것이다.

---

109 손연미, 앞의 논문, 59쪽.
110 사르트르, 「구토」, 김희영 역, 170쪽.

오늘의 문학은 대중의 앞에 서야 할 것이다. (중략) 우리의 企圖는 人間의 救援에 있다. 우리는 人間을 위해서 쓰는 것이 大衆을 위해서 쓰는 것이라고 믿고 있다. (중략) 오늘날에 있어서는 人間의 解放이 없이는 大衆의 解放이란 있을 수 없다는 것을 알고 있다.[111]

문학만이 대중을 구원할 수 있다고 강조한다.

공기 속에 살고 있다는 것은 '말' 속에 살고 있다는 것과 마찬가지다. 처음에만 '말'이 있는 것이 아니라 처음부터 끝까지 있는 것은 '말' 뿐이다. 인간은 그 입에 지나지 않았다.[112]

문학이 지니는 항구성·영원성만이 인간생존이 갖는 한계성인 일회성을 극복하게 한다. 삶의 순간성은 언어라는 기호를 통해 기록됨으로써 영원성을 획득하는 것이다. 문학을 떠나서는 인간구원이 있을 수 없다.

그것은 책이어야만 할 것이다. 그러나 역사책은 아니다. 역사책은 존재했던 것에 대해 말하기 때문이다. (중략) 어떤 이야기 즉 어떤 모험에 대해 쓴다면 그 이야기는 강철처럼 아름답고 단단해야 하며 사람들로 하여금 그들의 존재에 대해 부끄러움을 느끼게 만들어야 한다.[113]

인쇄된 말 뒤에, 페이지 뒤에 존재하지 않는 것인 그 무엇, 존재 위에 있는 그 무엇을 강철처럼 아름답게 굳혀 놓은 것이어야 한다.[114]

왜냐하면 문학은 견고한 아름다움 속에서 존재에 대한 자각을 일깨워

---

111 장용학, 「감상적 발언」, 177쪽.
112 장용학, 「요한시집」, 59쪽.
113 사르트르, 「구토」, 방곤 역, 285~286쪽.
114 사르트르, 「구토」, 방곤 역, 286쪽.

주기 때문이다. 인간 삶이 지니는 강직함을 아름답고 명료한 언어로 풀어 놓아야 한다.

인간의 초월은 완성되어질 수 없으며 언제나 하나의 가능성일 뿐이다. 인간은 언제나 문제적 존재이며, 언제나 유예상태이며, 해석이 필요한 존재자이다. 즉 언제나 초월의 직전에 위치한다. 따라서 인간은 현실에 자기를 내던짐으로써, 세계와 자신을 창조함으로써, 끊임없는 자기부정의 현재성 속에서만 그 진정한 의미의 구원이 있다. 그러므로 구원은 끊임없는 자기 부정의 과정 속에 있다 할 수 있다.

4) 「요한시집」과 「구토」의 이질성과 동질성

지금까지의 논의에서 「요한시집」은 근원적으로 실존주의와 그 맥이 닿아 있으며, 「구토」와의 밀접한 상관관계에 놓여 있음을 살펴보았다. 이러한 동질성속에서 「구토」와의 이질성을 구별해보고, 작품 외적인 면에서의 동질성을 간략히 살펴보면 다음과 같다.

(1) 차이점

① 죽음

「구토」의 주인공 로캉탱에게는 자살의 가능성이 배제되어 있다. 그것은 사르트르는 사후의 세계나, 신의 세계에 대해 거부하고 있기 때문이다. 본질보다 실존에 그의 철학은 놓여 있다. 인간을 신이 보냈다든가, 죽으면 사후의 세계가 있다든가 하는 문제는 사르트르 사유의 대상이 되지 않는다. 사르트르는 현재의 인간의 삶, 실존하는 현상적인 삶, 죽음 직전까지의 인간의 생만을 문제 삼고 있다. 그러나 장용학에 있어 죽음은 현재의 삶 못지않게 중요성을 띤다. 결국 주인공은 자살로써 자유의 중요성을 강변하고 있다.

② 인물

「요한시집」에 등장하는 누혜는 부차적 인물로서, 주동인물인 동호가 변신하고 전환하는데 직접적으로 가담하여, 주동인물의 변화를 위해서 죽는 것으로 특징지을 수 있다.

그러나 「구토」의 부차적 인물인 롤르봉은 주동인물인 로캉탱의 생활의 활력소이며 존재를 확인시켜 주기 위해 존재한다. 따라서 부동인물의 죽음과 탄생은 주동인물의 의지에 달려 있으며 절대적인 주체자가 된다. 따라서 주동인물은 부동인물의 존재나 죽음이 그의 선택에 달려 있는 능동적인 인간형이라고 할 수 있다.

③ 실존

「요한시집」이 사르트르의 실존의 개념과 약간 다른 양상으로 나타나고 있는 것은, 무신론적인 사르트르적 실존주의와, 제목에서 알 수 있듯이 기독교적인 구원관이 혼용되어 나타나기 때문이다.

④ 구원

> • 「요한시집」-죽음을 통한 구원의 시도, 내세.
> • 「구토」-문학이나 음악을 통한 구원, 현세.

사르트르의 구원의 모색은 현재의 현실로 귀착된다. 인간은 스스로의 의지에 의해 행위를 결정해야만 하며, 자신의 선택에 따라 운명이 결정되며, 오직 자신이 책임을 짊어져야하는 존재이다. 따라서 세계안의 그 무엇과도 대치될 수 없는 유일한 존재이다.

사르트르는 존재에 대한 구원이 현실의 문학이나 음악이라면 장용학의 구원은 죽음을 통한 구원의 시도로서 내세에 있다. 이 세계는 부조리한 세계로 부정되고 있다. 자신을 투자할 수 있는 새로운 세계의 도래를 희구한다. 새로운 眞者를 위해 자신은 희생되어도 가능한 존재로서 나타난다. 다분히 자유가 죽음으로써 생을 살린다는, 즉 죽음을 통한 구원의 모색으로서 역설적인 면모를 보여준다.

(2) 동질성

① 神

장용학은 사르트르에게서 실존을 배웠고, 알레고리는 카프카를 닮았다. 니체와 도스토옙스키 사상의 사생아며 정통적 문학의 배반자다[115] 라는 평가를 받는 것처럼 사르트르에게 있어서 神은 존재하지 않는다. 무거운 짐을 들어 줄 神이 없으므로 인간은 단독자로서 홀로 우뚝 서야 한다.

장용학에게서도 초기작품에는 神은 존재하지 않는다. 神이란 무엇인가, 사람의 힘으로 할 수 없는 일을 하는 것이 神이다. 그런데 지금 인간은 사람의 힘으로 할 수 없었던 일을 해내고 있다. 그래서 인간은 고달프지만 지난날의 개념으로서의 神은 오늘의 인간이다.[116]

---

115 임헌영, 「장용학론」, 《현대문학》, 1966. 3, 307쪽.
116 장용학, 「易姓序說」, 283쪽.

② 존재

사르트르와 같이 장용학도 인간이든 사물이든 존재는 하나의 우연이라고 생각한다. "있을 수 있는 일은 無數이다. 그 無數의 가능성이 하나의 偶然에 의하여 말살된 자리가 *存在*이다."[117]

③ 시대적 배경의 유사성

실존주의는 2차 세계대전, 한국은 6 · 25전쟁 등 사회적 · 문화적 · 역사적 대변혁을 거치는 동안 개체적 생의 의미에 대한 허무의식, 부조리한 세계 속에 던져진 인간, 인간의 주체성, 인간자아의 본질문제에 관심을 갖게 되었다.

④ 의식의 흐름에 의한 자동기술법

초현실주의자들은 다다이즘과 자동기술법을 통해 말(言語)을 해방시켰다. 언어로부터의 자유는 인간의 자유를 의미한다. 합리적 논리성이나 언어의 규범성이나 의사소통의 도구라는 측면이 강화되어, 말이 그곳에 갇혀있을 때 인간의 정신은 자유롭지 못하다. 이「요한시집」과「구토」의 언어는 어떤 매개체에 의한 상황들과 연결되어 나타나는 내용들이 아니다. 오히려 서술자 '나' 의 자유연상으로 이어지는 관념들이 대부분인 의식의 흐름기법을 소설형식의 근간으로 삼고 있다.

⑤ 일기와 유서

「구토」가 일기형식으로 되어 있음은 일기 자체가 주는 개인적인 존재

---

117 장용학, 「요한시집」, 344쪽.

에 대한 성찰이며 정리이다. 이러한 면에서 유서도 같은 성향을 내포한다고 볼 수 있다. 「요한시집」은 우화 형식을 빌려 쓴 일기와 누혜의 유서가 전 소설을 지배하고 있다. 일기가 '살아있음'에 대한 하루하루의 성찰로 이루어진다면, 유서는 '살아왔음'에 대한 성찰로서 존재의 고백이다. 그런 면에서 소설을 이끌어가는 형식이 동일하다고 볼 수 있다.

장용학은 처음에 「요한시집」을 7장으로 나누어서 집필하려고 했다. 다음의 글이 그것을 뒷받침해 준다. "서장에 해당하는 월요일치를 쓰고 나서 보니 도대체 소설이랄 수 있을까. 스스로 소설 같지 않고 공연한 일을 하는 것 같은 의심이 났다"[118] 에서처럼 「구토」의 작품전개가 요일별로 구성되어 있는 것처럼 「요한시집」의 작가도 「구토」를 읽고 그렇게 써 보려고 했으나 어쩐지 생소하여 그만두면서 서두를 상징적 수법으로 처리하였고 序·上·中·下로 나누었다고 본다. 즉 이렛날의 분량이 나흘로 축소된 것이다.

5. 맺음말

이 「요한시집」의 특수성은 인간의 보편적인 질문이며, 회의의 실체인 인간존재의 문제, 실존의 문제를 다루고 있다는 점이다. 반복되는 일상의 틀 속에서, 구토가 치밀어 오르는 현실 속에서, 즉 무한한 세계 속에 놓인 유한한 인간존재에 대한 한계성에 대해 인간은 끊임없는 질문을 던진다.

전쟁이 주는 정신적 위기감과 실의의 광장에 서서, 인간은 무엇이며, 이념은 또한 무엇을 위해 있는가라는 근본적 물음은 그 시대의 사람으로

---

118 장용학, 『실존과 요한시집』, 앞의 책, 401쪽.

서는 누구나가 처절하게 확인해야 했던 시대였다. 이러한 근본적인 회의에서 과연 인간의 존재는 무엇인가라는 이론적 체계는 철학적 물음으로 전도되었다. 이러한 물음을 문학 속에 투영하여, 우화나 꿈, 신화적 요소 등 매우 상징적이고 환상적인 수법으로 형상화한 이가 장용학이다.

장용학의 작품세계는 현실세계와 상상의 세계가 동시에 존재한다. 그의 작품에 드러난 현실세계는 잔혹하고, 처참하고, 비인간적이며 반인륜적이다. 이러한 현실세계는 작가의 관념에 의해 다시 창조된 우화나 전설에 의해서 승화되고 걸러진다.

본고는 「요한시집」은 1953년 봄 사르트르의 「구토」를 접하고 실존주의 문학의 냄새를 맡고 있던 중 거제도 포로수용소 생활수기의 몇몇 장면을 읽은 것이 직접 동기가 되어 쓴 것[119] 이라는 작가의 발언에 바탕을 두고 사르트르의 「구토」와의 비교고찰을 시도하였다.

한 사람의 독자로서 어떤 작가가 어떠한 작품을 읽고 그것이 동기가 되어 흥미 있는 한 작품을 산출했다는 것은 독자로서도 흥미로운 일이 아닐 수 없다.

영향이란 특수한 본질을 지닌 개인적인 체험이다[120]라고 볼 때 어느 날 제자가 두고 간 「구토」를 우연히 접하게 됨으로써 장용학의 개인적인 체험에 의해 「요한시집」은 탄생되었다. 주지하다시피 사르트르는 실존철학의 선봉자다. 그러한 그의 작품을 통한 실존주의는 장용학에게 어떤 양상으로 나타났는가 하는 것이 본고의 주안점이었다.

우리나라에 본격적으로 실존주의가 들어온 시기는 1950년대부터이다.

---

119 장용학, 「작가의 변」과 「실존과 요한시집」, 401쪽 참고.
120 울리히바이스슈타인, 『비교문학론』, 이유영 옮김, 홍익신서, 59쪽.

이러한 양상은 우연한 일치가 아니라 암울한 시대성과 깊은 연관성이 있다. 이러한 상황에서 1950년대 소설의 한 특징은 전후의 황폐함, 그에 따른 실의와 좌절, 허무주의로 이어지면서 삶에 대한 집중적 추구와 인간존재에 대한 근본적인 질문으로 이어졌다.

「요한시집」은 전쟁이 주는 허무와 좌절 속에서 또한 정신적, 육체적 희생자들로서 어떻게 인간존재 양식을 극복하고 형상화해 나가는 것을 보여주고 있다. 인간의 본질적인 문제에 집착하여 실존주의 차원에서 인간존재의 문제를 확인하고자 했으며, 인간은 무엇을 해야 하느냐보다 인간이란 무엇인가, 무엇이어야 하는가 하는 성찰적 질문과 해답으로 이루어진다.

도대체 인간이란 무엇인가. 창조주(신이 아님)로부터 우연히 내던져진 인간은 어떻게 삶을 영위해 가야 하는가 하는 실존적 존재로서의 인간 탐구에 관심을 가진다. 자유는 무엇이며, 죽음은 무엇이며, 이 현실이 주는 부조리는 어떻게 안고 가야 하는가.

사르트르의 사상에서 실존적인 인간은 주체적으로 자기 삶을 이끌어가는 지향적 존재이다. 따라서 인간은 자신의 실존 상황에서 끊임없이 책임지며 투기하고 창조해 나가야 한다고 주장한다. 이 두 작품은 인간의 존재론적 탐구로서 세계 안에 내버려진 구체적이고 개별적인 인간의 실존의 모습을 선명하게 보여주고 있다.

이 척박한 현실 세계 안에서 정녕 구원은 없는 걸까. 「구토」가 다루는 주된 문제는 현재의 상황속의 삶, 인간실존, 인간구원의 문제에 있다. 인간존재의 부조리나 우연성에서 구원의 요소를 사르트르는 존재 자체가 필연적이고 우연성이 배제된 영원성을 지닌 음악이나 문학에 있다고 보았다.

인간이나 사물이 어떤 정형성에서 오는 부조리가 있다면, 음악이나 문학은 실재하지 않기에 불완전하지도 부조리하지도 않는 것이 된다. 따라서 그에게 구원의 요소가 되는 것은 우연성도 여분성도 없는 절대적인 설명과 원리를 지닌 세계로 나타난다.

그러나 「요한시집」에 있어 구원은 사뭇 다르다. 그에게 있어 현실은 부정되어 있다. 따라서 죽음을 통한 구원의 시도로서 역설적인 면을 드러낸다.

이 두 작품의 근본적인 관점은 인간이 일생을 통하여 끊임없이 질문을 던지는 인간존재는 우연성인가 필연성인가에 따른 자유나 죽음의 문제이다. 서구의 사고방식과 민족정서의 결합, 그 조화에서만 민족문학은 세계문학으로서의 민족문학이 될 수 있을 것이다.[121] 따라서 우리문학 속에 실존문학의 도입으로 인한 인간실존의 탐색은 우리 문학에 새로운 지평을 열었다는 데 의의가 있다.

---

121 장용학, 「감상적 발언」, 앞의 게재지, 174쪽.

제4부

한국 근대시의 서구시 수용 양상

한국 근대시의 서구시 수용 양상

1. 서론

1) 논점의 제기

1894년 갑오경장은 봉건시대의 구문화를 타파하고 그 위에 새로운 문화를 건설하려는 문화의 일대 변혁이 일어난 해였다. 그 변혁에 있어서 직접적인 자극이 된 것은 말할 것도 없이 일본을 거쳐서 도래한 서구문화였다. 이즈음 우리문학에도 서구문학을 받아들이려는 몸부림이 개화기의 학자 및 저술가들을 통해 이 땅에 움트기 시작 하였다. 그리하여 그 활동은 구체적으로 갑오경장의 다음해인 1895년부터 서서히 그러나 조심스럽고 활발하게 진행되었다.

근대초기는 한국 근대시의 출발을 의미하는 초기로써 전통사상과 외래사상의 상호작용하에 우리시가가 형성된 중요한 시기이다. 이 시기는 내적사상 면에서는 기독교 및 해외문학의 유입이 우리문학에 침투하여 지대한 영향을 주었다. 또한 외적인 문학 환경으로는 신문·잡지의 발간, 신교육기관의 설립 등 문학 발전의 토대가 마련 된 시기이기도 하다.

일반적으로 한 작가나 작품이 성립하는 데는 민족적 전통, 외국문학의 영향, 개인적 출자 등 세 가지 원인에 기인한다.[1] 이러한 측면에서 한국 근대문학 형성, 전개, 발전에 있어서 서구 문학의 수용양상을 규명하는 작업은 긴요한 작업이다. 과연 우리의 근대문학은 어떤 과정을 거쳐 태동 했으며 지금까지 어떤 관점으로 어느 정도 연구가 진척되었는가를 살펴 봄으로써 근대문학을 재검토 하고자 한다.

본고에서 시도하고자 하는 주된 작업은 다음과 같은 것이다. 한국의 근 대초기에 서구문학이 유입되면서 근대시에 어떤 양상으로 나타나는지 살 펴보고자 한다. 우선 서구시의 번역과정과 명칭의 수용양상의 면모를 살 펴보고, 또한 번역시와 창작시의 영향관계를 검토할 것이다. 그리고 서구 시의 수용과정에서 전통시가와의 갈등양상을 검토해보고 이로써 서구시 를 받아들이면서 한국 근대시에 끼친 긍·부정적인 측면을 고찰하면서 의 의를 제시하고자 한다. 근대시에 관한 연구는 이미 많은 논자들에 의해 다 양한 논의가 다각적인 관점에서 이루어졌다. 그러나 전체적이고 총괄적인 연구는 거의 없어 이 논문에서 그 몫을 맡고자 하며 그것을 목적과 의의 로 삼고자 한다.

2) 서구시에 대한 관심

한국의 근대문학은 서구문학의 번역과 서구시론의 수용으로 전대와는

---

1 P.Van Treghem, 김동욱, 『비교문학』, 신양사.

다른 새로운 지평을 마련하고 있다. 우리문학에서 서구문학의 영향을 배제하면서 근대시의 좌표를 설정한다는 것은 불가능한 일이다. 이런 사정 때문에 지금까지 근대시에 대한 연구는 서구와의 비교문학적 관점에서 진행될 수밖에 없었고 그리하여 이 방면에 있어서 상당한 업적들이 나오고 있는 것이 사실이다.[2] 번역시 및 시론에 대해서는 김병철 교수[3]를 비롯하여 한계전 교수[4]에 의해 비교적 깊게 고찰된 바 있다.

찬송가, 자유시, 상징시에 대한 논의는 비교적 활발한 편[5]이나 서사시[6], 산문시[7]에 대한 논의는 단편적인 언급만 있어왔다. 특히 서사시의 경우

---

2 구인환, 「자유시와 서사시의 형성」, 시문학, 1978. 11.
 김영철, 『한국 개화기 시가장르 연구』, 학문사, 1987.
 김용직, 『한국 근대문학의 사적 이해』, 삼영사, 1977.
 김학동, 『한국 개화기 시가 연구』, 시문학사, 1981.
 ______, 『한국문학의 비교문학적 연구』, 일조각, 1972.
 박을수 · 석일균, 『신한국 문학사』, 성문각, 1982.
 박철희, 『한국 시가 연구』, 일조각, 1984.
 영왕용, 『한국 근대시 연구』, 삼영사, 1982.
 오세영, 『한국 낭만주의 시 연구』, 일지사, 1980.
 이광린, 『한국 개화사 연구』, 일조각, 1969.
 정한모, 『한국 현대시문학사』, 일지사, 1974.
3 김병철, 『한국 근대 서양문학 이입사 연구』, 을유문화사, 1980.
 ______, 『한국 근대 번역문학사 연구』, 을유문화사, 1975.
 이하윤, 「근대 한국의 번역문학」, (덕성여대) 논문집 2집, 1973.
4 정종진, 「한국 근대시론사, 1」, 『어문논총』, (청주대) 4집, 1985.
 홍신선, 「개화기 시론 연구」, 『한국문학연구』, (동국대) 6,7집, 1984.
 한계전, 『한국 현대시론 연구』, 일지사, 1983.
5 김윤식, 「한국 근대시 형성에 대한 고찰」, 『한국학보』, 제20집, 1980.
 김은전, 「김억의 프랑스 상징주의 수용 양상」, (서울대박사 학위논문), 1984.
 손광은, 「한국시의 상징주의 수용 양상 연구」, (충남대박사 학위논문), 1986.
 조신권, 「한국 근대문학에 미친 기독교의 영향」, (연세논총) 제14집, 1977.
6 민병욱, 「근대시 서사 갈래」, 현대시학, 1-3, 1984.
 장윤익, 「한국 서사시 장르에 대한 연구」, 『논문집』(인천대) 6집, 1984.
7 강남주, 「초창기 한국 산문시의 형성 고」, 『한국문학논집』, 3집, 1980.12.

에는 근대 초기시에 대한 연구는 거의 전무하고 「금성」 이후부터 연구가
개진되고 있는 실정이다. 한편 캐빈오록[8]은 종래의 서구시 영향권의 연
구가 프랑스 상징주의에 한정하였던 범위에서 벗어나, 영국 황혼파 상징
주의 영향에 초점을 두어 연구, 기술하고 있는 것은 연구영역의 확장이라
는 점에서 의미가 있다. 그러나 근대초기 전통시가와 장르 및 형태상의
갈등 양상에 대한 논의는 거의 전무한 실정이다.[9]

3) 연구대상 및 영역

근대 초기시는 1894년 갑오경장으로 인해 서구문물이 유입되면서 서서
히 변화의 준비를 모색하게 된다. 그 첫 문학적 출현은 1896년 《독립신
문》에서 비로소 태동된다. 본고에서는 1894~1919년까지 약 25년 기간을
근대로 설정하고 연구 범위로 한정하고자 한다.

연구대상은 1896년 《독립신문》 소재시가에서 1919년 《태서문예신보》
까지 신문, 잡지, 학술지를 위주로 검토하고 (단행본은 제외), 그 중에서도
당연히 서구시가 많이 번역된 《소년》 1908.11~1918.12, 《청춘》 1914.10~
1918.9, 《학지광》 1914.4~1919.18호, 《신한민보》 1906~1918.12, 《태서문
예신보》 1914.9~1919.2.를 중점적으로 살펴보고자 한다. 《매일신보》는
1919년에 창간되어 시기적으로 《창조》와 같은 연대이나 자유시와 자유시

박경수, 「근대 산문시의 형성과 장르의식」, 『어문교육논집』(부산대) 4집, 1979.
송재갑, 「한국 산문시의 연구」, 『한국문학연구』, (동국대) 6,7집, 1984.
8 캐빈오록, 『한국 근대시의 영시 영향 연구』, 새문사, 1984.
9 김영철, 『한국 개화기 시가의 장르 연구』, 학문사, 1987.
박철희, 「사설시조의 구조와 배경」, 『국어국문학』 16, 제70~73합본, 국어국문학회.

에로의 개척·탐색 등 근대시의 속성과 개진이 두드러지며, 또한 창가·
가사 등의 창작시도 무시할 수 없을 정도로 실려 있어《창조》와 구분되는
성격을 내포하고 있다. 따라서《매일신보》는 텍스트로 삼되《창조》는 연
구대상에서 배제하기로 한다.《학지광》은 창간은 1914년, 종간은 1930년
으로서 통권 29호로 구성되어 있지만, 여기서는 근대초기시를 연구 범위
로 설정 하였기에 1919년 18호까지로 한정한다.

2. 번역시의 수용 양상

〈자료 A〉

가. 서구 시인의 이름만 소개

게 재 지	시인의 이름	비 고
《한성월보》6호 (1899.1), 《조양보》1호 (1906.7)	쉴러	이름만 소개
《한성월보》6호 (1899.1)	롱펠로우	이름만 소개
《대한협회회보》1호 (1908.4)	워즈워드	이름만 소개
《대한흥학보》8호 (1909.12)	투르게네프	이름만 소개
《소년》1년 1권 (1908.11.1)	바이런	바이런의 詩名「차일드 헤럴 드의 편력」명만 제시
《소년》2년 2권 (1909.2.1)	롱펠로우, 시몬즈	교훈가, 격언가로 소개
「금경」·《청춘》제16호 (1915.3)	바이런, 고리키, 베르그송	이름만 소개

나. 시 소개

게재지	시	원작가	비 고
《청춘》 제14호 (1918.6.6)	「잘되옵소서 패어 가는 벼이삭」	차알스 페키가	「순군시인폐서」 글에서
《학지광》 제5호 (1915.5.2)	「Soul」	로버트 브라우닝	「의지의 약동」 글에서, Tennyson 소개
《태서문예신보》 제3호 (1918.10.19)	「Snow Bound」의 一節이 소개	존 휘터	「大我」 글 중에서

다. 이론 소개

게 재 지	이 론 명	소개한 작가	비 고
《신문계》 (1918.5.5)	「20세기초두 구주 제 대 문학가를 추억함」	백대진	
《학지광》 제10호 (1916.9)	「요구와 회한」	김억	
《청춘》 제9호 (1917.7.26)	「노력론」		롱펠로우, 휘트먼 시인 이름 소개
《태서문예시보》 제4호 (1918.10)	「블란스 시단」	백대진	'시단의 주류' 존스필 드 소개
《태서문예신보》 제9호 (1918.11)	「최근의 태서시단」	백대진	상징주의 소개, '상징' 이란 용어 사용
《매일신보》 (1919.9.22)	「詩話」	황석우	상징주의 수용
《태서문예신보》 제10~11호, 1918.12.7~12.14	「프랑스시단」	안서생	근대사조에 대한 소개

1) 명칭의 수용

근대초기의 신문이나 잡지를 통한 서구문학 수용은 문학용어의 이입,
시인 및 작품명의 소개, 그리고 단편적인 사조의 소개 등으로 대별할 수
있다.

서양 문학적 개념의 '문학'(literature), '시'(poetry), '시학'(poetics) 이란
말의 이입은 유길준의 『서유견문』(1895)을 그 효시로 본다. 신문, 잡지의
서구문학 소개는 전반적으로 초기에는 시인의 이름소개가 태반을 차지하
고 있고, 문학용어, 작품명, 사조의 소개는 엉성한 편이며, 문학적 특질이
나 문학사상에 대한 언급은 거의 없다. 서구 시인이름의 소개는《한성월
보》제6호 (1899.1.30) 「소학만국 역사」에서 최초로 롱혤노(農活老,
Longfellow) 가 소개된다.[10] 작품명은《소년》1년 1권 (1908.11.1)에 바이런
의 長詩 「차일드 헤럴드의 편력」(Child Harald's Pilgrimage)의 제목만 나오
다가 본격적인 작품은 「의지의 약동」이라는 장덕수[11]의 글속에, 로버트
브라우닝(Robert Browning)의 시 「Soul」과 테니슨(Tennyson)의 시구가 원문
과 같이 나온다.

> "모든 聖人을 주실뿐 아니라 우리의 일생을 引導ㅎ야 주시며 (I have, seen
> God's hand thro 'a life-time, and all was for best…Browning의 「soul」[12]

> "테니슨 일은 바 永遠이 살고 永遠히 사랑하는 一神, 一法, 一理, 멀고, 먼 神
> 的 궁극이의게로, 모든 創造는 動ㅎ는 지라. (The God, which ever lives and loves,

---

10 김병철, 『한국 근대 서양문학 이입사 연구』, 을유문화사, 1980, 10쪽.
11 《학지광》제5호, (1915.5.2).
12 《학지광》제5호 (1915.5.2), 44쪽.

one God, one law, one element, And one far-off divine event, to which whole creation moves)[13]

1920년대 이전에도 단행본이나 신문을 통한 서양문학의 이입소개는 그다지 활발하지 못했고, 문학논문이나 잡문을 통해 용어, 명칭이 소개되었으나 단순히 작가명의 소개였다. 처음엔 시인의 이름만 소개되는 것이 통례였고, 시인이 문필가로서 보다 정치, 법률가, 사상가로 소개되기가 일쑤였다. 그 양상은 《소년》[14] 지에서도 마찬가지였는데, 롱펠로(Longfellow), 시몬즈 (Arthur symons)가 격언가나 교훈가로 소개되고 있다.

서구사조는 《대한흥학보》 8호(1909.12)에 夢夢에 의해서 소개된다. 따라서 "우리나라에 리얼리즘이란 용어가 최초로 나타난 것은 1919년 2월에 간행된 《창조》 창간호에서 비롯된 것이 아닌가 한다."[15]는 김학동님의 견해는 수정되어야 한다. 이보다 훨씬 전인 《대한흥학보》의 「소설요조요한」에서 투르게네프, 톨스토이, 고르키 등이 소개되고 있고, 허무주의(nihilism), 사회주의(socialism), 자연주의(naturalism), 사실주의(realism), 낭만주의(romanticism) 등 서양문예사조를 특징지어주는 각 사조의 용어가 소개되고 있다.

이 땅에 최초로 상징주의를 도입한 사람은 백대진[16]으로, 그는 《신문계》 제7호 (1916.5)에 발표한 「20세기 초두 구주 제 대 문학가 추억홈」에서 서구 상징주의 시인들의 이름을 소개하고, 동시대의 해외 시인들을 거

---

13 《학지광》 제5호 (1915.5.2), 45쪽.
14 《소년》 2년 2권, (1909.2.1).
15 김학동, 『한국문학의 비교문학적 연구』, 일조각, 103쪽.
16 한계전, 『한국 현대 시론 연구』, 일지사, 1983.

론하며 그들의 작품 경향을 개관하는 가운데 상징주의를 소개하고 있다.

이 시론은 상징주의를 데카당적 절망이나 염세의 예술로 파악하지 않고 상징주의의 낙천적인 특성을 강조한 점이 특기할 만하다. 이 시론은 歐州 여러 시인들을 논한 점에서 《태서문예신보》에 버금가는 공적으로 평가받고 있다.

이어서 「최근의 태서문단」[17] 2회 분 중 一部에서는 '상징'에 대한 개념을 처음으로 언급하여, 상징을 다음과 같이 적고 있다.

> "象徵이라 함은 分解하기 어려운 綜合一致의 狀態에 있는 바, 어떤 觀念을 말함이니 어떠한 賢察家이던지 明白히 말하기 어려운 바, 眞理의 精粹를 가장 많이 含縮해 있는 그 독창적인 인상을 韻律的 暗喻로써 발표하는 것을 일커림이다."

즉 상징은 진리의 정수를 모두 함축한 운율적 암시임을 강조하며, 상징의 뜻을 정확히 소개하고 있다. 상징의 상징적 개념인 "記述하지 말아라. 다만 暗示 하라"를 면밀히 파악하고 있음을 볼 수 있다. 이러한 상징주의는 백대진에 이어 황석우, 주요한으로 이어진다.

서구문학의 용어나 명칭의 이입은 1910년대 이전에는 피상적이기는 하나 꾸준히 개진되고 있음을 볼 수 있는데, 주로 신문보다 학술지나 잡지 위주로 이루어졌다.

서구문학 소개의 공로자로서는 안서, 백대진의 활동이 우세하며,[18]

---

17 《태서문예신보》, 4호, (1918.10.26), 9호 (1918.11.30).
18 육당은 주로 번역시에만 국한했던 반면에, 안서와 백대진은 시와 시론을 병행해서 다방면으로 소개함으로써 한국 근대시의 질적 고양에 기여했다.

이들은 러시아, 프랑스를 주 무대로 투르게네프, 타고르를 집중적으로 소개하고 있다. 이 방면의 두드러진 잡지는 《태서문예신보》이다. 《태서문예신보》는 발간취지처럼 서구시와 문학론 및 해외시와 시단의 주류를 '문학대가의 붓'을 빌어 소개했으며 번역시와 시론, 특히 프랑스 상징주의 시와, 시론의 소개는 한국 근대초기시의 정립에 지대한 영향과 공헌을 끼쳤다.

2) 번역시의 전개양상

(1) 개요

《소년》지를 통해 본격적인 번역시가 나타나며, 이어 《학지광》, 《청춘》 지를 거쳐 《태서문예신보》에 와서 서구의 번역시가 다각적으로 번역된다. 譯者로서는 1910년 초, 육당의 활동기를 거치면서 후기에 해몽과 안서로 이어진다.

처음의 번역물(1895)에는 주로 소설이나 역사, 전기류가 대부분이었으나[19] 1908년에 와서 비로소 시 「아메리카」[20]가 육당에 의해 번역된다.

1910년 이전은 언론의 암흑시대, 언론의 부재시대 라고 칭하듯이 잡지 수도 현저히 줄고 (450여종 중 절반은 종교잡지였다) 번역의 양, 질 면에서도 우수한 편이 못 되었다. 그러다가 1910년대 이후에 《태서문예신보》를 중심으로 서구시가 소개되면서 다소 활발해진다.

번역시의 양상을 보면 《소년》 1편, 《청춘》 7편, 《학지광》 9편, 《신한민

---

19 최초의 번역소설 1895년 「천로역정」, 최초의 역사소설 1896년 「영국사요」, 학부편집국편저.
20 《소년》 1년 2권, 샤무엘 스미드(美), (1908.12.1)

보》6편, 《태서문예신보》54편 등, 모두 87편이 소개된다. 지금까지 선학들의 논의를 고찰해보면 그 번역수가 연구자들 간에도 판이하게 다르다. 주로 김병철(38편), 정한모(36편)님의 견해를 따르고 있는 실정인데 이는 기본 텍스트를 소홀히 다룬데서 오는 오류라고 보여지며, 따라서 모두 수정되어야 할 것이다.

번역자로서는 안서, 육당, 장두철 순이다. 근대초기 번역시의 소개는 이들 세 사람이 압도적으로 선두를 점하고 있다. 나라별로는 러시아, 영국, 프랑스 순이다. 의외로 영국이 숫적으로 우세한데, 이는 전문적인 한 작가에 치중하기보다 다양한 작가의 시를 번역한데서 비롯되었다.

시인으로는 롱펠로, 베를레느, 투르게네프, 솔로굽의 시가 많이 번역되었다. 김억은 베를레느나 러시아 시인 투르게네프의 시를 번역 소개하고 있으며, 해몽에 의해 롱펠로의 시가 소개 되고 있다. 《소년》지를 통한 육당의 번역태도에서 특이한 것은 번역시를 게재하고 그 옆에 원작가나 시인들에 대한 註를 달아 소개하고 있다는 점이다. 이는 육당의 계몽적인 문학관의 단면을 보여주는 것이라 생각된다.

번역시의 수용태도에 있어서는 翻案, 抄譯, 梗槪譯 부분역이 대부분이다. 원서로부터 직접적인 번역은 거의 없으며, 日譯, 中國語譯으로 된 것을 重譯 한 것이 거의 대부분이다. 초기 번역시의 모습은 문학의 미학적 측면을 도외시 한 채 시의 행이나 시형은 무시한 채 우선 내용만 전달하면 된다는 내용편중이 앞서고 있다. 이후 점차 외형과 내용의 거리가 좁혀짐을 볼 수 있다. 그리고 시의 내용도 계몽성이나 공리성이 배제된 순수문학의 소개가 서서히 나타나고 있다.

년도	作品名	原作者	國籍	譯者	게재지(월/일)	비고
1908	아메리카	사무엘·스미드	美	최남선	《소년》 1년2권, 12.1.	
1909	大國民의 氣魄	?	英	최남선	《소년》 2년2권, 2.1.	
	청년의 소원	몬트쏘메리	英	최남선	《소년》 2년3권, 3.1.	
	너의할수있는 모든 수단으로써	썬·웨쏠레이	英	최남선	《소년》 2년4권, 4.1.	무제
	씌의 江畔의 방아쇤	촬쓰·매캐이	英	최남선	《소년》 2년5권, 5.1.	
	勞 作	카롤라인·오운	英	최남선	《소년》 2년6권, 7.1.	
1910	쌔이론의 海賊歌	쌔이론	英	최남선	《소년》 3년3권, 3.15.	
	正말 建設者	엘늬옷	英	최남선	《소년》 3년4권, 4.15.	
	大 洋	쌔이론	英	홍명희	《소년》 3년6권, 6.15.	鰲浪
	사 랑	네모에 쑤스키이	波	홍명희	《소년》 3년8권, 8.15.	假人 산문시
	除 夕	테니슨	英	최남선	《소년》 3년9권, 12.15.	
1914	문 어 구	튜르게녜쯔	露	?	《청춘》 1년1권, 10.1.	산문시
	실 락 원	쩐밀톤	英	최남선	〃 1년3권, 12.1.	

1914	奇火	쇼로렌쇼	露	夢夢	《학지광》 2:1, 12.3.	
1915	乞食	쑤르계-네쁘	露	夢夢	《학지광》 2:2, 2.28.	名詩三篇 산문시
	信條	히로시	露	夢夢	《학지광》2:2, 2.28.	名詩三篇 산문시
	神聖한 물건	트렌취	露	夢夢	《학지광》 2:2, 2.28.	名詩三篇 산문시
	부활자의세상은아 름답다	안드레프	露	夢夢	《학지광》 2:2, 2.28.	
	도시에 내리는 비	베를네르	佛	김억	《학지광》 2:2, 2.28.	
1916	희랍이가	바이론	英	New Korea	《신한민보》 5.25-10.26.	
	내 가슴에 나리는 비	베를렌느	佛	김억	《학지광》 10, 9 · 4일	
	나라를 그릇침	?	佛	랑화츄	《신한민보》 10,5-26.	
	덕국에 사로잡힌군ㅅ	?	?	랑화츄	《신한민보》 11.2-30.	
1917	귀국힝	바이론	英	New Korea	《신한민보》 7,5-10.18.	
	「키탄쟈리」의 一節	타구르	印	진학문	《청춘》 3년5권 11.16.	
	「園丁」의 一節	타구르	印	〃	《청춘》 3년5권 11.16.	
	「新月」의 一節	타구르	印	〃	《청춘》3년5권 11.16.	

1917	쫓긴이의 노래	타구르	印	〃	《청춘》 3년5권 11.16.	
1918	황혼	?	英	steel face	《신한민보》 4.11.	
	쫓긴이의 노래	타 골	印	진학문	《신한민보》 4.25.	
	나의칙 가운대셔	쫀·플렛춰	美	?	《태서문예신보》 2호 10.13.	
	연이의 부르지즘	?	?	Kamini Roy	《태서문예신보》 3호 10.9	
	그는 櫶健한 청년이 었다	롱펠로	美	人之生	《학지광》 15권 3.25.	무제
	잘되옵소서·패어 가는벼이삭	샬를르·페세	佛	?	《청춘》 14권 6.16.	무제
	「Snow Bound」의一 節	휫티어	美	張斗徹	《태서문예신보》 3호 10.19.	부분역
	화살과 노릭	롱펠로	美	海夢生	《태서문예신보》 4호 10.26	
	명일? 명일?	트루쎄네쑤	露	金 億	《태서문예신보》 4호 10.26	산문시
	무엇을 내가싱각ᄒ 겟나?	트루쎄네쑤	露	金億	《태서문예신보》 4호 10.26	산문시
	긱	트루쎄네쑤	露	金 億	《태서문예신보》 5호 11.2.	산문시
	비렁방이	트루쎄네쑤	露	金 億	《태서문예신보》 5호 11.2.	산문시
	거리에 나리는 비	베를렌느	佛	金 億	《태서문예신보》 6호 11.9.	

1918	검은 젖업는 잠은	베를렌느	佛	金 億	《태서문예신보》 6호 11.9.	
	아름답은 밤	베를렌느	佛	金 億	《태서문예신보》 6호 11.9.	
	도라간 벗(亡友)	베를렌느	佛	S병원 素兒	《태서문예신보》 6호 11.9.	
	미인의 가슴	롱펠로	美	海夢生	《태서문예신보》 6호 11.9.	
	이 世上에는	윌리스 · 클라이크	美	金 億	《태서문예신보》 7호 11.16.	
	가을의 노릭	베를렌느	佛	A · S生	《태서문예신보》 7호11.16.	
	늙은이	트류쎄네쑤	露	金 億	《태서문예신보》 7호11.16.	
	N · N	트류쎄네쑤	露	金 億	《태서문예신보》 7호11.16.	
	무덤	롱펠로	美	海夢生	《태서문예신보》 9호11.30.	
	애닯은숨은쯧박게오며	쏘로굽	露	岸 曙	《태서문예신보》 9호11.30.	무제
	나는발서실쯩낫노라	쏘로굽	露	岸 曙	《태서문예신보》 9호11.30.	무제
	적은내(川)는 살ᄉ 노릭 ᄒ는데	쏘로굽	露	岸 曙	《태서문예신보》 9호11.30.	무제
	마음만참되고사랑만강할진딕	믹쏘닐드	英	張斗徹	《태서문예신보》 9호11.30.	무제
	고요하여라 · 슬흔마음아	롱펠로	美	張斗徹	《태서문예신보》 9호11.30.	무제

1918	호활한 남풍아	킹슬리	英	張斗徹	《태서문예신보》 9호11.30.	
	黃 昏	롱펠로	美	海夢生	《태서문예신보》 10호12.7.	
	어듸로	롱펠로	美	海夢生	《태서문예신보》 10호12.7.	
	注意ᄒ여라	롱펠로	美	海夢生	《태서문예신보》 10호12.7.	
	신비로운 너의 고향	쏘로쑵	露	岸曙生	《태서문예신보》 10호12.7.	무제
	天使의 얼골	쏘로쑵	露	岸曙生	《태서문예신보》 10호12.7.	
	쑴	예잇츠	英	岸曙生	《태서문예신보》 11호12.18.	
	죽음의 공포	아낙크레온	英	岸曙生	《태서문예신보》 11호12.18.	
	오후의 달	쯔레후	英	岸曙生	《태서문예신보》 11호12.18.	
	明日의 목숨	쑤리안 · 보강쓰	英	岸曙生	《태서문예신보》 11호12.18.	
	蒲公英	탭프	英	岸曙生	《태서문예신보》 11호12.18.	
	作詩論	베를렌느	佛	岸曙生	《태서문예신보》 11호12.18.	
	여름의 비	롱펠로	美	海夢生	《태서문예신보》 11호12.18.	
	물결	롱펠로	美	海夢生	《태서문예신보》 11호12.18.	

1918	운명이란 것은	쎄일리	英	張斗徹	《태서문예신보》 11호. 14	
	아름다훈일홈으로 부터	윌리쓰	英	張斗徹	《태서문예신보》 11호. 14	
	가을의 노래	베를렌느	佛	岸曙生	《태서문예신보》 11호. 14	부분역
	知識	쎄콥쓰	獨	?	《태서문예신보》 12호12.25	무제
	壁	쏘로쑵	露	岸曙生	《태서문예신보》 12호12.25	무제
	고독	쏘로쑵	露	岸曙生	《태서문예신보》 12호12.25	무제
	나	쏘로쑵	露	岸曙生	《태서문예신보》 12호12.25	무제
	告別	에머손	美	三田	《태서문예신보》 12호12.25	
	樵夫야 그나무 두어 라	모리쓰	美	三田	《태서문예신보》 12호12.25	
	村대장칭이	롱펠로	美	海夢生	《태서문예신보》 12호12.25	
	恒常五月이 아니다	롱펠로	美	海夢生	《태서문예신보》 12호12.25	
	비오난 날	롱펠로	美	海夢生	《태서문예신보》 12호12.25	
1919	세레나드	민수키	美	岸曙生	《태서문예신보》 13호 1.1.	
	落葉	구르몽	佛	岸曙生	《태서문예신보》 13호 1.1.	

1919	마즈막키스	프리애트	英	岸曙生	《태서문예신보》 14호1.13.	
	北方物語	피이비 · 캐리	美	金仁湜	《태서문예신보》 16호2.17.	
	母親의 畵像	쿠퍼 · 윌리엄	英	金仁湜	《학지광》 9: 2, 8.15.	
	가을 노래	발레인	露	鷺村	《학지광》 9: 2, 8.15.	

총 : 87편.

(2) 번역시의 이입양상

〈잡지별〉

잡지별	소년	청춘	학지광[21]	신한민보	태서문예신보
편 수	11	7	9	6	54

〈이입된 국가〉

이입국	러시아	영 국	미 국	프랑스	인 도	독 일
편 수	23	22	19	11	5	1

〈번역자〉

번역자	안서	육당	장두철	진학문	홍명희
편 수	34	10	6	5	2

---

21 《학지광》의 경우 종간이 1930년 통권 29호이다. 본고에서는 1919년 18호까지로 연구범위를 한정하였다. 나머지 자료를 살펴보면 더 많은 서구 번역시가 있으리라 사료된다.

<원작자>

원작가	롱펠로	베를레느	투르게네프	솔로굽	타고르	바이런
편 수	13	9	8	8	5	4

<국가별 시인>

국가	시인	편수
러시아	투르게네프	8
	솔로굽	8
	기타	7
미국	롱펠로	13
	기타	6
프랑스	베를레느	9
	구르몽	1
	기타	1
인도	타고르	5
영국	……	……

이상의 도표를 정리해 보면 작가와 역자의 이름이 표기된 시는 총 80편으로 전체의 90%를 차지하고 있으며, 어느 한 쪽, 즉 작가나 번역자를 알 수 없는 시는 8편으로서 10%정도이다. 양쪽이 모두 표기하지 않은 역시는 단 한 편도 없다.

가. 잡지별 양상

《청춘》, 《학지광》지에도 譯詩 작업이 아주 없었던 것은 아니다. 다만, 단편적인 몇 개의 번역이 있을 뿐이다. 따라서 본격적인 번역시의 이입 매체지로 보기에는 미흡하다고 사료되어 본고에서는 《소년》과 《태서문예신보》를 중심으로 살펴보고자 한다.《신한민보》는 여타 잡지와는 성격이 다른 해외 망명지로서 무엇보다도 현지에서의 직접적인 이입이 이루어졌다는 점에서 살펴보고자 한다.

• 《소년》지의 이입양상

앞 도표에서 나타나듯이 서구시의 유입은《소년》지와《태서문예신보》가 독보적인 위치를 점하고 있다. 4편의 학회지와 1편의 신문에 의해서 근대초기에 서구시가 이입되었다. 이 5편의 잡지의 공통점은 국내 학술지가 아닌 유학생 회보라는 것이다. 즉 국내 교양지를 통한 서구시의 소개는 전무했으며 해외유학생에 의해서 해외시가 소개되었다. 국내의 잡지들은 국권을 만회하고, 독립과 자유를 찾고 민권을 신장, 옹호하겠다는 열의에 차 있었기 때문에 서구 문학 작품까지 눈을 돌릴 여유가 없었다.

그러다가《소년》지가 창간된 후 비로소 외국의 문학작품이 번역, 소개되기 시작했음을 도표에서 확연히 알 수 있었다. 19세기 후반 개화와 함께 외국의 문물이 다량으로 밀어닥쳤다고 보지만, 문학작품의 소개는 미약한대로 20세기 초반이 되어서야 비로소 들어오기 시작 하였다.

《소년》지는 근대시 형성의 입구에서 근대화를 향한 중추적 역할을 담당했고, 이같은 공로는《태서문예신보》로 이어져 한국 근대초기의 서구시 수용양상에 있어서의 그 역할은 절대적이었다.

《소년》지를 통한 육당의 번역시 소개는, 영국 한 나라에 집중하여 영국의 여러 작가들을 고루 소개하고 있다. 번역태도는 원시의 행이나 연은 무시한 채 거의 7.5조의 율조를 토대로 한 번역시를 소개하고 있다. 또한 「대국민의 기백」, 「정말 건설자」나 「청년의 소원」, 「해적가」, 「아메리카」

등 제목에서도 나타나듯이, 청년들에게 진보와 발전을 고취시킬 목적에서 계몽적이고 교훈적인 시를 의도적으로 선택하여 번역하였다.

그의 문학관이 공리성이나 목적성에 기저를 둔 만큼, 번역태도와 작품의 선택에도 그것을 배제할 수가 없었으며, 시의 형식보다 어떻든 내용만 전달되면 된다는 내용편중의 번역양상을 보여준다. 이런 것은 초기시의 소개로서 갖는 하나의 과도기적 현상의 반영이기도 하다. 육당의 번역시의 선택양상이 1910년대 후반기에 접어들면서 예술위주의 작품을 선택하여 소개하는 번역행위로 전환되기까지, 한국 번역 문학사에 있어서의 선도적 역할을 담당했다는데 주목해야 할 것이다.

김병철님은《소년》지에 취급된 내용은 어디까지나 공리성이 완전히 배제되지는 못했을망정, 근대적 의미에 있어서의 fiction의 내용을 갖춘 문예작품들이었다는 점이다. 이러한 점에서《소년》지는 근대적 의미로서 서구의 문예작품을 이 땅에 최초로 이식시킨 공로자의 하나라는 의의를 지니게 된다.[22]고 의미부여를 하고 있다.

이러한 의의와 함께 춘원이나 육당의 시가가 갖는 한계점을 짚어보면, 그들은 그들이 지닌 지식과 견문은 독자들을 각성, 계도, 설득하는데 그 일차적 기능이 있었기에, 시를 시답게 하는 긴장감, 정서, 형상, 상징을 소홀히 취급하였다는 점이다. 즉, 시대적 경직성이 서정성의 표출을 억누르고 있었던 것이다.[23]《소년》에 내포되어 있는 잔여 공리성이 우리 문학에서 완전히 불식된 것은 10년 후인 1918년에 나온《태서문예신보》의 출간에서 비롯되었다.

---

22 김병철, 『한국 근대 번역사 연구』, 283쪽.
23 김영철, 『한국 개화기 시가의 장르 연구』, 학문사, 1987.

• 《태서문예신보》 지의 이입양상

《태서문예신보》 지의 발간 취지를 보면,

고 밝히고 있다.

이러한 취지아래 《태서문예신보》는 泰西의 문학소개를 주된 목적으로 창간된 순문예지이다. 이 잡지가 다른 잡지와 구분되는 특성이 여기에 있다. 따라서 근대초기의 서구시 수용양상을 한눈에 볼 수 있는 의미 깊은 잡지이다.

주로 안서와 해몽이 이른바 '당대의 문학대가' 로 등장한 셈인데, 당대의 대가답게 투르게네프의 산문시를 비롯하여 베를레느의 상징시와 솔로굽을 집중적으로 소개하고 있으며 구르몽, 예이츠 등 여러 시인들의 시를 소개하여 전대 번역자들이 지닌 다양성의 한계를 극복했다.

그 번역범위가 영 · 불 · 러에 걸쳐 이루어졌다는 것은 초창기 개척자로서 지니는 왕성한 지적호기심에서 비롯된 필연적인 의욕활동의 결과이기도 하다. 한편으로는 이론과 비평을 겸비하여 초기에 유입된 문예사조를 대변 해 줄 수 있는 역량 있는 시인을 소개하지 않고, 개인적인 정서나 문학관, 시대상황에 따라 시인을 선택하여 소개했다는 비난도 감수해야하는 이율배반적인 모순을 안고 있다. 그러나 역으로 생각해 보면, 한 작가에게만 치우쳐 소개했다면 이 땅에 이입된 외국시의 영역은 협소해지고 그 영향은 미흡했을 것이 분명하다는 점에서 안서의 공로는 지대하다고 본다.

《태서문예신보》는 「露西亞의 詩壇」, 「동셔명문집」, 「렝펠로 詩集」, 「쏘로굽의 人生觀」이라는 제목 아래 매호마다 그에 관한 시를 연차적으로 기획, 소개하고 있는데 이는 타 잡지에서는 볼 수 없는 특징이다.

그 양상을 보면,

① 「露西亞의 詩壇」 제4호 안서(1918.10.16.)

작품명	비고
1. 「명일? 명일?」 2. 「무엇을 내가싱각ᄒ겟나?」 3. 「기」 4. 「비렁방이」	투르게네프의 산문시 소개

② 「동셔명문집」 제6호 안서(1918.11.9.)

작품명	비고
1. 「거리에 나리는 비」 2. 「검은 섯업는 잠은」 3. 「아름답은 밤」 4. 「망우(亡友)」	베를레느의 상징시 소개

③ 「렝펠로 詩集」 제9호 해몽(1918.11.30.)

작품명	비고
1. 「무덤」 2. 「黃 昏」 3. 「어듸로」 4. 「主意ᄒ여라」 5. 「여름의 비」 6. 「물결」 7. 「村대장징이」 8. 「恒常五月이 아니다」	해몽에 의해 미국의 롱펠로 시를 소개

④「쏘로굽의 人生觀」안서

작품명	비고
1.「애닯은 꿈은 쯧박게 오며」[24] 2.「나는 발서 실쯩 낫노라」 3.「적은 내(川)는 살ᄉ 노릐 ᄒ는데」 4.「壁」 5.「고독」 6.「나」	솔로굽의 인생관을 소개하면서 그 사이사이에 그의 시를 소개

서구시의 소개 양상에서 몇 가지 특징이 발견 되는데, 첫째는 각국의 대표적 시인과 그 시인의 대표적 시를 파악 할 수 있는 일관성이 있다.

둘째는「롱펠로 詩集」에서 보여준 바대로 시인을 전문적 입장에서 다루고자 했다는 것이다.

셋째는「쏘로굽의 人生觀」에서처럼 한 작가에 대한 논문식의 고찰, 즉 그 시인의 인생관을 통해 그 시를 고찰하는 작가론의 효시를 보여 주고 있다는 것이다.

• 《신한민보》의 이입 양상

《신한민보》는 해외(미국)에 거주한 이민자들이 모여 발행한 신문으로서 《학지광》이나 《태서문예신보》 등의 여타 잡지처럼, 日譯을 통해 重譯한 것이 아니라, 원문을 직접 번역했다는 특징을 가진다. 이는 이중언어를 사용하는 이민자들에 의해 발행되었기에 가능한 일이었다.

《신한민보》에 소개된 번역시는 6편이다. 바이런의 장시를 각 장마다 나

---

24 1~6번까지 시는 '무제' 이나 임의로 1연의 첫 행을 따서 제목으로 붙임.

누어 한 장씩 소개하는 형식을 취하고 있다.

바이런의 「희랍이가」[25]와 「귀국힝」[26]을 소개하면서 우리말 譯詩옆에 英詩名과 원작자명이 기재되어 있어 原詩에서 직접 옮겨졌음을 확인 할 수 있다. 「희랍이가」를 예를 들어 수용양상을 살펴보면,

《The Isles of Greece》 Byron's Poems

The isles of Greece, the isles of Greece
　Where burning Sappho loved and sung,
Where grew the arts of war and peace,
　Where Delos rose, and Phoebus sprung
Eternal summer gilds them yet,
　But all, except their sun, is set

「희랍이가」　New Korea 譯

십포가 불갓치닐어나
사랑하고노릭한
희랍섬아희랍섬아

남명븍벌평화경략을
그누가잡앗드냐
희랍섬아희랍섬아

돌노쓰와페부쓰신령
차례로나려오는

---

25 《신한민보》, 1916.5.25~10.26. 전체 11장.
26 《신한민보》, 1917.7.5~10.18. 전체 10장.

희랍섬아희랍섬아

긴녀름너를단쟝치만
지는히쳐량하다.
희랍섬아희랍섬아

　우선 시행은 원시의 6행이 역시에서는 12행으로 처리되었다. 원시의 제1행인 '희랍섬아희랍섬아'를 역시에서는 매연마다 3행의 후렴구로 반복 사용하여 리듬감을 강화 시키는 동시에, 다소 비서정적인 시의 내용을 부드럽게 만드는 효과를 실어주고 있다. 동일한 행수는 아니나, 내용은 무리 없이 전달하고 있다. 역시에서는 각 연의 행끼리 글자 수를 보면 일정하다. 1연은 9자, 2연은 7자, 3연의 후렴구는 8자로 배열되어 있다. 이는 기존의 3.4조(시조)나 4.4조(가사), 7.5조(신시)에서 진일보한 자수로서, 이후 도래 되는 자유시 개화의 밑거름이 되었다.

나. 역자별

• 육당의 번역태도

　육당은 《소년》지를 통해 가인(假人)역 「사랑」과 「大洋」 2편을 제외한 9편의 시와, 《청춘》에서의 「실낙원」을 포함하여 모두 10편의 시를 번역했는데 주로 영미시만을 번역 소개하고 있다. 시의 형식은 10편 중 6편이 7.5조의 격조를 따르고 있고[27] 그렇지 않은 자유시형이 4편이다.[28] 그 原

---

27 6편,
　(대국민의 기백) (7.5조)
　(청년의 소원) (7.7조)
　(쯱의 江畔의 방아쏜) (7.5조)

典으로서 대본은 일역시집인 「英米百家詩選」[29]에서 채록하여 번역하였다. 이에 대해 김병철님은 가장 유력한 증거로 역시의 명칭, 시어, 연의 구분, 내용 등이 원시보다 일역본의 시와 일치하고 있다는 점과, 육당이 번역한 10편 중 6편이 일역 시집의 시와 동일하다는 점 등을 들고 있다. 우선 7.5조의 격조를 따른 작품을 보면,

「쌔이론의 海賊歌」[30]

속깁히무르녹아 파란바다의
　조흔일이잇난듯 쒸노난물위
우리들의생각이 限끗이업고.
　우리들의마음이 自由로와서,
바람불어거치난 盡頭까지와,
　물썰닐어춤추난 왼地境안을,
우리의帝國으로 알고지내며,
　우리사난집으로 녁여보노나.

「海 賊」

線, 色濃き海原の
　歡び躍る波の上

　　(勞作) (7.5조)
　　(쌔이론의 海賊歌) (7.5조)
　　(除夕) (7.7조)
28 4편,
　　(正말 建設者), (아메리카)
　　(너의 할 수 있는 모든 수단으로써) −무제이나 제一行名을 땄음.
　　(실락원)
29 김병철, 앞의 책, 301쪽.
30 《소년》 3년 3권 (1910.3.15).

吾等の思想(おもひ)はてしなく

吾等の心自由にて

風吹きすさぶ具限り.

波は泡立つ其極み,

吾が帝國と打ながめ

吾が住家とぞ望むなる

《The Corsair》　　by Byron

O' ve the glad waters of the dark blue sea,

Our thoughts as boundless, and our souls as free,

Far as the breeze can bear, the billows foam.

Survey our empire, and behold our home.

이 譯詩 끝에 '木村鷹太郎 일역을 冊譯한 것'이라고 있는 것으로 보아 일역을 重譯했다는 것을 알 수 있고, 7.5조로 번역한 것을 육당도 그대로 7.5조로 옮겨 놓았음을 알 수 있다.

「正말 建設者」[31]

봄, 여름, 가을, 겨울
古今이 如一하게 次例차자 오난도다
바람은 불고 싀치고 해는 썼다 젓다.
아참ㅅ빗은 바루「애뫼(산)들아 너의 金옷을닙으라」하난듯하도다.

(5聯詩 중 第1聯)

---

31 《소년》 제3년 4권 (1910.4.15).

「眞個の建設者」　　エリオット

春夏秋冬序を逐らて.
來ること今猶昔の如し,
風は吹き去り吹き來り, 日は沒して更に出づ.
旭光は宛然「山岳よ汝の金衣を着けよ」と云ふに似たり.
　　　　　　（5聯詩 중　第1聯）

(原詩)「The Builders」　　by Ebenezer Elliot

Spring, summer, autumn, winter,
　Come duly, as of old;
Winds blow, suns set, and morning saith,
　"Ye hills, put on your gold."

　이와 같이 외형의 시행에 있어서는 모두 4행으로서 원시와의 일치가 이루어지고 있다. 모두가 重譯으로 이루어졌다. 일본의 창가, 신체시의 율조인 7.5조가 여전히 답습되고 있으며 抄譯이나 梗槪譯이 대부분이다. 그의 번역시와 창작시의 영향관계는 그의 창작시 「바다」와 바이런의 「대양」과의 공통점[32]과 「해에게서 소년에게」와 「대양」과의 영향관계도 선학들에 의해 수차례 논의[33]가 되어 오면서 상호 밀접한 수용과 영향관계에 놓여 있다는 것이 입증되었다.

---

32 정한모, 『한국 현대시문학사』, 일지사, 1974.
33 김윤식, 『한국 근대문학의 이해』, 일지사, 1973.
　이재오, 「육당의 시 「해에게서 소년에게」와 바이런의 시 「대양」의 비교연구」, 『이대학보』, 1968. 3. 18.
　조성환, 「한국 개화기의 신문학에 관한 연구」, (군산교대) 제9집, 1976. 그 외 다수.

• 안서의 번역태도

안서는 우리 신문학 사상 초기부터 해외시 번역 수용에 중추적인 역할을 담당해 왔다. 누구보다도 앞서서 초창기 우리 문단의 번역시와 이론의 황무지에서 '근대시' 의 틀을 세운 독보적인 존재로 활약하였다. 그의 번역시 이입과 소개는 본인의 창작시나 여타 시인들의 자유시에 영향을 주어 시의 운율이나 서정성 등, 시의 내면적인 성찰을 꾀하게끔 했다.

안서의 번역시를 보면,

Ariettes oubliées   Paul Verlaine

Il pleure dans mon coeur
Comme il pleut sur la ville,
Quelle est cetts langueur
Qui peéneétré mon coeur?

「거리에 내리눈 비」[34]

거리에 나리눈 비 인듯
내가슴에 눈물의 비오나니,
엇지ᄒ면 이러흔 셜음이
내 가슴에 슴여들엇노?

都に雨の降るごとく
わが心にも涙ふる。
心の底ににじみいる。
この侘しさは何ならむ.

---

34 《태서문예신보》, 제6호, (1918.11.9).

우선 외형상 원시와 일치를 이루고 있으며, 시어의 선택에도 신중한 면을 보이고 있다. 1행의 '비인듯'이 '비같이'나 '비수처럼'으로 흐르지 않고, 4행의 '슴여들엇노'에서도 '슴여들엇는가' '슴여들엇나'보다 전체적으로 음악적 효과를 살리려고 노력한 면을 볼 수 있다. 그러나 3연의 '엇지하면'은 4연의 '스며들었노'와 자연스럽지 않다. '엇지하여'가 훨씬 더 적절할 것이다. 안서는 이 시를 이후《폐허》,《오뇌의 무도》,《조선문단》 등에 새로 다듬어서 실었으며 무려 6번이나 수정하였다.[35] 이로써도 김억의 번역시에 대한 신중한 번역태도를 알 수 있다.

다음은 「가을의 노릭」를 보자.

「Chanson d'automme」   P.Verlaine

Les sanglots longs
Des violons
   De l'automme
Blessent mon coeur
D'une langueur
   Monotone

「가을의 노릭」[36]   A.S 譯

가을의
예올링의 우는

---

35 이외에도 「가을의 노래」가 《태서문예신보》 제7호(1918.11.16), 《폐허》 창간호(1920.7.25), 『오뇌의 무도』 초판본(1921.3.20), 재판본(1923.8.10), 《개벽》 제52호 (1924.10.1), 《조선문단》 제12호(1925.10.1) 등 6번이나 재수록 되고 있으며, 「樂群」 역시 《태서문예신보》 제16호(1919.2.7) 「樂聲」이란 제목으로, 《창조》 제9호(1921.5)와 「해파리의 노래」에 재수록 된다.

36 《태서문예신보》 7호, (1918.11.16).

긴 嗚咽
單調흔 思惱
내가슴 압허라

「落葉」   上田敏 譯

秋の日の
ヴイオロンの
ためいきの
身にしみて
ひたぶるに
らら悲し.

*「海潮音」 1905, 게재.

에스페란토 譯

La longa plorado
De la violonoj
De' autuno
Lu ladas la koron
Al miper langvoro
Unutoua

　　외형으로는 원시가 6행인데 비해 5행으로 처리되었으며 일본의 上田敏
의 「낙엽」과 대비해 볼 때 상당히 축자역에 가까운 편이다. 안서가 어떤
것을 텍스트로 삼았는지는 알 수 없으나, 일본어역을 텍스트로 했을 경
우, 원시가 지니고 있는 음악성이 일어로 번역되면서 상당한 변화가 있었
을 것이며, 또한 원시를 텍스트로 삼았다 하더라도 에스페란토어를 텍스

트로 했을 가능성이 짙은데,[37] 한국어로 옮겨지는 과정에서 정서나 음악적 요소가 훨씬 감소되었을 것은 자명하다. 중간에 소통장애가 있어 원래의 것이 완벽하게 옮겨지지 못한다는 것은 전달의 속성이며, 시에 있어서도 언어의 굴절성현상은 피할 수 없는 것이기 때문이다. 따라서 중역에 필수적으로 수반되기 마련인 의미의 굴절은 원시와 한국어 번역 사이에 작품상의 거리를 형성하게 된다고 본다. 안서의 번역태도에 있어 그의 번역관은 그의 번역시를 이해하는 데 좋은 자료가 된다.

「오뇌의 무도」[38] 에 이어 「詩壇散策」[39]에서

> "도로혀 逐字이니 直譯이니 하는 것 보다, 창작무드로 意譯하여 써 그 詩魂과 정조를 옴기는 것이 나흘줄로 압니다. 都大體 詩壇에는 어림없는 譯法을 하는 이가 만슙니다. 이점에 대하야는 내 자신도 容恕받지 못할만한 譯法을 한적이 잇습니다."

번역시는 제2의 창작이라는 입장이다. 번역시는 원시와 독립된 예술작품이며, 그 자체로서 평가되어야 한다는 것이다.

번역이란 내용의 기계적 전달이 아니라 역자의 목소리를 담아서 시혼을 살려 번역해야 한다는 것이다. 즉, 예술에 있어서의 개성의 의미를 중

---

37 김윤식, 『근대 한국문학 연구』, 일지사, 1973, 133~145쪽.

38 "嚴正히 말하자면 詩歌는 성질상, 옴기여질만한 것이 못됩니다. 不可能엣것을 얼마큼 可能케 하랴는 無理라고 하면 無理라고 할만한것만큼, 다른 藝術品에 化하야 가장 큰 個性的 意味를 가진 것입니다. 이러한 意味에서 나는 譯詩를 創作品과 가티 보랴고 합니다." ―「오뇌의 무도」序言, 「譯者의 人事한마듸」, (1921.3.20).
  안서의 번역론은 우리 근대문학사에 있어서 최초로 발표된 이론적 출발이었다는 점에서 한국 근대시에 결정적인 공헌을 하였다.

39 《개벽》, 제46호 (1924.4).

요시하며, 번역자도 창작하는 작가와 같은 입장이니 역자에게는 역자의
목소리가 있어야 한다는 것을 강조하였다. 그는 뚜렷한 번역관에 의해 직
역보다는 의역을 선호하였다.

• 해몽의 번역태도

해몽 장두철은 《태서문예신보》를 통해 12편의 서구시를 번역하였다.
주지하다시피 장두철은 《태서문예신보》의 주간이었으며 안서 다음으로
많은 서구시를 번역하였던 역사가이다. 그럼에도 불구하고 현대시사에서
아직 그에 대한 연구는 미미하다. 그는 주로 영·미 시를 소개하였으며
한 작가에 치중하기보다 여러 작가의 작품을 고루 소개하고 있다.

작품을 보면,

「The Village Blacksmith」 H.W. Longfellow

It sounds to him like her mother's voice,
    Singing in Paradise!
He needs must think of her once more,
    How in the grave she lies;
And with his hard, rough hand he wipes
    A tear out of his eyes.

「村대장징이」[40]

그 목쇼릭가 져의 귀에는
天堂에서 노릭ᄒᄂ는 져의母親의 소릭 갓치들리운다

40 《태서문예신보》, 제12호 (1918.12.25).

그리고 그 音聲이져로 무덤에 누어잇는져를
한번더 生覺캐 혼다
그리서져는 져의 험ㅎ고 튼튼한 손으로
저의눈에셔 눈물을 옴긴다.

원시와 동일한 6행으로 되어 있다. 사실 전체는 8연으로 구성된 롱펠로의 시가 역시에서는 7연으로 되어있었다. 인쇄과정에서 빠졌다는 추측이 있으나, 그 까닭을 지금으로서는 알 길이 없다. 제2행에서는 번역상의 오점이 눈에 띄는데,

"져의 모친의 소릭갓치 들리운다"가 아니라 "딸의 어머니의 소릭갓치 들리운다"로 되어야 하며, 3,4행에서 주어가 '그 음성'으로 되어 있는데 'he'가 주어임을 알 수 있다. "져는(그는) 다시한번 아내를, 어떻게 아내가 무덤 속에 누워있는가를 생각하지 않을 수 없다"로 번역되어야 할 것이다.

다음은 「화살과 노릭」[41]를 보면,

원시에서는 각 연 4행으로 되어 있으나 역시에는 3행으로 단축되어 있고, 전체 3연으로 구성되어 있으나 역시에서는 3연이 2개의 연으로 구분되어 전체 4연으로 되어 있다.

(원시)

I shot an arrow into the air,

It fell to earth, I knew not Where;

for, so swiftly it flew, the sight

Could not follow it in its flight.

---

41 《태서문예신보》, 제4호, (1918.10.26).

(역시)

공중을 향ㅎ야 쏘은 그 화살

짜우에는 씌러졋스렷마난

어나곳인지몰나

(현대어)

중천에 대고 활을 쏘앗드니

살은 땅에 떨어지고 간곳이 없더라

날러가는 화살의 자취를 뉘라서

눈재게 따를 수 있으랴?[42]

역시는 원시 1,2행만 옮겼을 뿐 그 내용전달에 있어 3,4행은 무시되고 있다. 비록 원시의 외형은 배제되고 있지만 "번역은 제2의 창작"이라는 입장에서 보면 작가의 의도적인 의지의 표출로 보여진다. 또한 내용면에서도 가감이 더해지며 자수에서도 육당이나 안서보다도 자유롭다. 이것이 자유시의 개화로 이어지는 한 모티브가 된 것으로 생각된다. 이러한 기교는 비단 해몽에게서만 나타나는 것이 아니라 三田역 「고별」[43]과 김인식의 「모친의 화상」[44] 에서도 마찬가지다.

• 진학문의 번역태도

진학문은 《신한민보》와 《청춘》[45] 지를 통해 타고르만을 소개하고 있

42 최재서, 《해외서정시집》에서 인용.

43 《태서문예신보》, 12호, 에머슨, (1918.12.25).

44 《태서문예신보》, 16호, 구퍼윌리엄, (1919.2.17).

45 「키탄자리」의 一節, 제3권 5호, (1917.11.16).
   「園丁」의 一節, 제3권 5호, (1917.11.16.).

다. 「쫓긴이의 노래」를 제외한 3편은 「印度의 世界的大詩人 라빈드라나 드타구르」란 제목으로 1917년 11월 16일 《청춘》제 11호에 번역 소개되었 는데, 이는 1920년 이전까지 우리나라에 소개된 타고르의 최초의 시이며 동시에 전부인 셈이다. 진학문에 의해 처음으로 타고르의 시가 소개되었 던 것이다.

이시를 번역할 당시의 진학문은 조도전대학 영문과 학생이었음[46]을 감 안할 때 비교적 평이한 타고르의 시를 일역을 중역한 것이 아니라, 영어 로 된 텍스트로 하여 번역하였을 가능성이 짙다. 우선 그 실례로 「園丁」 의 一節을 보면,

(原詩)

Do not keep to yourself the secret of your heart, my friend!

Say it to me, only to me, in secret.

You who smile so gently, softly, whisper, my heart will hear it, not my ears.

The night is deep, the house is silent, the bird's nests are shrouded with sleep.

Speak to me through hesitating tears, through faltering smiles, through sweet shame
and pain, the secret of your heart!

(譯詩)

여보! 마음의 秘密을 숨기지마오.

나에게 꼭 나에게만 들려주오.

방긋이 웃는이, 여보! 가만히 이야기하오.

「新月」의 一節, 제3권 5호, (1917.11.16.).

「쫓긴이의 노래」, 제3권 5호,(1917.11.16). 「쫓긴이의 노래」는 1918년 《신한민보》에 그대
로 재수록 되었다.

46 김용직, 「한국 현대시에 미친 Rabindranath Tagore의 영향」, 아세아연구, 제14권 제1호,
1917.3, 115쪽.

내가 마음으로 드릴테니, 귀로아니고.
밤은 깁고 집안은 조용하오.
적은새의 보금자리가 쑴에 쌔엿소.
躊躇하는 눈물과 너른너른하는 微笑와 恥辱과 苦痛으로 중매삼아 마음의 秘
密을 내게 들려주오.

(현대어)
혼자 가슴의 비밀을 묻어두지 마소서, 벗이여!
나에게 알리구려, 내게만 남모르게,
이다지도 얌전히 웃으시는 벗이여, 조용히 속삭이시오
내 귀가 아니라 마음이 들으리라

이상을 보면 원시 5행이 역시에서는 7행으로 되어 있으며, 내용은 직역에 가까울 만큼 충실했으며, 영문과 학생다운 번역이다.

《청춘》지의 타고르 특집은 몇 가지 점에서 특징적이다.

첫째는 타고르 시에 대한 것으로는 처음이자 유일한 소개라는 것과, 둘째는 이것을 계기로 우리나라에 타고르의 소개가 잇따라 이루어짐으로 해서 이후 그의 문학 사상이 1920년대 한국시에 지대한 영향을 주었다는 것이다.

3. 서구시의 정착과정

1) 찬송가의 수용과정

(1) 형태면

한국에 기독교가 본격적으로 전파된 것은 Allen과 Appenzell 및 Underwood가 선교사로 입국하는 1883년이나 1884년으로 볼 수 있다. 그리고 찬송가가 처음 발간된 것은 1892년이다. 김병철 교수에 의하면 1892년 「찬미가」를 필두로 1894년에 「찬양가」, 1895년에 「찬양시」가 발간되고 있다.

실제로는 찬송가가 발간되기 이전에 교회당의 주일 학교나 이화학당이나 미션계 학교에서 찬송가를 불렀고[47] 그 이전에 이미 기독교인들은 가사만 쓴 괘도를 걸어놓고 불렀거나 또한 구전으로 찬송가를 불렀음직하다.

찬송가는 이미 《독립신문》의 개화가사가 발표되기 이전 전국 곳곳에 퍼져 있었던 것이다. 찬송가가 歌曲으로서 또는 歌詞로서 창가의 초기 시가 형성에 끼친 영향을 짐작할 수 있다.

《독립신문》의 개화시가 형식 중 조선시대 가사와의 큰 차이는 분절법에 따라 구분된다는 점이다. 분절법은 가창하기 위한 각 절의 단위를 표시한 것으로서 이는 단순히 조선시대 가사의 축소가 아니라 새로운 방식의 분절형식이 시작된 것이다. 그리고 후렴구가 붙기 시작한 것 또한 개화시가보다 먼저 보급된 찬송가에서 영향을 받아 전대의 율조가 변형되었고 후에 나온 창가의 전초적 동기가 되었다.[48]

    우리나라 위ᄒ라면
    하ᄂ님씌 긔도ᄒ야

    지혜와 힘을 비러
    우리나라 도와보세

위의 애국가는 시조의 초 · 중 · 종장 등 3장의 행 구분이나 줄글인 가

---

47 김병철, 『한국 근대번역 문학사 연구』, 을유문화사, 1975.
48 송민호, 「한국시가문학사」下, (고려대 민족문화연구소), 1967, 919쪽.

사의 행체제와는 다른 행의 구분을 보여주고 있다. 즉 4.4조 2구가 한 행으로 되어 있다. 한시 절구의 기·승·전·결 구성법에서 영향되었다고 볼 수 있는 시조와는 다르다. 이 구성법은 보다 더 기독교의 찬송가에서 영향을 받은 형태일 것이다. 시의 형태로는 시조보다도 훨씬 자유롭고 가사보다는 산만하지 않다. 창가를 통해 우리시에 자리를 잡은 분절현상은 그 후 근대적인 자유시에 의해 발전적으로 계승되었다.

다음은 후렴구나 반복구를 갖게 했다는 것이다.

    텬디만물 챵조후에
    오쥬구역 텬덩이라
    아시아쥬 동양즁에
    대죠션국 분명ᄒ다

        후 렴

    독립긔쵸 쟝구슐은
    군민샹이 데일이라
    깃분날 깃분날
    대죠션국 독립ᄒ날
    대죠션국 독립ᄒ날

— 농샹 공부 쥬ᄉ최병헌「독립가」

이러한 후렴구는 전통시가의 영향 관계로도 파악할 수 있으나, 보다 더 애국가류의 후렴구나 반복구는 먼저 보급된 찬송가의 영향을 받아 보편화된 것으로 보인다.

그 구체적인 까닭은 애국가를 지은 사람들 가운데는 기독교인들이 많다는 점과 작가가 젊은층이요, 미션계 계통의 학생들이 끼어 있다는 점과 기독교인인 서재필이 《독립신문》을 주관하고 있다는 점에서도 수긍할 수 있다.[49] 또한 애국가류의 가사나 음조가 거의 찬송가 내용과 흡사하다는 것이다.

다음의 특색은 합가 양식으로 되어 있다는 것이다.

아셰아에 대죠션이   분골ᄒ고 쇄신도록
ᄌ쥬독립 분명ᄒ다   츙군ᄒ고 이국ᄒ셰
     합가   합가
이야에야 이국ᄒ셰   우리정부 놉혀주고
나라위ᄒ 죽어보셰   우리군면 도와주셰

— 학부 쥬ᄉ 니필군 「이국가」

이런 양식도 찬송가의 영향인 것으로 보이며, 아펜셀러 번역의 「천국님 우리주ᄢ」라는 찬송가와 비교해 볼 때 더욱 뚜렷해진다.

천국님 우리주ᄢ   (합가)   (알닐누여)
찬숑소ᄅ 하여보셰   (합가)   (알닐누여)
죄인을 구원ᄒ샤   (합가)   (알닐누여)
십ᄌ무덤 견ᄃ셧네   (합가)   (알닐누여)
                 (하략)

다음은 개화가사 이전에 번역가사로서의 찬송가를 들 수 있다. 기독교의 불모지인 1890년대 초 선교사들에 의해 찬송가는 전도를 위해 가창되기 시작한다. 찬송가의 특징인 후렴구가 발달되어 있다 보니 자연스럽게

---

49 송민호, 앞의 책, 920쪽.

쉬이 가창되기 시작한다. 이는 전통장르인 가사의 4.4조의 율조와 융화된다. 가사는 이후 찬송가의 영향으로 7.5조나, 8.8조 등으로 변모해 간다.

덧붙이면 찬송가는 서구에서 건너온 노래의 효시였다.

미국부인作으로 된 「Jesus loves me! This is Know」의 번역양상을 보면,

(原 詩)　Je-sus loves me! this I know for the Bi-ble tell me so;
찬미가, 쥬 ᄉ 랑 내 알 기 ᄂ 성 셔 말 슴 분 명 히
찬양가, 예 수 나 를 ᄉ 랑 ᄒ 오 성 경 에 말 슴 일 셰
찬성시, 예 수 ᄉ 랑 ᄒ 심 은 거 룩 ᄒ 신 말 일 셰

위에서 보는 것처럼 음수율 7.7조, 자수율 7.7조로 똑같이 맞추었다. 원문의 번역을 보더라도 역시 그러하다. 그래서 자수율과 음수율을 맞추려다보니 원시와는 뜻이 먼 大意만을 딴 번역이 대부분이다. 번역 찬송가의 시형을 보면 가장 많이 사용한 시형은 8.6조, 7.7조, 8.8조, 6.6조, 8.7조, 7.6조 등이라는 것도 알 수 있다.[50] 애국가류의 창가는 이미 언급한대로 4.4조 2구가 1행으로 되어있고 2행이 한 연으로 되어있어 8.8조로 되어 있다.

창가의 형성에는 기독교 찬송가의 번역과 그 곡조가 크게 기여했음을 간과할 수 없다.[51] 우리 전통 시가로선 4.4조나 3.4조의 가사와 시조만 있던 시대에 찬송가의 다양한 시형(35종)이 번역 소개되면서 전통장르에 영향을 주었다는 것은 이미 살펴 본 바 자명한 사실이다.

---

50 김병철, 앞의 책, 130쪽.
51 조지훈, 「반세기의 가요문화사」, 《사상계》 8월호, 1963, 149쪽.

(2) 내용면

근대초기에 유입된 찬송가의 영향은 근대사상과 정신 및 언어와 문자 생활을 혁신시켜 근대화를 촉진시켰다.

우선 성서보급을 통해 한글을 대중화시켜 주는 동시에 성서자체가 지니고 있는 고귀한 사상, 자유, 평등, 박애, 민주주의 등의 근대사상을 이 땅에 유입시켜 정신적 폭을 넓혀준 것이다. 또한 어려운 한자가 아니라, 평이한 언문일치의 한글을 채택함으로써 문자생활과 언어생활에 일대 혁신이 일어났다. 또한 우리 언어의 비유성과 풍자성을 더욱 풍부하게 해 주었을 뿐 아니라, 한글의 대중화를 통해 근대화의 터전을 마련해 주었다.

> 하ᄂ님씌 셩심긔도
> 국티평과 민안락을
> ⋮
> 륙신세상 잇슬때에
> 국티평이 데일죠타
>
> — 달셩희당 예수교인 「이국가」에서

> 우리나라 흥ᄒ기를
> 비ᄂ이다 하ᄂ님씌
> 문명긔화 열닌셰상
> 말과일과 ᄀ계ᄒ셰
>
> — 최돈성의 글에서

「황제탄신경축가」를 비롯하여 이러한 애국가류에는 기독교 사상이 배어 있다. 이는 한두 곡에 머무르는 게 아니라 수편에 걸쳐 나타나고 있는 현상이다. 이 외에도 찬송가는 한국에 서양 음악을 가능케 했을 뿐 아니

라, 애국가 등 창가운동의 전개로 이 나라 내셔널리즘의 기수가 되었고,
신문학운동, 예술가곡, 그리고 대중음악에 이르기까지 실로 한국 근대문
학의 모체가 되었던 것을 부정할 수 없다.[52] 정한모님은 육당의 시가에
나타나 있는 율조의 다양성은 일본 신체시의 기본율인 7.5조로부터 벗어
나려는 노력에서 온 것이라 할 수 있는데, 7.5조에서 벗어나려는 노력은
전통적 율조의 재생과 찬송가의 새로운 가락에서 온 것이다.[53]

<blockquote>

우리主의큰쯧부친 거룩한世界
어린아해좀작난터 된지얼마뇨
그經綸을이루어서 天職다하게
발내여논너의모양 崇嚴하도다

</blockquote>

—「태백범」 중에서

<blockquote>

이世界를 만드실째 우리主씌서
맨나종에 꽂半島를 大陸에달고
손을펴사 쭉쭉치며 일으시기를

</blockquote>

—「바다위의 勇少年」 중에서

위의 시가에서도 알 수 있듯이 시형태 면에서도 7.5조가 아닌 8.5조로
변형을 주고 있다. 내용도 앞 시가에서는 무지한 국민은 계몽의 대상으로
전락하고, 잠에서 깨어나야 한다는 선동가사 일색이다가, 뒤 시가에서는
주께서 거룩한 큰 뜻을 가지고 이 한반도를 만드셨으니 우리는 소중하다
는 것으로 변화되고 있다. 국민들에게 열등의식과 패배의식에서 벗어나

---

52 김춘수, 『한국현대시 형태론』, 해동문화사, 1958. 15쪽.
53 정한모, 『한국현대 시문학사』, 일지사, 1974. 186~187쪽.

주체의식을 심어주고 있는 것이 찬송가의 또 다른 중요한 의의이다. 개화기 시가 사상 형식과 내용면에서 찬송가의 영향은 지대했다. 즉 전통적인 음절인 4.4조가 주는 단조로운 서정을 혁신시켰을 뿐 아니라, 그 후에 오는 한국시가 형태에 육당이 일본서 도입한 7.5조의 창가와 더불어 2대 광맥을 이루게 된다. 찬송가의 다양한 시형이 내포하고 있는 자유율적 성격은 종래의 한정된 전통적 율조인 4.4조나 육당이 도입한 7.5조 보다도 그 후의 자유시의 리듬에 지대한 영향을 미친다. 이후《태서문예신보》를 통해 소개 된 번역시와 더불어 자유시의 개화에 적지 않은 영향력을 구사했다.

찬송가가 근대시 형성에 기여한 의의를 요약해 보면, 첫째, 사상내용면의 순화, 둘째, 시어의 확대, 셋째, 정형률의 파괴, 넷째, 자유시의 개화 등이다. 또한 찬송가는 독립, 애국가류에 분련, 후렴구, 합가, 반복 등 외형, 내형적 변화에 영향을 주었으며, 근대초기에 있어 자유시형의 발아를 위한 온상이었다는 점이다.

2) 자유시의 형성과정

(1) 자유시의 개념과 전개

창가와 찬송가를 통해 우리시에 자리를 잡은 분절 현상은 그 후 자유시에 의해 발전적으로 계승되었다. 외래적인 것을 모방하고 또한 실험하는 동안에 거두어지는 성과가 새로운 길을 개척하는데 필요한 것이라면, 자유시의 형성과정에서 찬송가의 영향이 지대했다. 형식적인 면에서는 정형률의 파괴로 자유로움을 모색했고, 내용면에서는 근대정신과 자유의지를 심어 주었다.

먼저 자유시의 개념을 정리하면,

정형시가 운율, 즉 외형률을 바탕으로 한 운문양식의 시이며 그 구조에 있어서 일정한 행구분과 연구분을 바탕으로 하고 있다면, 자유시(free verse)는 정형시가 가지는 운문양식의 구속에서 벗어나서 자유로운 시인의 호흡을 기록하려는 산문에 바탕을 두고 있으며, 내재율을 가지고 있다는 데서 정형시와 산문시와는 구별된다. 산문시와 또한 구별되는 것은 산문시가 줄글 형태인 점, 즉 형태적 특성이 개방적이라는 데서 기인한다. 따라서 자유시는 정형시로부터는 자유로우나 산문시가 있음으로 해서 한정된 자유이며 그 위치가 확고해진다.

근대초기 자유시의 형성은 자체의 전통적 계보와 서구적 충격에 의해서 전개된다, 정형률의 속박에서 벗어나려는 시정신의 갈망이 자유시를 태동시켰다. 먼저 전통리듬인 4.4조와 서구 찬송가의 이입 및 일본 창가의(7.5조) 영향으로 정형율은 서서히 자유형으로 나가게 된다. 초기에는 율조의 정형성을 그대로 유지하고 있으면서 句나 行의 변화를 줌으로써 정형에서 오는 단조로움을 탈피하려는 모습을 보이다가 비로소 내용과 형식면에 근대 자유시형을 태동시킨다.

근대초기 자유시의 변화 양상을 대별해 보면,

첫째, 정치적 지향에서 비롯된 사상성, 계몽성을 표현한 목적시이던 것이 점차 순수시로 전향 된다는 것이다. 즉 사상을 시적으로 수용하였을 뿐 아니라, 교화 · 계몽을 거부하고 개인의 정서를 표백하는 순수시에로 전향한다는 것이다.

둘째, 초기에는 완전히 정형률을 깨뜨리지 못하고 반운문, 반산문의 형식이 사용되었다가, 점차 내재율로 나아가게 된다.

셋째, 시어는 초기에는 사상을 직설적으로 전달하기 위한 언어구조의 시형이 이루어졌다가, 점차 세련된 시적언어를 구사 하게 되었다는 것이다.

(2) 육당의 경우

개화가사의 하나인 창가와 신시의 형태를 통해 정형률을 탈피하고 자유시 형태로 변모해가는 과정을 살펴보자.

「同心歌」[54] (4.4조)

잠을세 잠을세   만국이 회동ᄒᆞ야
ᄉᆞ쳔년이 꿈쇽이라   ᄉᆞ희가 일가로다

구구셰졀 다ᄇᆞ리고   놈의부강 불어ᄒᆞ고
상하동심 동덕ᄒᆞ세   근본업시 회빈ᄒᆞ랴
                     (하략)

개화가사는 명칭대로 開化와 계몽이 시의 주제이다. 그러다보니 소재나 주제가 서정성은 배제되고 계몽적이었지만, 자유시로 넘어가는 과도기의 한 시기를 담당한 시가로서의 의의를 지닌다.

「해에게서 소년에게」[55]

텨…ㄹ썩, 텨…ㄹ썩, 텩, 쏴…아
싸린다. 부슨다. 문허바린다.
태산갓흔 놉은뫼, 딥태갓흔 바위ㅅ돌이나
요것이무어냐 요게무어야,
나의큰힘, 아나냐,모르나냐, 호통까디 하면서,
텨…ㄹ썩, 텨…ㄹ썩, 쏴…아

---

54 《독립신문》 제1권, 22호, (1896. 5.26).
55 《소년》 제1년, 1권 (1908.11.1).

짜린다. 부슨다. 문허바린다.
                    (하략)

　　신시[56]는 가창을 전제로 한 고시가와 개화가사 및 창가의 율격에서 벗
어나 산문화한 자유시에로의 이행에 있어서 반산문, 반율문적인 과도기
적 형태이다

　　「舊作三篇」[57]　　(7.5조)

　　　우리는 아모것도 가진것업소
　　　칼이나륙혈포나
　　　그러나 무서움업네
　　　鐵杖갓흔 形勢라도
　　　우리는 웃지못하네
　　　우리는 올흔것짐을지고
　　　큰길을거러가난 著ㅣ일세
　　　　　　(하략)

　　각 연 대응행으로 음수율의 일치를 보여주고 있다. 이러한 것은 초기가
사(애국가류)와 신시의 형태적 특징이다. 이 작품은 신시와 가사의 영향

---

56 신시 및 신체시라는 이중의 명칭으로 통용 되고 있다. '신시'라는 명칭은'조윤제, 백철,
　　정한모, 김윤식, 김기현, 송민호, 김해성, 김준오, 박철희 등의 논저에서 볼 수 있고,' 신
　　체시'는 조연현, 조지훈, 김동욱, 김춘수, 김용직, 문덕수, 김학동, 조동일의 논저에서 찾
　　아볼 수 있다. 정한모 교수는 양자의 구별을 뚜렷이 하여 '신시'로 통일 할 것을 주장한
　　바 있다. 즉 육당 자신이 신체시 아닌 신시 명칭을 사용한 점, 일본 신체시와는 형태, 내
　　용면에서 차이점이 있고, 당시의 시대현실 및 육당 개인의 정신적 소산임을 존중하여 마
　　땅히 신시로 불러져야 한다고 피력하고 있다. 김영철,『한국개화기 시가의 장르연구』, 학
　　문사, 1987, 35쪽.
57 《소년》제2년 4권. (1909.4.1)

과 일본 창가의 영향을 받은 작품이다. 이처럼 초기시에 나타난 7.5조 율조의 변형은 전통적인 요인과 찬송가의 영향에 의해서 형성되었다.

「꼿두고」[58]

나는 꼿을 질겨 맛노라
그러나 그의 아리짜운 태도를 보고 눈이 얼이며
그의 향긔로운 냄새를 맛고 코가 반하야

精神업시 그를 질겨 마짐이니라,
다만 칼날갓흔 北風을 더운 긔운으로써
人情업난 殺氣를 깁흔 사랑으로써
代身하야 밧구어
　　　(하략)

　외형상 형태는 물론이거니와 시적 형상에서도 근대적인 자유시로 한걸음 접근하고 있다.

　상기한 「동심가」(4.4조), 「해에게서 소년에게」(4.4조, 7.5조), 「구작삼편」(7.5조)은 창가와 신시와의 형태적 차이점을 보여주고 있다. 「꼿두고」에 와서는 자유시형이 서서히 나타나고 있다.

　이러한 육당의 자유시는 본격 근대시의 위치까지는 이르지 못하는 과도기적 한계성을 가지고 있기는 하나 전초적인 비약의 단계로 그 나름의 중요성을 가지고 있다고 본다. 육당의 자유시의 개화는 무엇보다도 일본 창가의 영향과 서구 찬송가의 영향이 깊었다.

---

58 《소년》 제2년 5권, (1909.5.1), 자유시.

육당이 지닌 한계성의 극복은 안서에 의해 이루어진다. 구체적 작품으로 「밋으라」와 「오히려」, 「봄은간다」에서 청산되고 있음을 볼 수 있다.

3) 안서의 경우

안서의 첫 자유시 형태의 작품은《학지광》제4호(1914.8)에 발표한 「이별」이다. 곧 이어 두 번째 작품인 「夜半」, 「밤과 나」, 「나의 작은 새야」[59]가 발표된다. 이후《태서문예신보》를 통해 시론, 작가론, 산문시, 자유시, 상징시 등 전 장르에 걸쳐 활발한 작품 활동을 전개한다.

「夜半」

沈默의 支配를 쌀아
고요히 나는 혼자 잇노라
夜半의 울림 鐘소리에
내 가슴은 울니며 反響나도다.

나의 靈이여!
너는 무엇을 바래느냐?
나의 肉이여!
너는 무엇을 바래느냐?
　　　(하략)

초기의 이 시에서는 프랑스 상징시의 영향을 읽을 수 있다. 靈이나, 鐘소리, 反響, 肉이니 하는 어휘에서도 그 느낌은 살아난다.

---

59 《학지광》 제5호 (1915.5).

　　「밋으라」[60]　H.M 뮌에게 (산문시)

　　뛰노는 바다
　　성너인 큰물결
　　것츨은 들바람
　　나의 벗이여, 밋으라!
　　썬만오며는 오며는
　　고요한 세상
　　잔잔한 푸른바다
　　되리라, 아아 되리라.
　　울부짖난령,

　　참지 못흘 큰 압흠
　　어두운 희망,
　　나의 벗이여, 밋으라?
　　　　(하략)

　　《태서문예신보》에 안서의 시가 실리기 시작한 것은 「밋으라」에서부터
이다. 김억 스스로 ‘산문시’라 명한 이 작품은 비로소 시형의 속박에서
벗어나 이른바 내재율이 있는 자유시로 나아가고 있음을 볼 수 있다. 안
서가 말한 ‘산문시’는 정형의 틀을 벗어난 자유시를 의미한 것으로 보인
다. 도저히 이것은 산문시일 수 없기 때문이다.

　　「오히려」　H.M 뮌에게

　　찬눈이 겨울들을 덥허도
　　오히려 써는 싀소린 들리며 어두운 – 싯업는 금음밤에도

---

60 《태서문예신보》 제5호 (1918.11.2).

오히려 적은 별빗이 빗는다.

하날을 덥허싼 쩨구름에도
오히려 히는 그 빗을 노으며, 것츨게 휩싸는 가을바람에도
오히려 다사한 남풍이 싱긴다
　　　　　(하략)

작품 중간마다 반복되는 '오히려' 의 부사는 오히려 불필요한 단어로서 시적 이미저리나 긴장감을 해치고 있다. 또한 자유시가 지녀야 할 내재율에 손상을 주면서 오히려 산문적인 것으로 만들고 말았다. 적어도 각 연의 2행의 '오히려'는 불필요한데 김억은 왜 반복어휘에 집착 했는지 모르겠다. 짐작하건데 이것이 김억이 갖는 리듬감이 아닐까. 이 작품 역시 「로서아의 시단」란에 위의 작품과 함께 실린 자유시이다. 3행 3편으로 구성되어 있는 이 시는 언뜻 보아도 정형의 틀을 벗어나려고 시도한 자유시의 실험 과정임을 알 수 있다.

무엇보다도 안서가 이 땅의 근대시에 기여한 공로는, 육당의 교술적인 요소를 거부하고 시에 서정성을 부여했다는 것이다. 즉 개인의 정서를 형상화하고 개인의 내면세계를 표출하는 시 작품을 창작했다는 것이다.

「봄은 간다」[61]

밤이도다
봄이다

밤만도 애닯은데

---

[61] 김억, 《택서문예신보》 제9호 (1918.11.30).

봄만도 싱각인데

날은 쌔르다
봄은 간다

깁흔싱각은 아득이는데
저—바람에 싯가 슯히운다.
　　　　　(하략)

이 작품은 시의 운율면이 돋보인다. '卜' '╢' '음' 등을 통해 운율미를 위한 안서의 관심과 모색의 흔적을 볼 수 있다. 이처럼 안서의 시에 대한 미의식은 상징시의 음악성을 시의 운율이나 리듬의식으로 받아들였다는 것이다.[62] 그러한 한계점을 가지고 있음에도 불구하고 우리 신시에 끼친 중요한 업적은 그가 즐겨 우리말의 형태를 골라 쓰면서 한국어의 미감을 독특한 각도에서 살리고자 했다는 것이다. 가령 '깁흔 생각은 아득이는 데'에서 '아득이는데'가 그 구체적 보기가 된다.[63]

번역시에서 그가 고심했던 운율감각은 「봄은간다」에서도 그대로 나타난다. 또한 한국시에 근대적 변화를 도입해 오면서 독특한 형식체험과 전통 계승이 깃들어 있음을 보여준다.

다음은 그의 번역시가 창작시에 미친 영향관계를 살펴보고자 한다.

작품은 「가을노래」[64]의 번역시와 창작시 「樂群」[65]이다.

62　정한모, 앞의 책, 260~263쪽.

63　김용직 · 정한모 공저, 『한국현대시 요람』, 박영사, 1974, 57쪽.

64　《태서문예신보》, 베를렌느作, 제7호 (1918.11.16).

65　《태서문예신보》, 김억作, 제16호 (1919.2.17).

1. 單調흔 詞惱에
   내가슴 압허라

                                        ―「가을노래」

   그윽ᄒ게 살아
   내가슴 압ᄒ라

                                        ―「樂群」

2. 지나간 그날
   눈압헤 보임이
   아, 아 나는우노라

                                        ―「가을노래」

   뒤숭숭한 싱각은
   고요ᄒ게 쓰며
   내눈물 흘러라

                                        ―「樂群」

이상의 번역시와 창작시를 비교해 볼 때 서로 영향관계에 놓여 있음을 쉽게 알 수 있다. 작품 간의 유사성이 명확히 보인다. 전(全)편을 보면 '노래' '곡조' 등 창작 모티브의 유사성도 드러난다.

결국 이러한 것들이 근대시의 밑거름이 되어주었을 것이고, 그의 창작시는 외래적 요소와 자생적 요소가 함께 융화되어 그의 독창적인 내면의 목소리를 가질 수 있었을 것이다.

이상으로 안서의 자유시가 근대시에 미친 영향(의의)을 정리하면 다음과 같다.

첫째, 표현상에 나타난 근대적 감각의 뛰어남.

둘째, 서구 상징시 도입으로 자유시의 개화를 열었다는 것과 여기에 전통적 율격을 가미시켜 한국식 자유시를 만들어 냈다는 점.

셋째, 1919년 주요한 「불노리」 이전에 1914~15년에 《학지광》을 통해 자유시가 활발히 진행되고 있었음을 볼 때, 최초의 자유시 기점 논의는 수정되어야 하며 그 이전인 1914년으로 소급되어야 한다는 점이다.

이렇게 해서 한국시단은 서구번역시의 영향하에서 자유시 또는 산문시라는 새로운 형태와, 전통에 자리 잡고 성장한 민요시와 함께 1920년대를 주도하게 된다.

3) 산문시의 형성과정

(1) 산문시의 장르규정과 전개

Preminger는 산문시의 장르적 특성을 다음과 같이 규정하고 있다. "그것은(산문시) 짧고 간결하다는 점에서 시적산문(Poetic prose)과 다르며, 행의 구분이 없다는 점에서 자유시와 다르다. 또한 보다 뚜렷한 리듬, 음성효과, 이미저리, 그리고 표현의 긴밀성을 가지고 있다는 점에서 산문문장과 구별 된다."[66]

이와 같이 산문시는 행 구분이 없는 줄글양식이라는 점과 시적요소인 은유, 상징, 이미저리를 가지고 있다는 점에서 시적산문과 구분된다.

散文詩란, 詩라는 낱말 앞에 붙어있는 '散文' 이란 낱말과 관련시켜 생각해야 할 것이다. 그것은 시의 형태나 성질을 설명해 주고 있기 때문이다. 즉, 산문(Prose)이란 운문(Verse)의 상대적 개념이기도하다. 그리고 시

---

66 Alex preminger, 『Encyclopedia of Poetry and Poetics』, Princeton Univ, 1965, 664쪽.

의 상대적 개념이기도 하다. 그래서 산문시(Prose poem)는 시라는 개념을 때로는 가볍게 넘겨 버리고 산문에만 중점을 두어 장르상 오류를 범하곤 했었다.

산문시형은 프랑스 상징주의에 의해 정립되었고 명칭은 보들레르의 『小散文詩』에서 비롯되었다. 이후『파리의 우울』을 거쳐 발레리, 랭보에 이르기까지 산문시는 그 장르적 인식에 의해 발달되어 왔다.[67] 이러한 프랑스 상징주의 시인과 함께 러시아의 투르게네프를 위시한 산문시 작가와 인도의 타고르, 미국의 휘트먼 등은 우리 근대 산문시 형성에 지대한 영향을 끼쳤다.

우리나라 산문시 형성에 대해서는 두 가지 측면에서 그 근원을 추적해 볼 수 있다. 하나는 순수하게 내부에서 자발적으로 형성되었다고 보는 견해와, 다른 하나는 외부의 영향관계에서 보는 견해이다.

본장에서는 육당의 창작산문시와 김억의 번역산문시를 구체적으로 살펴봄으로써 어떻게 형성되었고, 외부적 요소와는 어떤 영향관계에 놓여 있는가를 고찰해 보고자 한다.

⟨자료 C : 산문시⟩

가. 춘원의 창작 산문시

옥중호걸, 《대한흥학보》 9호, 1910.1.

---

67 『Encyclopedia of Poetry and Poetics』, 665쪽. 박경수, 「근대산문시의 형성과 장르의식」 (부산대), 1979, 재인용.

나. 육당의 창작 산문시

작 품	게 재 지	년 월	비고
쓰거운 피	《소년》3년 3권	1910.3.15.	
나라를 써나난 슯흠	《소년》3년 4권	1910.4.15	
태백의 님을 이별함	《소년》3년 4권	1910.4.15.	
花神을贊頌하노라고	《소년》3년 5권	1910.5.15.	
썩긴 솔나무	《소년》3년 6권	1910.6.15.	'詩'라고 명명
녀름ㅅ구름	《소년》3년 7권	1910.7.15.	
天主堂의 층층대	《소년》3년 8권	1910.8.15.	
恒笑天	《소년》3년 9권	1910.12.25.	

다. 그 외 창작 작품시

작 품	작가	게재지	년 월	비 고
프리	김찬영	《학지광》 제4호	1915.2.17.	soiogub의 「神의 얼골」 삽입
참새소리	푸른배	《학지광》 제4호	1915.2.17.	
내의 가슴	돌샘	《학지광》 제4호	1915.2.17.	
밤과 나	김억	《학지광》 제5호	1915.5.2.	'산문시'
春의 노래	해란	《학지광》 제13호	1917.7.19.	
우리아버지의선물	해몽生	《태서문예신보》 제6호	1918.11.9.	'산문시'
져리로	최영택	《태서문예신보》 제16호	1919.2.17.	
이러나는 불	최영택	《태서문예신보》 제16호	1919.2.17.	
침묵의 미	외배	《청춘》 제6호	1915.3.	
向山	소성	《청춘》 제8호	1917.6.16.	

새벽	소성	《청춘》 제9호	1917.7.26.	
哀歌	?	《신한민보》	1913.11.7.	
츈일감샹	팍벌대학리용직	《신한민보》	1917.4.5.	

라. 가인의 번역 산문시

사랑, 안드레에네모에쭈스키, 홍명희 역, 《소년》 3년 8권(1910.8.15).

마. 김억의 번역 산문시(러시아)

작 품	원작가	게재지	년 월	비 고
문어구	투르게네쯔	《청춘》 제1호	1914.10.1.	작가불명
奇火	쇼로렌쇼	《학지광》 제3호	1914.12.3.	몽몽譯
걸식	쑤르게네프	《학지광》 제4호	1915.2.28.	'산문시'
부활자의 세상은 아름답다	안드레프	《학지광》 제5호	1915.2.28.	
명일?명일?	투르게네프	《태서문예신보》 제4호	1918.10.26.	'산문시'
무엇을 내가 싱각ᄒ겠나	투르게네프	《태서문예신보》 제4호	1918.10.26.	'산문시'
기	투르게네프	《태서문예신보》 제4호	1918.11.2.	'산문시'
늙은이	투르게네프	《태서문예신보》 제7호	1918.11.16.	
N · N	투르게네프	《태서문예신보》 제7호	1918.11.16.	

(2) 창작산문시 — 춘원, 육당의 경우

창작산문시가 처음 나온 것은 1910년대에 춘원의 「옥중호걸」[68]과 육당의 「쓰거운 피」[69] 이다.

「쓰거운 피」 詩[70] 일부를 인용하면 다음과 같다.

> 世上 사람이 말큼다 나불나불한 닙살과 산쯧산쯧한 생각과 귀쳐진 눈과 싯
> 들닌 鬚髥을 가지고 분분하게 되고 못될것을 말하더라도
> 그는 그오 나는 나다!
> 나는 그런 料量이 當初부터 업슴을 多幸으로 아노라.
> 우리의 血管으로 도라다니난것은 通長所집힌 가마ㅅ물보담도 더 쓰거운 피.
> 우리의 胸宇에 그득한것은 限업난 動力으로 거칠것업시
> 나가난 汽車와 갓흔 前進心이로다.
>   (하략)

육당의 산문시는 대체로 시정신(Poesie)이나 시상이 빈약하고 동시에 시어도 생경하다. 이는 곧 시에 대한 인식이 희박했다는 것을 반증하는 것이다. 또한 그의 선구자적 의식에 의한 계몽과 교훈적인 사상이 시의 장르 인식보다 더 강한 가치관으로 자리매김하고 있다는 것이다.

위의 시는 형태면에서는 자유로움을 모색하였다하여 긍정적인 평가를 내릴 수 있지만, 은유와 이미저리 면에서는 퇴행했다고 볼 수 있다. 육당의 시는 선구자적 의식과 지나친 교훈성을 담아내다보니 대부분 장시화되고 산문시가 아닌 시적산문으로 빠져 버렸다. 그러나 육당의 산문시를

---

68 《대한흥학보》 9호 (1910.1).

69 《소년》 3년 3권, (1910. 3.15).

70 육당 스스로 '詩' 라고 표기해 둠. 그의 장르의식을 엿볼 수 있음.

전통적인 면으로만 파악할 수 없는 점이 있다. 즉 그것은 일본을 통한 서구의 새로운 시형이 들어온 시대적 상황과 개화기라는 특수한 시대적 상황이라는 것이다. 따라서 그의 산문시는 이러한 외부적 영향관계도 고려되어야 하며,[71] 《소년》지를 통해 서구시의 번역과 번역 산문시 「사랑」이 처음으로 소개되었다는 점도 주목되어야 할 부분이다.

다음은 춘원의 「옥중호걸」[72]을 살펴보면,

> 可憐할사, 저豪傑아, 살고 죽은 저豪傑아! 나는새며, 뛰는짐승 움직이는, 온갖물건, 黃金같은 네눈빛과, 벽력 같은 네소리에 놀래어서 喪魂하여, 두려워서 史魂터니, 오늘날에, 너의景狀 가련코도 서럴시고 山넘고 골 뛰던 그 氣槪는 지금어디
>
> (하략)

「옥중호걸」의 범은 옥중에서 신음하는 죄수를 의인화한 것이다. 철장에 갇혀 사람들이 주는 먹이나 먹고 조롱당하는 범의 처절한 모습을 그렸다. 범의 처지는 자유를 속박당한 우리 민족의 수난을 나타내기 위한 환유이다. 즉 한일합방으로 인한 민족자아의 상실과 자유상실의 울분을 토로한 것이다.

줄글의 산문체임에는 틀림없으나 4.4조, 3.4조의 정형률이 지배하고 있

---

71 박경수, 앞의 책, 175쪽.

72 김용직님은 이광수의 신체시에 나타나는 또 하나의 특징 속에 춘원의 「옥중호걸」을 신체시류에 포함하면서 산문시로 인정하고 있으며, (『한국근대시사』, 제1부, 새문사, 1982, 109쪽). 김기현, 김학동님에 의해서 가사체라는 평가가 내려진바 있다. (김기현, 『한국문학논고』, 일조각, 1972, 230쪽. 김학동, 『개화기문학론』, 일조각, 210쪽), 그러나 전 문장을 살펴볼 때 구어체, 즉 산문의 개입을 뚜렷하게 느낄 수 있고 주제가 집약적으로 부각되고 있는 점, 줄거리 형식의 서술적 요소 등은 가사 양식과 상당한 차이가 있다고 본다.

다. 단락 연결체만이 산문체를 택하고 있고 정형률이 지배적으로 드러나 가사체에서 산문지향으로 넘어가는 과도기의 모습을 보여주고 있다.[73] 춘원 그 자신도 육당의 산문시와 시조를 모방했다고 술회한 바 있다. 가사체의 율격을 벗어나지는 못했지만 행 구분이 없는 줄글의 표기는 분명 새로운 시의식의 소산이라 파악된다.

김용직님은 "「옥중호걸」의 범은 옥중에서 신음하는 죄수를 의인화한 것이다. 그렇다면 그 내용은 일본 신체시가 담고 있는바 비극적인 단면과 대치된다. 北村透谷의 「楚囚之詩」가 이에 해당되며 이 작품은 바이런의 「시온의 囚人」의 수용에 의해 이루어진 것으로 보여진다"[74]는 주장 가운데, 박철석님은 이 「옥중호걸」은 바이런의 「Prisoner of chillon」을 읽고 모방한 것인지는 알 수 없으나 일본 근대시 형성기의 선구적 역할을 한 北村透谷의 「초인지시」를 방불케 한다는 것이다.

「초인지시」와 「옥중호걸」을 대비해보면, 서술방식이나 소재는 다르지만, 양자가 취한 상황 및 주제는 대동소이하다. 또한 양자가 다같이 囹圄되고 폐쇄된 비극적 상황을 설정해 놓고 주인공들이 자유를 갈망하는 내용으로 되어 있다.

「초인지시」가 정치범으로 갇힌 한 청년의 내적 독백형식으로 되어있다면, 「옥중호걸」은 자유를 속박당하고 갇혀 사는 범(의인화)의 동정을 읊고 있다.[75]

이에 비해 강남주님은 외래적 영향이라기보다는 내부적 영향으로 보고 있는데, 그 첫째 근거는 우리 시가가 지니고 있는 전통성, 즉 문학작품에

---

73 김영철,『한국 개화기시가장르연구』, 학문사, 1987, 182쪽.
74 김용직, 『한국근대시문학사』, 한국문학, 1980년 11월호, 299~304쪽.
75 박철석, 「한국 근대시의 일본시 영향연구」上, 현대시학, 1986.7 106~107쪽.

있어서의 운율적 습성이 그대로 작품에 반영되고 있다는 것이다. 또한 작품에서 서구화의 직접 충돌, 동화의 흔적이 없다는 것이다.[76] 허나 당시 춘원은 번역 산문시를 한편도 소개하고 있지는 않지만 일본의 일역시집을 보고 영향을 받지 않았나 생각된다. 물론 최초 단계는 전통적인 내부의 문학형태에 뿌리를 두고 생성되었다고 본다.

(3) 번역산문시 - 안서의 경우

창작산문시가 압도적으로 많이 창작되었던 1917년대에 가인 홍명희가 《소년》지를 통해 폴란드 안드레에네오옙스키의 「사랑」을 소개했는데, 이는 번역산문시로는 최초의 작품이었다. 따라서 그동안 논자들에 의해 김억의 「문어구」[77]나 몽몽의 「기화」[78]가 최초의 산문시로 논의되었음은 수정되어야 한다.

게재지/편	소 년	청 춘	학지광	태서문예신보	계[79]
번역산문시	1편	1편	3편	6편	11편
창작산문시	7편	5편	5편	6편	25편

번역 산문시는 모두 11편이 번역되었고, 역자로는 안서(8편), 몽몽(2편), 가인(1편)순이다. 안서에 의해 거의 소개되었으며, 번역된 작가는, 안드레프(2편), 고로렌코(1편), 그 외에는 모두 러시아 산문작가인 투르게네프(7편)이다.

---

76 강남주, 「한국 근대시의 형성과정 연구」, (부산대) 박사학위논문, 1983, 72쪽.
77 《청춘》 1년 2권, (1914.10.1).
78 《학지광》 2년 1권, (1914.12.3).
79 그 외, 《신한민보》 1편, 《대한흥학보》 1편.

《청춘》 제1호에 실린 「문어구」에서 이 땅에 투르게네프가 처음으로 소개되면서 러시아 산문시가 도래하기 시작한다.

「문어구」

한 커단 집이 보이는데 압바람에 달린 좁은 문짝이 열녀 잇고 그 밧게는 무서운 캄캄이 가득하더라. 그 놉다란 문어구에 한 계집아이 북편나라 계집아이가 섯더라

아모것 아니보이는 캄캄이 서리에 잠겨잇고 집 저 속으로서 쌀쌀한 실바람에 블너서 늘어지고 휭덩그렁흔 소리가 울려 나오더라

「오 아이야 네가 이 문을 지나들어 가려하니 도모지 이 안에서 무엇이 기다리고 있는지 아느냐」

그 아이가

「알아요」

대답한다.

모른체며, 주림이며, 미움이며, 비우슴이며, 업수히역임이며, 욕함이며, 가둠이며, 셜음이며, 죽음 까지 당할것까지도.

(하략)

김병철, 김학동님[80]은 「문어구」 번역 작가를 《청춘》 잡지의 주간인 최남선으로 보고 있지만, 김억으로 보는 것이 더 타당할 것 같다. 이는 그 이후에 육당은 당시 한편의 산문시도 번역하지 않았다는 것과, 소개된 투르게네프의 산문시가 모두 김억에 의해서만 이루어졌고, 「문어구」 이후 《태서문예신보》를 통해 다수의 번역산문시가 김억에 의해 발표되고 있는 근거에서이다.

---

80 김병철, 앞의 책, 346쪽.
　　김학동, 『한국 개화기시가 연구』, 1981, 228쪽.

《소년》, 《청춘》, 《학지광》, 《태서문예신보》에 걸쳐 산문시와 자유시의 장르상의 혼동이 나타나는데, 이는 당대 시인들이 자유시와 산문시 및 산문에 대한 인식이 선명하지 못한데에서 기인하며, 시론과 사조의 유입이 한꺼번에 혼류해서 이입되었던 것에 기인한다.

육당의 산문시에는 전통적 율조나 선구자적 정열 내지 교훈주의의 관념성이 산문화 되어 나타나 있다. 김억의 산문시는 프랑스 상징시와의 긴밀한 영향관계에 놓여 있어, 육당과는 달리 개인의 정서를 표상, 감정의 순화 등이 나타난다. 이후 주요한의 산문시로 이어지면서 우리말에 대한 자각, 서정적 구조 등이 나타나 근대 산문시의 본격적인 출발을 가능하게 했다.

따라서 한국의 근대초기 산문시는 전통적인 내적요인과 외래적 요인이 만나면서, 혼류, 개혁의 과정을 거쳐 하나의 한국적 형태로 형성되었다. 근대 산문시의 수용에 있어서는 프랑스 상징시와 러시아 산문시의 영향으로 집약된다. 이러한 산문시는 춘원의 서사시 「극웅행」에까지 발전하게 된다.

4. 서사시의 형성

1) 서사시의 장르 규정과 전개

서사시에 대한 논의는 고려조, 조선조, 현대 등 각 시대별로 어느 정도 이루어져 온 것이 사실이다. 허지만 서구의 서사시와 한국의 서사시의 구체적 양식의 비교는 거의 논의된 바가 없다. 논의가 없었음은 근대 초기 시에는 서사작품이 거의 없는 실정에 기인하지 않나 싶다. 지금까지의 서사시에 대한 논의는 주로 서사시 장르개념 문제와 1924년 김동환의 「국경의 밤」연구에서 출발하여 그 이후의 서사시로 집약되었다.

서사시의 개념을 살펴보면, 서사시의 소재는 민족의 신화, 전설, 역사, 민담에서 선택된다. 대상은 신과 영웅을 찬미하기도 하고 평범한 인간의 내면세계의 모습을 투영하기도 한다. 주제는 보편적 진리, 도덕적 가치, 시대정신의 표현 등 교훈적 의미를 지니는 서술체의 문학이다. 스토리는 개인의 운명을 다룬 생애적인 것과 집단운명을 다룬 사회적인 것으로 순환적 형태를 취한다. 플롯에는 주인공의 일관된 의지가 표현되어야 한다. 길이는 길며, 서술의 시점은 3인칭이나 1인칭으로 기술된다.[81]

우리의 시문학사를 보면, 근대시 형성의 궤적 속에 서사시의 공백은 확연히 드러난다. 그러므로 서사시의 형성과정을 살펴보기 이전에 왜 근대 초기에는 서사시가 부재했는가라는 물음에서 출발해야 할 것이다. 생각해 보면, 이제 막 형태적인 면에서 정형률을 파기하고 자유로운 율조로 넘어가는 상황에서, 서구 상징시나 찬송가가 왕성하게 유입되어 오던 때이기에 서사시가 한쪽으로 밀려났다고 볼 수 있다.

근대초기 서사시는 고전서사시의 전통을 바탕으로 개화와 더불어 이입된 서구문학의 영향에 의해서 성립되었다.

고전서사시는 고려후기 이규보의 「동명왕」에서 비롯하여 「제왕운기」로 이어졌으며, 조선 건국서사시인 「용비어천가」, 종교서사시인 「월인천강지곡」이 지어졌으며, 이것은 다시 조선후기 가사의 제작으로 이어졌다. 가사의 장편화는 서사성과 서술성의 확대로 인한 서사갈래로의 지향성을 내포하고 있다고 본다.

12~13세기의 「동명왕」, 「제왕운기」는 우연하게도 서구의 민족적 영웅에

---

81 김흥기, 「한국현대 서사시 연구」, 『한국현대시 탐구』 I, 민족문화사, 1983, 77~78쪽.

대한 서사시 창작 시기와 일치하고 있다.[82] 서구에서의 12~13세기 서사시 작품으로는 「Shah-Nameh」(페르시아), 「Poem of the cid」(스페인), 「Das, Nibe lungenlied」(독일), 「Da-viua Comedia」(이탈리아) 등이 있다. 서구의 서사시 가 신과 영웅적 인간을 소재로 했다는 점에서 「동명왕」이 서구적 개념의 서 사시에 접근되어 있는 것을 발견하게 되는데, 여기서 차이점을 추출해 본 다면, 서구의 서사시는 구체적이고 세밀한 서술의 삽화적 구성을 보인데 비하여 「동명왕」은 주제를 전달하기 위한 줄거리 위주로 이루어진 점이다.

상게서의 견해는 근대초기 서사시 불모의 땅에 서구 서사시와의 비교 관점을 제시하고 있다는 점에서 돋보이지만, 서사시가 운문(韻文) 형식을 택한 점으로 볼 때 한국서사시는 전통적인 서사 장르의 맥락 속에서 민족 정신을 면면히 이어가고 있다고 본다.

2) 춘원의 서사시

근대초기 (1894~1919년) 서사시는 춘원의 「극웅행」[83]이 대표작이며 유 일작이다.

1910년 5월에 발간된 《보통교육창가집》[84]의 「영웅의 모범」은 모두 7절 로 되어 있는데 박제상에서 곽재우, 이순신, 최익현, 안중근까지 일본에 항거했던 역대 인물들을 찬양하고 있다. 창가가 이처럼 서사시와 상통하 는 구성을 갖춘 것은 전에 없던 일이라는 조동일 교수[85]의 견해를 수렴한

82 이현석,「한국서사시 연구」, (한남대) 석사학위논문, 1983, 10쪽.
83 《학지광》, 제14호, (1917.11.20).
84 김창남, 「유행가의 성립과정과 그 문화적 성격」, 『노래』 1, 실천문학사, 1984.
85 조동일, 『한국문학통사』, 4권, 1984, 264쪽.

다면 서사시의 출발은 재검토 해 보아야 할 것이다.

　　　　「극웅행」

　　　우리 사는 곳에서
　　　北편으로 北편으로 限定업이 가다가
　　　큰 山脉을 지내서
　　　큰 벌판을 지내서
　　　三月이라 삼질날 봄 가지고 날아오는
　　　제비보다 더 가서 훨씬 훨씬 더 가서
　　　안해 함께 친구함께 空中놉히 쓰고 쩌
　　　녀름가는 곳까지 가보고야만다는
　　　기럭이쩨 보다도 훨씬 훨씬 더가서
　　　얼음世界 만나니 北極이란 世界라―
　　　　　　(1연)

　　　나무는 말말고 풀한포기 잇스랴
　　　풀한포기 업거니 곳이 어이 잇스랴
　　　地軸이 곳을째엔 밤도 낫도 업고서
　　　쬐고남은 日光이 늘 비첫다 하건만
　　　　　　(하략)

　이 시는 총21연 316행으로 된 북극에서의 ‘극웅’ 인 나의 생활을 서술한 것이다. 일관된 스토리를 지니고 있으며, 삽화적 구성을 취하고 있다. 대체로 띄어쓰기가 분명하고 3.4, 2.3, 3.3, 음보의 자유로운 구성과 함께 북극의 차가운 자연 속에서 대대로 살아온 북극곰을 등장시켜 내면세계를 투영했는데, 다분히 곰에 대한 투지는 제거되어 있고 낭만적인 환상으로 엮어지고 있다.

　「극웅행」은 전통적 서사갈래인 「단군신화」와 그 구조적 연속성에 놓여 있다고 본다. 시적 인물인 '나'는 단군신화의 웅녀의 그것과 일치하면서, 짐승의 세계에서 인간의 세계에로의 변화이며, 비인간화된 삶에서 인간화된 삶으로서의 존재의 질적 변화로 이행된다. 모티브에 있어서도 「단군신화」의 동굴과 「극웅행」의 북극곰이 동일한 상징의 논리로 되어있다. 단군신화의 소재를 선택하여 민족의 자주독립정신을 고취하고 있다는 점에서 일제식민지에 대한 저항의식의 표현이라고 보아 무방하리라 생각된다.

시 속에 등장하는 주인공은 분명한 의식을 지니고 있다. 학대받는 계층이거나 그렇지 않거나 간에 현실의 고난를 깨뜨리려는 노력형이다. 동물이 주인공이었을 때 이 동물은 어디까지나 의인화된 것으로, 「옥중호걸」의 범이 그렇고 「극웅행」의 곰이 그렇다. 그 범과 곰은 자유를 쟁취하려는 의욕을 가지고 있다.

서사시와 민족의식은 떨어질 수가 없다. 항상 민족의 수난을 겪을 때 그리고 민족의식이 팽배할 때 서사시가 창작된다는 것은 우리 서사시의 역사를 통해서 충분히 증명된다. 「동명왕편」, 「제왕운기」, 「삼국유사」 등이 창작되고 편찬되던 시기는 몽고의 난을 겪던 민족수난의 시대였으며,[86] 춘원의 「극웅행」도 1919년 3.1운동이 발발하기 2년 전이므로 일제강점기아래 민족적 수난을 겪으면서 민족의식이 팽배했던 시기였다. 또한 「국경의 밤」이 그러하다. 그리고 6 · 25나 4 · 19 직후에 「남해찬가」와 「금강」이 창작되었던 것도 우연의 일치는 아니라고 본다. 이런 점에서 한국 서사시는 민족의식과 더불어 지금까지 전승되고 있다. 서사적 사건이

자
기
반
영
의
문
학

---

86 이우성, 「고려중기의 민족서사시」, 『한국의 역사의식』 上, 1977.
　　박두표, 「민족 서사시의 전통」, 『도남 조윤제박사 고희기념논문집』, 1979. 그 외 다수.

민중 집단의 운명적 사건이거나 전 민족들이 자신들의 존재와 귀속감정
에 귀속되는 사건이라는 의미에서 본다면 「극웅행」은 서사적 성격을 지
닌다. 동시에 서사시가 신화적이며 전설적, 역사적 사건이라는 의미에서
는 반서사적 성격을 드러낸다. 이같은 서사적 반서사적 성격의 양면성은
「극웅행」의 서사적 한계이기도 하나, 지적 상상력과 감수성에 의하여 집
단의 문제, 대하적 드라마, 역사와 상황에 대한 포용력을 가진다.[87]는 측
면에서 「극웅행」을 바라본다면 그 몫을 다하고 있다고 본다.

　「극웅행」은 북극의 곰의 현실을 묘사한 작품으로서, 봄에 대한 강렬한
희구를 갈망하지만 다시 북극에 예속되는 숙명을 시사하고 있다. 狀況→
脫出→享有→狀況의 순환으로 구성된 것으로 비극적인 운명을 시화한 놀
랄만한 작품으로 일차적 서사시 곧 민족, 영웅, 역사를 서사시화 한 고전
적 서사시의 요소를 가지고 있다.[88]

　근대초기 서사시의 수적 감소는 이민족의 침략으로 말미암아 언론의
자유가 제약된 시기였다는 점을 고려해야 할 것이다. 이러한 측면에서 볼
때 넓게는 현대까지 한국의 서사시는 여러 차례 굴절과정을 통해 단계적
으로 발전을 하고 있다고 볼 수 있다.

　서구문학 수용은 그나마 서사시 개화에 한 몫을 하였다고 본다.

　특히 러시아 산문시의 경우 그 특징이 줄거리 중심이었다는 점, 그리고
러시아 산문시 수용이 《학지광》을 통해서 이루어지고 있다는 점 등이 춘
원의 「극웅행」을 탄생시킨 하나의 계기로 보여진다.[89]

---

87 홍기삼, 「서사시의 실제와 가능성」, 《문학사상》, 1975년 3월호, 377~378쪽.
88 구인환, 「자유시와 서사시의 형성」, 《시문학》, 1978.11, 67쪽.
89 김영철, 앞의 책.

서사시의 출현도 크게는 전통과 외래의 영향으로 이루어졌다. 즉 한국
문학의 전통적 서사갈래인 《단군신화》와 《학지광》을 통한 러시아 산문시
의 영향으로 볼 수 있다.

5. 상징시의 수용과정

1) 상징시의 개념과 전개

1918년 《태서문예신보》의 출현으로 인해 한국에 본격적인 서구문예사
조인 상징주의가 소개되고, 그것은 한국시에 다양한 영향을 끼치면서 새
로운 시형인 상징시의 출현을 가져왔다.

상징주의는 19세기 후반 프랑스에서 시작된 문예사조로서, 그 명칭은
모레아(Jean Moreas)가 1886년 9월 18일 《Le Figaro》지에 「상징주의 선언
문」을 발표하여 데카당파(decadents)를 상상파(Le symbolism) 라고 부른데
서 기인한다.[90] 상징주의는 언어와 표현문제에 주된 관심을 기울인다.
그 결과 언어의 논리성, 일상성, 산문성, 서술성을 벗어나 상징적, 암시
적, 함축적이고 내포적인 시어를 조탁해 냄으로써 소위 '언어의 연금술'
을 지향한다.[91]

프랑스 상징주의는 그 기원에 베를레느, 말라르메, 랭보가 있고 이어
보들레르에게로 이어진다. 이들 중 한국 상징시에 큰 영향을 주었던 베
를레느는 자유롭고 대담한 율동을 구사하여, 환상적이고 암시적인 시풍
을 확립하였다. 즉 근대세계의 정신적 세계를 음악적 암시로 표현하고자

---

90 정한모, 「상징주의 시론의 한국적상륙」, 《월간문학》, 1975, 213쪽.
91 정한모, 『한국현대시의 정수』, 서울대출판부, 1981, 58쪽.

했다.[92]

엄격히 말해 한국 상징시는 서구 상징시와는 성격을 달리하고 있다. 그 원인의 하나가 바로 한국 상징시가 서구상징주의 시의 영향을 받았다기보다 일어로 번역된 번역시의 영향을 받았다는 것이다. 직접 이입된 서구 상징주의를 통해 한국 상징시가 형성 된 것은 결코 아니었다.

지금까지의 논의는 한결같이 원작의 시적 분위기에 못 미친 한국 상징시의 미숙성을 지적하는 것으로 일관되고 있다. 그러나 이 미숙성이 원작과 비교해서 뒤떨어지는 미숙성으로 받아들이기보다는 한국적 정서가 가미되어 변화된 양상으로 인식해야한다. 작가의 창작시가 원작으로부터 직접 영향을 받은 것이 아니라, 일어나 영어로 번역된 번역 작품을 통해 받은 것이 대부분이다. 따라서 한국적인 독특한 모습을 지닌 상징시로 나타난 것이 아닌가 한다.

2) 안서의 상징시

한국 근대시의 상징주의의 모태가 된 것은 《태서문예신보》이다. 상징시가 처음 소개된 것은 《학지광》 제10권(1916.9.4) 「내가슴에 나리는 비」이나, 본격적으로는 《태서문예신보》 제6호(1918.11.9)에 「거리에 내리는 비」, 「검은 끚없는 잠은」, 「아름답은 밤」이 소개되면서부터이다. 그 이전에 《학지광》에 「요구와 회한」[93] 이라는 안서의 창작시론을 통해 프랑스 상징시의 동향을 소개하고 있고, 이어 백대진의 「최근의 태서문단」[94]이

소개되면서 본격적인 상징주의가 소개된다.

김억은 서구시나 시론을 소개하는 소개가로서 서구시를 번역하는 사이
에 자신의 시작품에 상징주의 시의 영향이 두드러지게 드러난 대표적인
시인이다.

김억의 상징주의 수용은 시의 음악성과 데카당스에 기초한 릴리시즘에
의 지향으로 특징지어진다. 전자는 육당시의 경직성에 대한 저항이었고,
후자는 당시의 슬픈 식민지 시대상황과 밀접한 관련이 있다. 이는 곧 그
의 시의 형태와 내용으로 직결된다.

  가. (창작시)
        울리어 나는 樂聲의
        느리고도 싸른
        애닯은 曲調에
        나의 죽엇든 녯꿈은
        그윽하게 살아
        내 가슴 압ᄒ라

— 김억 「樂群」[95]

  나. (번역시)
        가을의
        얘올링의 우는
        긴 嗚咽
        單調한 詞惱에
        내 가슴 압허라

— 베를렌느. 김억譯 「가을의 노래」[96]

95 《태서문예신보》 제16호, (1919.2.17).
96 《태서문예신보》 제7호, (1918.11.16).

가. (창작시)

　　우수 가득한 樂聲의
　　쌔르고도 더딘
　　애닯은 曲調에
　　뒤숭숭한 싱각은
　　고요ᄒ게 쓰며
　　내눈물 흘러라

나. (번역시)

　　종소리 우를ᄶ
　　가슴은 막히며
　　낫빗은 희멀금
　　지나간 그날
　　눈압헤 보임이
　　아아-나는우노라

　가)의 시는 악성의 애닯은 곡조에 죽었던 옛 꿈을 그윽하게 되살리어 세월의 덧없음을 일깨우고 있고, 나)의 시에서는 비오롱의 긴 오열(울음)과 단조한 사뇌에서 낙엽이 떨어져 마침내 썩어 없어지는 것(2연)은 죽음과 인생의 덧없음을 상징하고 있다. 이는 상징파 시인들에게 와서 세기말적인 절망감이 죽음의 의식으로 상징됨으로써, 보다 내면적인 고뇌와 절망을 시적상관물인 낙엽을 통해 드러내고 있다.

　안서는 서구상징시의 영향을 받아 청각적인 음을 사용해 정서를 환기시킴으로써 서구상징시의 기법을 그의 창작시에 시도하고 있다는 점에서 주목된다.

　그러나 안서의 상징주의 도입의 한계는 지나치게 데카당틱한 측면에 편향되어 있다는 것이다. 「프랑스시단」의 대부분이 데카당스에 대한 소

개로 채워져 있다는 사실과 번역시의 대상이 베를레느, 구르몽, 사맹, 시
먼즈 등으로 한정되어 있다는 점. 그리고 번역시의 주제가 '가을' '권태'
'죽음' '밤' 등이 주조를 이루고 있다는 사실이 그것이다. 그럼에도 불구
하고 한국근대시에 끼친 안서의 영향력은 절대적이었다. 그것은 먼저 안
서의 시의식이 근대시의 자각에 바탕을 두었다. 시란 적어도 운문적이며
서정적이어야 한다는 것이다. 또한 투르게네프의 산문시와 롱펠로의 시
인의 시집을 단독적으로 소개하고 「솔로굽의 인생관」 같은 시인론과 프
랑스 상징파 시와 사조, 시론 소개 등은 한국 근대시의 깊이와 성찰에 큰
영향력을 주었다. 특히 베를레느의 시는 당시 한국의 정치적, 사회적 배
경 아래서 1920년대 시의 한 주조를 형성하는데 크게 작용했다.

다음은 베를레느의 「검은 슷업난 잠」은[97]을 보면,

> 검은 슷업난 잠은
> 내의 목숨우에 오나니
> 히망아, 자거라 모든 바림
> 오, 자거라. 모든 원한?　　　(1연)

안서의 베를레느 시의 수용 관점은 주로 비애의 정서면에서 수용되었
다. 베를레느의 시가 지니는 정신적 내용은 음악적 암시로 표현되는 순수
서정의 시세계보다는 시적 상징에 가깝다. 김억의 시어에 대한 정련과정
에서 운율의식으로 굴절되어 독특한 시로 형성되어갔다. 즉 내재율은 음
악의 박자 같은 리듬감으로 받아들인다. 한편 베를레느의 시가 지니는 여
성적인 부드러움은 안서의 창작시에도 그대로 흡수된다.

---

97 《태서문예신보》 제6호, (1918.11.9).

김억의 상징시의 이입은 근대 초기시에 지대한 영향을 미쳤음은 주지의 사실이다. 상징시가 지니고 있는 비애와 폐허의 수용과 또한 서구시적 운율법과 다양한 소재 등은 시의 내용적 성찰을 부여했다. 아울러 시어의 서정적 기능에 의한 감정 가치를 인식하고 창작했다는 점에서 그 의의가 평가될 수 있다. 김억시의 리듬의식은 프랑스 상징시를 번역하는 과정에서 얻어진 것으로 이는 후에 민요시에까지 영향을 준다.

3) 상아탑의 상징시

상아탑의 작품이 처음 발표된 것은 1919년 《태서문예신보》 제14호(1월 13일)에 「隱者의 歌」라는 제목으로 「頌,(K.兄에게)」, 「新我의 存曲」두 편과 16호 (1919.2.17)에는 「어린자매에게」라는 제목 아래 「봄」, 「밤」, 「열매」, 「鶯」 등 4편의 시를 발표하면서 시작된다. 그를 일반적으로 상징 시인이라 칭하는 만큼 그의 창작시 역시 서구상징시에 많은 영향을 받고 있다.

상아탑의 작품세계가 앞 시대의 육당이나 안서의 시세계와는 어떤 관계가 있으며, 그의 작품세계는 어떤 일관성을 갖고 있는지 살펴보고자 한다.

황석우의 상징시 수용은 그의 창작시론 「詩話」와 「朝鮮詩壇의 發足點과 自由詩」에서 선명하게 드러난다.

> 詩人이 가쟝 놉고, 가쟝 幽玄혼 自我의 寶坐에 進홀쩍 곳 무엇의 확실혼 美를 훔킬쩍, 그 美의 融홀 쩍 그이는 直히 醉혼 神經과 입과의 두 存在밧게 아모것도 認홀 수 업게 된다. 그 神經의 全體는 혼 管絃樂이 되고, 그 입은 다못 歌흠에 開閉된다.[98]

---

98 황석우, 「시화」, 《매일신보》, 1919. 10. 13.

색과 소리, 향기가 화합하는 세계, 음악의 세계 등이 상징파 시인인 보들레르나 베를레느, 랭보의 시 세계를 연상케 한다. 그는 이글에서 "詩는 회화적 요소와 共히 음악적 요소와의 情을 掘한 藝術이다."[99]는 견해를 밝히고 있는데, 이는 시를 음악적 요소로만 파악하려 했던 안서에 비해 회화적 요소를 인지하고 있다는 점에서, 색과 음향의 조화로 대별되는 상징시를 정확히 파악하고 있음을 알 수 있고 그의 뛰어난 예술적 감각이 돋보인다.

「新我의 序曲」

勇士야들으라, 未來의 戶口에 나가들으라.
官能의 廢坵, 噫, 落月의 밋으로
고요히, 哀달게, 울녀 나오는
尊한 蓐日의 曲 ― 新我의 頌.

僞의 骨董에 魔한 날근 나는 가고
嬰兒는 懺悔의 闇 ―― 三位一體의 胎에 頰笑한다.
自然. 人生. 時間.
新我는 불으짓다 「오오」大我의 引力에
感電된 肉의 删木―――我, ― 我야,
新我의 血은 世의 始와 終과에 흘너가고, 흘너오다.

나에게 哀愁업다, 恐怖업다, 苦惱업다,
춤의 「나」無限의 傷과 滅亡밧게,
噫, 死와 老는
調和의 花火일다, 夕宴일다라고.
                    (全文)

99 황석우, 「시화」, 《매일신보》, 1919. 9. 22.

난해한 한자어와 함께 용해되지 않은 육중한 관념의 덩어리가 가라 앉아 있다. 환상과 데카당틱한 세계가 주 정조이다. 서구 상징시의 경향, 즉 퇴폐적 관념성이 심하게 노출되어 있다. 상징적 이미지들이 시어를 통해서 풍부하게 동원되고 있으면서도, 내면화의 필연성은 얻지 못하고 관념에 그치고 만다.

다음은 형태면에서 활자 인쇄를 통하여 그가 行間에서 살려내고 있는 각종 부호의 활용이다.[100]

이 구두점의 활용은 시를 통한 시인의 감각의 확장이자 또한 독자의 감각을 확장시켜 주는 효과가 있다. Herbert Read는 "구두점은 작품의 형태, 특히 은유와도 밀접한 관계를 지니며, 의미의 단락을 분명히 해주는 역할, 호흡조정의 문제까지 담당한다."[101]고 피력한다. 황석우가 이 같은 장점을 처음부터 계산에 넣지 않았다 하더라도, 그의 인쇄된 시에서 이와 같은 것들이 분명히 드러나고 있다는 점은 주목할 만하다. 초기에 상아탑은 관념적이고 현학적인 시를 주로 썼다. 그것이 그의 초기시의 형태였으나 다음에 발표된 작품은 매우 대조적이다.

「봄」[102]

가을 가고 결박풀어져 봄이오다.
나무, 나무에 바람은 연한 피리부다.
실강지에 날감고 밤감아
솟밧에 매여 한바람, 한바람식 당기다.

---

100 강남주, 앞의 책, 65쪽.
101 강남주, 앞의 책, 66쪽, 재인용.
102 《태서문예신보》, 제16호, '어린자매에게' 에서.

가을 가고 결박풀어져 봄이오다.
너와나 단 두 사이에 맘의 그늘에
絃音, 감는 소리, 타는 소리
싀야, 봉오리야, 細雨아, 달아

「밤」

달기고 솟지적이는 동산에
고는 밤의 接吻을 밧다.
나의 가슴에 눈물이 괴여가다.

피곤과 惱에 부닥이던 萬有는
밤의 손바닥에 어리만지며
고요히자다, 고요히자다.

투명한 시적세계와 부드러운 시상의 리듬이 전개되어 육당의 교술적인 언어가 '결박풀어져' 서 '너와나' '맘의 그늘' 등 내면을 드러내는 개인적인 서정의 언어가 나타나고 있다. 또한 안서의 「봄」, 「봄은 간다」가 주는 시세계와는 다른 개인서정의 깊이 있는 성찰이 보여진다. 시어에 대한 미적 구조성과 정서적 가치를 보다 심화시킨 모습이 뚜렷하며 특히 감각적 표현이 돋보인다. 이러한 감각적 표현은 그의 시세계의 일관된 모습이기도 하다.

이후의 《폐허》를 비롯한 그의 초기 상징시와 《자연송》을 통해 그의 시적 서정성은 깊어진다. 《태서문예신보》에 발표된 이 시기의 그의 작품세계는 유연한 리듬과 선명한 이미저리의 세계, 그리고 데카당틱한 관념의 세계[103]의 양자 사이에서 방황하고 있는 모습을 볼 수 있다. 그러면서도

---

103 정한모, 『한국 현대시문학사』, 일지사, 267쪽.

상아탑은 안서와 함께 육당시학의 경직성을 극복하고 근대시에 새로운 생명의 호흡을 불어넣었다는데 시사적 의의가 있으며, 그의 상징시는 초창기 시단형성에 기폭제 역할을 했다고 본다. 그의 관념성은 안서의 음악성과 육당의 웅변성과는 좋은 대조를 보이면서 서서히 현대시에로의 접근을 시도하고 있다.

6. 전통장르와의 상호작용

1) 서구장르와 전통장르가 만나다

근대초기에 들어서면서 맞이하는 여러 변화 중 가장 두드러진 것은 장르 및 형태상의 갈등이다. 전통시가 장르인 가사, 시조, 민요, 한시 등이 그대로 계승되는 한편, 외래 장르인 찬송가, 창가, 신시, 자유시 등이 함께 어우러져 상호작용 및 침투현상을 보여주고 있다.[104] 갑오경장을 계기로 한 개화기에 이르러서 시조, 가사 등은 새로운 단계로 전환된다. 이는 자유시 및 찬송가와 접합하면서 형태적 모색이 이루어진다.

근대시가에 있어서 변화와 지속성의 문제는 오늘날 근대시의 위치를 밝히는 여러 문제 가운데 가장 중요한 핵을 이룬다. 개화기는 전통의 지속과 외래 요소의 수용이라는 접합, 갈등양상이 두드러진 시기이다.

한 시대를 관통하는 문학의 조류인 문예사조나 장르의 변화는 항시 전 시대 문학에 대한 저항으로 출발한다. 근대초기에 상징시의 출현도 외적인 서구시의 영향이 있었지만, 문화수용의 현상 속에서 보면 육당과 춘원의 계몽문학에 대한 반동으로 형성된 것이다. 그러나 서구시의 영향을 간

---

104 김영철, 『한국 개화기 시가 장르 연구』, 학문사, 1987.

과할 수 없는 우리 문학적 배경은, 자주적 사조의 기반이 없기 때문에 특수한 여타문학의 영향을 고려해 보지 않을 수 없다.

우리 근대문학에 있어서 영향의 원천은 전통의 단절이 아닌 지속적 흐름이다. 그런 측면에서 전통적인 율문 양식인 우선 가사와 시조의 율격을 통해 살펴보면, 시조는 처음부터 단형인 정형시로 출발하였지만 가사는 조선조 초엽에 발생함과 동시에 4.4조를 바탕으로 하여 뿌리 깊은 전통을 지녀왔다. 그러나 4.4조라는 전통적인 율격은 시조의 정형률이 깨어지는 과정에서 독자적으로 창조한 율격으로 봄이 마땅하다. 그 까닭은 유교적 형식주의에 반박하고 나선 서민계층의 자각이라는 사회적인 변천과정에서 문학양식의 발전면모를 찾아 볼 수 있기 때문이다.[105]

본항에서는 전통장르인 사설시조와 가사가 신흥장르인 자유시 및 찬송가와 접합하면서 어떠한 갈등양상을 거쳐 수용, 변화되었는지를 살펴보고자 한다.

(1) 자유시와 사설시조

사설시조는 개화기에 들어 장르 회생의 징후를 보이며 민중의 발랄성 표출이라는 전대 사설시조의 전통을 계승하면서, 개화기라는 격동기의 시대상황을 예리하게 수용, 비판하고 있다. 그런데 개화기에 들어 사설시조가 소생되고 상당수의 작품이 소개되거나 창작되었다는 사실은 자유시 형성에 있어 어떤 시사성을 던지는 문제로 보인다.[106] 즉 사설시조가 산문정신의 소산으로 야기되었던 만큼 그 산문정신이 신문학에 그대로 이

---

105 박을수 · 석일균, 『신 한국문학사』, 성문각, 390쪽.
106 김영철, 앞의 책, 235쪽.

어져 자유시가 생성된 것이다.

따라서 사설시조가 자유시의 기초를 닦게 해준 내적 배경으로 생각되며, 박철희 교수[107]는 사설시조와 자유시를 다각적인 측면에서 깊이 있게 고찰하면서 두 장르의 공통점으로 ㄱ. 산문지향 ㄴ. 자설적 리듬(인간의 진솔한 면을 보여주는 면) ㄷ. 개성 및 자아의 구현 등으로 사설시조의 자설적 요소가 근대 이후의 자유시를 낳게 한 미적 개발이며, 이는 곧 자유시의 속성으로 이어지고 '사설시조'는 '자유시'다 라고 하여 사설시조를 곧 자유시로 규정하고 있다. 이는 사설시조 자체에 이미 자유시라고 할 만한 요소가 마련되어 있다는 것과 곧 자유시에 영향을 주었다는 것으로 풀이된다.

「耕春麥」

살구꼿 봉실봉실 핀 밧머리에
이라이라 ᄒ는 져 농부야

그무슨 곡식을 시무랴고 봄밧을 가요
예주리 쳔자강이 홀아비콩 눈쑴젹이팟
녹두 기장 청경ᄎ조 싀코찌르기 춤기 들기
동부 쥐눈이 출수수를 갈랴훔나
그 무엇슬 스무랴ᄒ노

그것도 져것도 다 아니요
구곡 장진 신곡 미등홀 쎡에

---

107 박철희, 「사설시조의 구조와 배경—사설시조는 자유시이다」, 『국어국문학』 16, 제70~73 합, 국어국문학회.

제일 농량이 긴혼 봄보리가오

—《조선문예》 1918.10.2 천뢰자[108]

어려운 시대를 살아가면서 나날이 겪는 애환을 진솔하게 표현하였을 뿐만 아니라 시련을 넘어서는 의지의 표출을 담담하게 표현하고 있음이 놀랍다. 일상생활에서 흔히 사용하는 말이라도 예사롭지 않은 의미로 함축한 사실이 또한 놀랍다.

사설시조는 민요에서 자유로운 형식과 생활감정을 긍정적으로 계승하고, 선행하는 시조의 정형의 틀을 거부하면서, 개화기 시가가 거부했던 자유로운 요소를 발견하여 시대적 배경과 당대 서민들의 사상과 감정, 애환을 진솔하게 표현하였다.

사설시조의 형태적 변화는 서민의식의 성장과 그 궤를 같이 한다. 또한 시조에 새로운 미의식의 수용은 예술정신의 진일보로서 기존 시조의 고정적인 율격파괴와 산문화 경향 등으로 나타난다. 이는 복고적인 중세에서 근대로의 이행기적인 성격을 띠며, 평시조와 연결되는 고리만 버리면 근대자유시라고 할 수 있을 것이다.

「新國風三首」[109]

말한다고 쯧다하며 쯧잇다고 말다하랴
애고답답 이가슴은 어느名醫가 풀어주나
눈물이 속으로 흘럿스면 쓸키나 하련마는
命門에 불만 나니 더욱 燥鬱

---

108 조동일, 『한국문학통사』 4권, 284쪽, 재인용.

109 육당, 《소년》, 3년, 제6권, (1909.3.6).

寂寞乾坤이 百年쑨 아니언마는
川澤에 숨은 龍이 아니일믄 무슨일고
手巾을 적시여서 空中에 내둘음은
행여나 비가되여 잠긴비눌을 이릐켜도
(하략)

이는 육당의 4.4조의 4행시로서 사설시조다. 4.4조의 율조를 지키려는 흔적은 역력하나 이미 율조를 벗어나고 있다. 이는 사설시조가 서서히 자유로움을 모색하고 있는 과도기라 하겠다. 자유시가 반드시 외래적인 영향에만 기인한 것이 아닌, 즉 전통단절의 결과만이 아니라는 것을 알 수 있는 것이기도 하며 자유시의 내재적인 기원을 파악할 수 있는 전환이 마련되었다.[110] 즉 사설시조가 그것이다.

언제나 시의 새로운 법칙이나 형태가 모색되는 것은 단순히 외부의 충격에 의한 것만이 아니라 내부적인 욕구에 의한 일면도 있기 마련이다. 사설시조는 전통적인 제형식과 내용을 답습하면서 서서히 자유시에로의 패턴을 넘긴다.

사설시조가 서구의 사조와 문학적 방법의 영향아래 변형, 발전된 모습으로 나타난 것이 근대의 자유시이며,[111] 자유시의 근원이 곧 사설시조이다. 따라서 사설시조가 자유시의 모태라면 개화기가 바로 자유시의 형성기반이 마련되어 가던 때이고, 동시에 상당수의 사설시조가 창작되던 때인 만큼 개화기의 사설시조와 자유시의 관련문제를 검토해야만 한다. 사설시조가 곧 자유시로 이어지는 직접성보다 자유시의 생성계기가 서구 장르인 찬송가의 이입, 상징시의 수용 등 근대적인 여러 문학현상과 관련

---

110 조동일, 『한국 시가의 전통과 율격』, 한길사, 23쪽.
111 김제현, 『사설시조 전집』, 영언문화사, 서울, 1985, 44쪽.

되는 만큼 사설시조와의 관련도 이러한 제 양상의 하나로 파악된다.

(2) 찬송가와 가사

1896년 조시원의 찬송가가 이화학당과 배재학당의 학생들에 의해 불려진 것을 시초로 해서 찬송가가 신시에 커다란 영향을 끼쳤음을 앞에서 살펴보았다. 찬송가의 곡조나 가사가 정형시에서 자유시로 나아가는데 형태와 내용의 깊이를 더해 주었다. 즉 개화기라는 가치질서의 전환기에 정신, 의식면에서 끼친 영향과 시가 형태, 리듬 상의 변화에 하나의 충격소가 되었다.

그러나 전통가사에 일방적인 영향만 준 것이 아니라, 상호 교류 현상이 함께 공존하였음을 이 항에서 다루고자 한다. 가사가 비로소 근대시의 색조를 띠기 시작했으나, 근대시가 되지 못했던 것은 이 시들의 내용(계몽성)과 음수율이 종래의 시형에 속박되었기 때문이다. 그리고 근대시가 필요로 했던 개인 사상과 정서를 작품에 수용하지 못했기 때문이다.

가사는 형태면에서 4.4조, 4음보의 전통적 양식인 민요의 요소를 계승하면서, 신흥 장르인 찬송가의 영향을 받으면서 7.5조, 분련체, 후렴구, 단형지향 등을 가지는 형태로 변형되어 간다. 내용면에서도 가사가 철저한 시대인식의 토대위에 상황타개의 의지 표출과 비판적 기능을 가지고 있다면, 이러한 계몽과 교화의 뚜렷한 목적의식을 갖고 있다는 점에서도 찬송가와 동궤에 놓인다고 볼 수 있다.

가사와 찬송가의 영향관계로서 《독립신문》은 중요한 자료이다. 1896년 《독립신문》[112]에 「조선노래」, 「독립가」, 「진보가」가 불리는데 8.6조의 창

---

112 《독립신문》, 제99호, 11.21.

가 형식으로, 가사는 윤치오의 작이며 곡조는 찬송가를 모방한 것으로 보인다.[113] 서구문물 수용이 《독립신문》소재 가사에서부터 나타나는데 이는 기독교의 전개(1884~85)와 함께 찬송가의 영향을(1892)받음으로써 내용상, 형태상의 변화가 일어났다. 또한 《독립신문》 소재시가가 한결같이 군주와 국가를 찬양하는데, 이점도 찬송가의 음과 곡을 빌려 쓰다 보니 자연스럽게 융화되었으며 찬송가의 속성이 '찬양'에 있는 것과 같은 면이다.

「황제탄신축가」

1절: 높으신 상주님
　　　자비론 상주님
　　　긍휼히 보소서
　　　이나라 이땅을
　　　지켜주옵시고
　　　오주여 이나라
　　　보우하소서.

　　　　　　　　　　　　　　　　　　—《독립신문》, 1896.7.25.

　　고종 탄신일을 기념하기 위한 행사 때 교회에서 불렀던 축가로서 찬송의 곡과 내용이 가사에 수용되었음을 보여준다.
　　또, 「대죠선 ᄌ쥬독립 이국ᄒ는 노ᄅᆡ」[114] 에는

아셰아의 대죠선이　　분골ᄒ고 쇄신토록
ᄌ쥬 독립 분명ᄒ다　　츙군ᄒ고 이국ᄒ셰

---

113 박을수 · 석일균 공저, 앞의 책.
114 《독립신문》, 「니필균 학부쥬ᄉ」, (1896.5.9).

합가   합가
이야에야 이국ᄒ세   우리정부 놉혀주고
나라위히 죽어보셰   우리군면 도와주세

자주 독립을 위해서 분골하고 쇄신토록 임금님과 나라위해 죽기를 각오하고 애국하자는 내용이다. 백성들의 정신을 한 곳으로 다잡기 위해서는 가창은 매우 효과적인 방법이다.

가사는 4.4조 4음보 연합체로서 가창되지 않음이 특색인데, 여기에 합가나 후렴구, 분련체 등은 찬송가의 영향으로 보여진다.

「단군가」[115]

우리시조 단군께서   나라집을 창립하여
태백산에 강림하사   우리자손 주시셨네
거룩하다 거룩하다   거룩하다 거룩하다
대황조의 높은성덕   대황조의 높은성덕

내용면과 형태면에서의 후렴구나 분련체 등은 찬송가의 영향을 받았음이 자명하다. 가사 속에 침투된 반복과, 반복으로 오는 리듬의 효과는 국민을 고무시키는데 효과적이었을 것이다.

지금까지 살펴보았듯이, 형태면에서는 가사에 나타나는 반복구의 양상은 물론 민요와도 상관관계를 가지지만, 찬송가의 후렴구의 영향으로 볼 수 있다. 또한 가사의 분련 현상은 고전가사에는 없는 것으로 찬송가의 영향으로 보이며, 그리고 가사의 3.4조나 4.4조의 자수율이 시조와 연관

---

115 《대한매일신보》, 1909. 8. 6.

성을 가지지만 육당에 있어 4.3조는 찬송가와의 영향 관계에 놓인다고 할 수 있다.[116] 즉 찬송가에서 배태된 분련 의식은 창가로 이어지고 이는 다시 분련체 가사로, 그리고 연작시조, 연작언문풍월, 자유시로 계승되었다고 하겠다.

7. 문학사상의 상호작용

1) 문명개화와 보수

개화기에는 개항과 더불어 문호를 개방하여 문명을 개화하자는 측과 새로운 문물에 대한 두려움과 적대감을 갖고 외부의 세력을 물리치자는 보수척사측이 함께 공존하여 갈등양상이 첨예하게 나타나는 시기였다. 1896년은 형식상으로는 자주적이고 근대적인 정부가 수립되었으나, 실제로는 과거 어느 때보다도 자주와 독립을 상실했고, 봉건적 사회체제는 청산되지 않았다.

근대는 개화파와 척사파의 갈등이 공존하면서 형성된다. 개화파는 서양, 일본에서 유학하고 온 청년들이 중심이 되어 자주독립을 주장하고 문명개화와 근대적인 개혁의 계속적인 촉진을 요구하며, 그들 주장을 집결할 단체인 독립협회를 결성한다. 독립협회는 중요한 활동의 하나로 《독립신문》을 간행했다. 신문의 간행은 근대화로 이르는 길을 열어 주었다.

《독립신문》은 우리나라 최초의 근대적 신문으로서, 여성을 천시하는 폐습을 타파했고, 남녀 평등론을 주장했고, 의식주의 개선은 물론 문명개화와 자주독립의 모든 기초는 오로지 교육에 있음을 강조하는 근대적 의

---

116 김영철, 앞의 책, 156~165쪽.

식을 보여주었다. 여기서 개화가사나 시조, 한시의 형식을 통해 대개 4.4
조, 3.4조, 7.5조의 전통시가의 음수율을 기저로 문명개화를 부르짖었다.

「이국가」[117]

아메리카 후한풍속　　　명길리국 부강흔법
국외신민 일심홈을　　　이샤위한 본을받아

이 노래에서도 서양각국이나 일본은 무엇보다도 먼저 개화한 문명국
이니 이들과 적극적인 교류를 가져 이들을 따르고 본을 받아야 한다는
것이다.

「지하당 문경호 셩몽가」[118]

전국인민 합심ㅎ야　　　이국지심 둔둔ㅎ면
부국강병 결노되고　　　문명기화 결노되고
샹등국이 결노되고　　　샹등빅셩 결노되네

이 역시 서로 합심하여 문명 개화하고 부국강병을 이룩하자는 계몽가
이다. 여기서 애국지심은 오직 문명개화를 지향하는 애국지심이다. 개화
파는 '만국이 회동하여 사해가' 이니 구습을 과감히 탈피하여 서양을 본
받아 근대의식을 가져 부국강병하자고 노래했다.

이러한 계몽사상은 시대가 시대이니만큼 《독립신문》에 이어 《소년》지
로 이행하여 육당, 춘원의 산문시, 자유시를 통해 일관 되게 나타난다.

---

117 《독립신문》, 1896. 8. 1.
118 《독립신문》, 1897. 9. 14.

반면에 보수파는 서양을 '괘씸한 서양되놈' '침략자' '요망한 서양적'
이라 하여 문호 개방을 격렬히 거부하며 '서양동정 막아' 서양으로부터
우리를 보호하자고 노래했다. 구체적인 작품을 보면,

> 하원갑 경신년에 전해오는 세상말이
> 요망한 서양적이 중국을 침범해서
> 천주당 높이세워 거소위 하는도를
> 천하에 편만하니 가소절장 아닐런가
>
> —「권학가」

> 개혁이라 하는 것은 무슨 뜻을 이름이냐
> 내手中에 있는 권리 남의 掌中 넣어주고
> 내국민의 소유권을 남의 囟門 넣어주면
> 이걸소위 개혁이냐 昭昭百日 강림하에
> 怪鬼之說너무마라
>
> —「魔報鬼說」

개화나 개혁은 우리의 주체성을 말살하니 내 수중에 있는 권리를 우리
스스로 지키자는 것이다. 이것은 개화나 개혁을 표방한 나머지, 나라와
민족의 주권을 남의 손에 넘겨주면서까지 개화나 개혁을 한다는 것은
'괴귀지설'이라는 논박을 하고 있다.

표현매체에 있어서 신문이 학술지나 잡지보다는 시대적 각성과 저항,
비판의 경향이 강했고, 전통장르에 편향되었음에 비해 잡지는 저항, 비판
성이 간접적으로 둔화되었으며 신흥장르 편향이 강하게 노출되고 있음을
본다. 이것은 진보 개혁적인 입장에서는 문명개화는 신흥장르에 귀속되
고, 보수척사적인 입장에서는 외세에 대한 저항과 비판이 전통장르에 귀

속되고 있다. 개화기의 시대적 각성과 저항 비판이 잡지에 비해 신문의 경우가 민감하고 직접적이다.[119]

창작계층 중에서도 보수척사적 성향을 강하게 보인 것은 저널리스트 계층이고, 문명개화 성향이 강한 것은 전문가 계층이었다. 계몽교양의 강화를 강조한 측도 전문 계층이었다. 유학생들은 서구 문물을 일찍 수용하여 이미 亞西歐化된 일본 현지에서 직접 근대화과정을 체험하였기 때문에, 개화나 문명 지향에 개방적이었다. 우선 장르에 있어서도 국권수호 및 저항비판 등은 보수척사의 이념으로, 한시, 가사, 시조 등의 전통장르에 귀속되고, 문명개화, 지식보급 등 진보 개화파 이념은 창가, 신시 등 신흥장르에 귀속된다.[120] 또한 리듬에 있어서도 4.4조는 보수척사, 7.5조는 문명개화 쪽이었다고 볼 수 있다. 송민호 교수는 서구문화와 문물제도의 도입으로 급변하는 전환기의 사상과 감정을 표현한 새로운 시가형식이 마련되지 않은 상황에서 사용하게 된 전통시가 형식, 즉 가사, 시조, 한시 등 전통시가 율조는 그 시대사상을 노래하기에 알맞고 민중성을 띤 형식이기에 그 사용이 용이했다[121]고 단언한다.

개화기 시대에 있어서 양적인 면에 압도적인 위치를 가진 것이 시조와 가사였다. 이에 대해 박철희 교수[122]는 이를 종속적 동일성의 개념으로 파악하고 있다. 우리의 전대시가를 선택하고 그에 동일화함으로써 자기 회복과 민족적 통일성을 회복할 수 있는 것으로 보고 있는 것이다. 우리의 것을 선택함으로써 주체성 확보가 가능하고 외세에 대한 저항이나 비

---

119 김영철, 앞의 책.
120 김영철, 앞의 책, 254쪽.
121 송민호, 앞의 책.
122 박철희, 「시조의 방법과 인식의 방법」, 『한국학보』 15, 1979, 여름호.

판에 효과적 일 수 있다는 논리이다. 문명개화파는 대체로 서구 문물을 적극적으로 수용했으며 보수척사파와는 달리 장르 선택면에서도 시조, 가사 등의 전통장르와 창가, 자유시 등의 개방성을 보여준다.

결국 이러한 것들을 토대로 자유시형이 탄생했고 서구 상징주의, 산문 시 이입 등 서구적 체험과 문학적 성숙의 결과를 낳았다.

2) 서정성과 계몽성

개화기는 서구 충격과 일본의 침략이라는 외래적 상황과 그에 대한 저항과 내적 모순에 대한 날카로운 감각, 그리고 민족적 역량의 자각 등으로 점철된 시대인 이상, 문학 자체가 가지는 미학성 보다는 정치, 사회, 문화, 생활습속 등 그 시대적 성격이 크게 강조되었다.

근대의 공통된 시대정신은 자주독립과 사회비판의식이라 할 수 있다. 대체로 개화기 문학이 문학성보다는 사상성으로 특징지어지는 까닭은 주 내용이 독립, 자주부강이고 외세 침략에 대한 울분 등 사회에 대한 경종 이기 때문이다. 따라서 개화기의 애국가류는 서정성보다는 계몽적 성격 을 띠고 있는 반면, 《학지광》이나 《태서문예신보》를 통해 발표된 자유시, 신시류는 계몽성이 배제되고 개인의 정감을 읊은 서정성이 단연 우세함 을 보여준다. 이는 발표매체와 작자층의 특이성 등에서 비롯된 것임을 앞에서 살펴본 바 있다. 《독립신문》, 《소년》, 《청춘》지 등에서 근대적 자 각을 찾아볼 수 없는 것은 아니나, 국권을 회복하고 독립과 자유를 찾으 며 민권을 옹호하겠다는 의도가 앞섰기에 시에 대한 의식이 《태서문예신 보》 보다 희박했다. 번역에 있어서도 목적은 계몽이었음으로 《소년》, 《청 춘》지에서는 작품의 선택도 이러한 과정에서 이루어지고 있다. 이러한 한계성은 비로소 《매일신보》를 거쳐 《태서문예신보》에 와서 진학문, 안

서에 의해 극복된다. 안서는 개성적인 서정을 바탕으로 시에 서정성을 부
여한다.

그의 창작시를 보면,

「봄」123

프름의 나라 나라의 프름
이슬에젖즌 아츰플
쏘는 머리숙인 붉은 쏫
그대의 가슴은 뉘가 아는가.

귀기울이면 흘너 뜨나니
산과들 너가에 모든 생물의
다갓치 가너는 즐김의 곡조
그대의 싱각을 뉘가 아는가.

芳香의 바람 바람의 芳香
풀밧우에 홀로 누으면
싱각의 가슴 거문고줄
그대의 손에 다쳐 소리나도다.
(하략)

이 작품은 관념의 세계에서 벗어난다. 신념이나 의식을 형상화한 종전
의 경향을 떠나서 개인의 정서가 서정화되어 있는 '풀밭우에 누워있는
맑은 하늘' 같은 봄날의 평화롭고, 고요한 푸름의 세계를 읊었다. 문화적
인 해설도 아니고 계몽의 목소리도 아닌 개인의 정감이 어려 있다.

---

123 《태서문예신보》, 안서, 제9호, (1918.11.30).

일정한 자수의 되풀이만이 시의 운율이라고 생각했던 정형률에서 벗어나 자유시형, 산문시형에까지 시의 형태의 자유로움을 모색했다. 육당의 포에지 결여의 시형에 비하면, 안서의 시에 대한 뛰어난 감각과 미의식을 볼 수 있다.

이러한 양상은 물론 서구시 번역과정에서 상징시의 리듬감각,[124] 언어 감각 등의 영향을 배제할 수 없을 것이다. 근대시는 안서에 의해 비로소 언어에 대한 자각이 시작되었다고 볼 수 있으며, 준성, 석송에 의해 개인의 영혼, 존재의 문제, 개인의 감정 등이 확고히 자리 잡게 된다. 당시의 상황에 비추어 보면 전대가 비서정적, 계몽적 노래였다는 점에서 서구 근대시의 개성적인 점은 더욱 돋보였으리라 사료된다. 따라서 서구시 이입은 한국 근대시의 내적 발전에 보다 큰 기여를 했다.

3) 개인의식과 집단의식

개화기 시의 내용 및 이념 지향성을 보면 문명개화, 계몽사상, 기독교적인 도덕 사상으로 볼 수 있다. 자주독립, 애국정신의 고무는 문명개화를 촉구하며, 자아각성, 신문화운동은 계몽성에 입각한 것이며 기독교의 종교애를 통한 애국정신의 고취는 개인의식, 집단의식의 발로로 생각된다. 물론 이 사상은 서구 근대성의 본질과 상통하는 것이니 만큼 근대 초기시의 전 장르에 고루 분포되어 있으며 따라서 서구시의 수용이란 측면을 배제할 수 없다.

초기 애국, 독립가류에서도 보았듯이 개인적 서정성이나 낭만성보다는

---

124 안서는 상징시의 '음악성' 을 '리듬감각' '율격' 으로 받아 들였다.

민중적 집단의식이 강했다. 즉 자주독립, 문명개화 사상을 기저로 하고 있으나 후에 기독교 찬송가의 유입으로 자유나 평등사상을 고무하는 것으로 나타나고 있다.

크게 대별해 본다면 육당의 《소년》에 의한 집단의식이 안서의 《태서문예신보》에 와서 개인의식으로 전환된다. 번역 작품에서도 육당의 초기 번역 작품은 바이런의 「해적가」와 「대양」 등 바다를 소재로 한 것과, 「대국민의 기백」, 「청년의 소원」 등 국민과 청년의 기상을 노래한 집단의식 내지는 사회 지향적 이념으로 채워진 시였으나, 「부활자의 세상은 아름답다」, 「쫏긴이의 노래」 등을 거쳐 후기에 안서에 와서 「아름답은 밤」, 「검은 끗업는 잠은」, 「죽음의 공포」 등과 같은 고독, 절망, 공포의 색채가 짙은 서정적이고 개인의식에 입각한 시들이 읊어지고 있다. 작품의 한 예로,

兄弟야 記憶하난가 梅花꼿 香氣 나는 나라
二八少女의 아리짜운 쌤갓흔 紅桃花 피는 나라
저곳에늣 四時가 分明한 中上帝의 厚愛로
恒常 짯듯하고 바람이 가벼운디
金剛山 一萬二千峰과 大同江 맑은 물은
왼自然의 美를 다바다 集中하야
永久의 봄은 빗나며 쏘微笑하도다
運命이 우리를 逐出한 比樂土
어느 쪠에 다시한번 도라갈가![125]

이 시는 낙원 상실감을 노래했다. 특히 금강산이나 대동강을 그리워하는 것은 망국이라는 비운을 겪고, 바로 망국의 주체인 이국 땅에서의 그

125 《학지광》 제3호, 「제야말노」.

자신의 착잡한 심정을 나타내고 있는 집단의식을 표출한 작품이다.

> 부러오는찬바람, 찬이슬, 寂寞, 괴로음—끗업는世界는어름沙漠인데, 다사,
> 빗, 이를보며「생」은가며
> 「死의恐怖, 苦痛, 死의逸樂」을뒤에 맛즈며 가랴느니, 그래도
> 「살지아니하면아니된다!」 바램의 標대로가지아니할슈업나니대개이는
> 죽음은暗黑, 悲哀, 苦痛, 絶望, 戀愛, 煩悶, 孤獨, 寂寞 超越하야
> 意識의空虛, 온갖의 忘却, 無反應의靜止, 無抵抗의 漠漠世界로써니,
> 오오生의 欲望! 「살지아니하면아니된다!」[126]

앞 작품과는 상반된 개인의식이 짙게 깔린 작품이다. 프랑스 상징주의의 영향을 받은 듯 퇴폐적이고 폐허적이며 유미적이다. 시어선택의 미숙성과 이완된 긴장감, 시적 응집력보다는 개인의 의식세계를 산문적으로 서술하고 있다.

근대초기의 신시나 자유시, 산문시의 내용에서 보았듯이 대개가 교훈주의, 계몽위주였다. 이는 개인 감정 가치보다 집단적 가치, 사회 저항적인 이념으로 채워져 있음을 볼 수 있다. 이후 서구 사조의 유입과 찬송가, 상징시의 유입으로 인해 시의 서정성의 강화, 예술성 확보 등 개인의식으로 나타난다.

근대 서구시의 유입은 한국 근대시에 이렇듯 다방면으로 사상적, 형태적으로 영향을 끼쳤다. 다음 장에서는 그에 따른 긍정적, 부정적 의의를 살펴보고자 한다.

---

126 《학지광》 제4호, 돌샘, 「내의 가슴」 중 일부.

8. 서구번역시가 남긴 유산

1) 긍정적 영향

서구시의 접근은 시의 미적 이해이며, 이러한 측면에서 서구시 이입은 근대시(교술시)를 미적 형식으로 이행하게 했다는데 그 의의가 있다.

서구시의 수용은 시에 정서를 심화시키고 시 형태를 해방 시켰으며, 계몽시학의 극복과 개인감정에 의한 릴리시즘을 회복시켜주었고, 존재론적 측면에서 삶의 문제를 깊이 있게 천착하게 했다.[127]

먼저 찬송가의 수용은 시의 내용면에서는 국문 사용의 확대, 자국어에 대한 인식, 문체나 형태상의 자각, 평등사상, 인간 구원의 문제, 시민정신 등 전시대의 보수적인 사고를 개혁하고자 했다. 형태면에서는 자수율의 변화, 분련체, 후렴구 등 시가의 자유로움을 모색하게 했고 자유시의 개화를 앞당겼고 근대화로 다가서게 했다. 무엇보다 찬송가의 이입은 중개자로서의 타국의 개입이 없는 직접적인 수용이었다는 점이다.

상징시의 수용과 번역시의 수용에서 가장 두드러진 영향은 시의 정서면이라 하겠다. 상징시가 주는 비애의 감정, 폐허적인 색채는 당시의 시대적 분위기에 융화되어 공감대를 형성하여 개인의식에서 공동의식과 집단의식을 심어주었다. 또한 서양의 새로운 감각을 전달하고 계몽이 아닌 미적인 측면에서 독자를 순화했다는 것이다.

상징시는 예술의 독자적인 미적규범을 옹호하여 1910년대 계몽주의 문학관을 극복하였고, 이론적인 토대가 마련되어 있지 않은 상태에서 시론의 수용은 창작과 이론을 병행시켰다. 시적 발상법이나 시어 및 음악성은

---

127 김영철, 『한국 근대시론 고』, 형설출판사, 1988.

상징주의의 내면적 깊이까지 심화시키지 못하고 그 표층에 머물고 말았다 하더라도, 한국 근대시를 본 궤도에 올려놓았다는 점은 긍정적인 의의로 남는다.

근대초기 서구시 수용 양상은 우리 시에 있어서 하나의 '혁신'이었다. 이는 갈등과 순응이라는 전형기를 거치면서 지향과 극복을 이룩했다고 보기 때문이다.

2) 부정적 영향

사실 근대초기의 변화는 그것이 안으로부터, 내부로부터의 변화보다는 밖으로부터, 또는 위로부터의 변화가 앞섰다. 그것은 곧 개화기에 근대화의 모티브가 되는 갑오경장 자체가, 자체내의 자발적인 요구에 의하여 이루어진 것이 아니라, 외부세력에 의한 타의적 변화였다는 사실과 조응된다.

서구시 수용양상을 보면, 강압적인 개항과 함께 일본을 매개자로 하여 흡수할 수밖에 없었다. 한 작가가 받은 영향이 사상적이든 예술적이든 간에 그 영향을 미치는 과정에서 직접적으로 또는 간접적으로 굴절 된다고 볼 때, 이미 한 과정을 거쳐 프리즘화 된 것을 수용했을 때 그에 따른 난맥은 크다고 본다.

서구 문명의 이입은 근대시에 긍정적 측면과 더불어 그 이면에 부정적 측면을 소지하고 이 땅에 상륙했다. 문예사조상 상징주의는 실증적인 시대정신과 과학적인 합리주의에 대한 반동으로써 자연주의 다음에 온 것이지만, 이것이 한국에 들어오면서 여러 사조가 뒤섞여 들어오는 바람에 사조의 인식이 부정확했고 그에 따른 장르인식에도 큰 혼란을 빚었다. 따라서 정확하지 못한 장르인식과 시론의 토대 위에서 생성된 창작시 역시

피상적인 수용에 머물 수밖에 없었다.

문학이 어떤 것인가 하는 내면적 성찰이 결핍된 상태에서 초기에는 계몽의식이나 공리성으로 흐르다가, 상징시가 주는 절망, 죽음, 우울 등 세기말의 퇴폐적 애수와 비관적 세계관의 분위기가 시에 침투되어 건강성을 약화시켰다는 점이다. 서구 상징주의 시가 내면세계의 절대성과 원형적 순수 세계의 추구였는데 반해, 한국 상징주의 시는 감상과 개인관념의 세계에 머물고 말았다.

사조상으로는 상징주의와 낭만주의가 불분명한 상태로 나타났으며, 한국에서의 상징시는 데카당틱한 절망이나 폐허의 분위기만이 곧 상징시가 되는 혼란을 야기 시켰으며, 상징시의 음악성이나 리듬이 동일시되는 한계점을 드러내었다.

9. 결론

본고는 한국 근대시의 변화 및 발전 과정에 있어서, 서구시 수용 양상에 초점을 두어, 한국 근대 초기시에 서구시가 어떤 경로로 이입되어 어떤 양상으로 흡수되었고 영향을 미쳤는지 각 항목별로 살펴봄으로써 다음 몇 가지 결론을 얻을 수 있었다.

첫째, 근대초기의 용어나 사조 시인명의 이입은 단순히 이름만 이입되는 단편적인 것이었으며, 문학인이 문학인으로서보다는 사상가, 정치가, 법률가로 소개되는 오류가 범해지기도 했다.

둘째, 번역시의 경우, 《소년》지가 11편, 《청춘》7편, 《학지광》9편, 《신한민보》6편이며, 무엇보다도 《태서문예신보》의 역할은 대단한 것이었다.

육당의 번역 양상은 그의 문학관이 계몽적이고 교도적인데 기저를 둔

만큼, 번역 태도와 작품 선택에도 그것을 배제할 수 없어 시가 지니는 정서나 상징은 소홀히 취급되었다. 시의 형식보다 내용만 전달하면 된다는 내용편중의 번역 양상이었고, 주로 일역시집을 텍스트로 한 중역이나 초역, 경개역이 대부분이었다. 이에 비해 안서의 시의식은 계몽적 목적의식보다 서정적 미의식이 선행되었다.

그의 시사적 의의는 새로운 언어구조에 대한 인식과 투르게네프의 산문시, 롱펠로의 상징시, 「솔로굽의 인생관」 같은 시인론과 프랑스 상징시의 도입 등으로 집약되며, 특히 프랑스 상징시의 도입은 당시 한국의 정치적·사회적 배경과 융화되어 1920년대 하나의 주조를 형성하는데 크게 기여했다. 번역시에서 그 원작들을 추적해본 결과 일본 번역시집과의 영향관계에 놓여 있었다. 따라서 우리의 서구시 이입은 거의가 일본을 매개로 해서 이루어진 간접적 수용이었다.

개화기 이래의 한국 문학 주역들은 모두 일본 유학생 출신이었다. 무엇보다도 서구시 도입의 선구적 개척자인 육당과 안서의 2인 문단시대의 터전이 바로 동경이었고, 그들은 거기서 근대의식을 익혔던 유학생이라는 사실이다. 여기서 일본을 주목해야함은 단지 '한 외국'으로 머물렀던 것이 아니라, 하나의 '예사스럽지 않는 한 외국'이기 때문이다.

본고는 수신자인 한 작가가 외국 문학의 수용에 있어 직접 원전에 의한 수용인가, 아니면 번역 작품을 통한 수용인가를 밝히고, 그 다음에는 그것을 어느 정도 소화하고 있는가를 검토해 보았다.

셋째, 이에 따른 각 장르별 수용양상을 보면, 기독교 찬송가가 근대시 형성에 기여한 의의는 1) 사상 내용면의 순화, 2) 시어의 확대, 3) 정형률 파괴, 4) 자유시의 개화 등이다. 독립, 애국가류의 분련, 후렴구, 반복, 합가 등 외형적 변화에 영향을 주어 근대초기 자유시에로의 개화에 형태적 모색을 탐색했다는 것이다.

넷째, 근대초기의 자유시 형성은 자체의 전통적 계보와 서구적 충격에서 전개된다. 전통리듬인 4.4조와, 일본 창가 영향인 7.5조 정형률은 서구 찬송가의 이입으로 서서히 자유형을 준비하게 된다.

내용면에서도 초기에는 사상성, 계몽성을 표현한 시들이 압도적이었으나 후기에는 개인의 정서를 읊은 순수시에로의 전향이 이루어진다.

다섯째, 산문시의 형성과정은 육당과 춘원의 창작산문시와 김억의 번역산문시로 대별해 볼 수 있는데, 전자의 「뜨거운 피」, 「옥중호걸」은 가사체에서 산문지향으로 넘어가는 과도기적 모습을 엿 볼 수 있었고, 「옥중호걸」의 외래적 영향관계는 일본의 「초인지시」나 바이런의 「시온의 수인」을 들 수 있었다. 따라서 전통적인 문학형태와 외부적인 영향관계에서 춘원이나 육당의 산문시가 정착되었다고 본다.

번역산문시는 거의 안서에 의해 소개되었으며 주로 투르게네프의 산문시가 소개되었다. 안서는 육당의 단순한 시적인 산문에서 벗어나 산문시로 나아갔다는 점에서 그의 문학사적 의의가 입증된다. 근대초기 산문시는 전통적인 내적요인과 외래적 요인이 만나면서 형성되었다고 보여지며, 프랑스 상징시와 러시아 산문시의 영향도 간과할 수 없다.

여섯째, 근대초기 서사시는 춘원의 「극웅행」이 대표작이며 유일하다. 이러한 서사시의 공백은 서사시가 민족의식과 깊이 연관되어 있는 만큼 시대상황과, 서구 상징시나 찬송가가 왕성하게 유입되어 오던 시기이기에 서사시가 한쪽으로 밀려났다고 볼 수 있다. 서사시의 출현도 크게는 전통과 외래의 영향으로 이루어 졌다고 본다. 즉, 한국문학의 전통적 서사갈래인 「단군신화」와, 《학지광》을 통한 러시아 산문시의 영향으로 볼 수 있다.

일곱째, 서구 상징시 중에서도 우리나라에 소개된 시인으로는 베를레느 작품이 압도적이었다. 이는 당시 시대적 상황과도 밀접한 상관관계를 가지지만, 김억의 개인취향에서도 긴밀히 연유되었음을 알 수 있었다. 서구 상징시에서의 베를레느의 애상적 주조는 상징의 단순성을 위한 애상으로 즉, 하나의 기법으로 사용되었던 것에 반해, 한국에 이입되면서 이러한 애상적 흐름은 개인의 슬픈 감정이나 민족적 울분 같은 조류로 흐른다. 또한 상징시의 특성이라 할 수 있는 음악성을 김억에게는 하나의 율격으로 받아들여졌으며, 시에의 암시성이 관능적 유미적인 시어로 받아들여지는 한계를 낳았다.

근대시는 시대의 변화와 함께 형태의 변화가 이루어졌다. 변화의 저변에는 외래적 요소만으로 이루어진 것이 아닌 그 자체내의 독특한 내재적 요소가 있는 고로, 전통시가 갈래인 사설시조와 가사와 신흥장르인 자유시와 찬송가가 접합되면서 어떠한 갈등을 거쳐 수용, 변화되었는가를 형태적 변화와 함께 내용적 변화의 자취도 검토해 보았다.

초기는 정형률에서의 탈피과정이었고, 작품사상도 계몽적인 것이 특색이다. 따라서 문학적 욕구가 철저하지 못한 미숙성을 지니고 있었으나, 후기의 서구시 이입으로 형식면에서 자유로움을 모색했고, 계몽성을 벗어나 시에 릴리시즘을 부여했으며 시의 내면을 심화시켰다. 즉 제 전통요소인 보수척사, 계몽성, 집단의식이 서구문물이나 서구문학의 도입으로 인해 문명개화, 서정성, 개인의식으로 상보적 작용을 하거나 이행되는 과정을 볼 수 있었다.

따라서 서구시 수용으로 인한 긍정적 영향은 시의 내용이나 형태면에서 교도적, 계몽성에서 벗어나 시의 정서를 심화시키고, 시형태에 자유로움을 모색했다는 것이다. 부정적 영향으로는 상징시가 주는 세기말적 퇴폐적인 애수, 비관적 세계관이 시의 건강성을 약화시켰으며, 단기간에 여러 사조가 한꺼번에 들어오는 바람에 장르의식에 혼란이 야기되었다. 이러한 장르와 사조의 혼란은 근대문학이 현대를 위한 진통이고 몸부림이며, 필연적인 절차라고 보여진다.

개화기는 개화기 내부의 여러 가지 모순을 모순으로서 인식하여야 한다. 가령 초기 번역시의 이입과정에서 시에 서정성이나 미적 감각보다는 계몽적이고 목적의식이 앞섰다는 것은 그 시대적 상황과 밀접하며, 직접적인 번역보다는 일본을 통한 간접적인 수용일 수밖에 없었던 양상 또한 그러하다. 근대시의 형성과정에서 활동했던 대다수의 작가들은 서구의 근대시, 서구화된 근대시에서 영향을 받았고, 거기에서 근대시의 새로운 가능성과 전통성을 모색했다.

끝으로 연구과제와 방향을 제시하면서 본고를 마무리 하고자한다. 우리의 근대문학사에 있어 서구문학의 수용은 거의가 일본을 매개로 해서 이루어졌기 때문에 일본문학과의 비교연구는 필연적이라 생각된다. 따라서 먼저 서구문학이 일본문학에서는 어떻게 반영되어 있는가를 연구해야 할 것이다. 왜냐하면 근대문학의 서구시 수용양상을 보면 직접적 영향보다 서구시가 일역으로 된 일본시를 보고 영향을 받았기에 이러한 과제는 절실한 것이라고 생각된다. 따라서 발신자, 송신자, 수신자의 수용양상을 구체적으로 추적해야겠다.

서구시 수용은 외부로부터 이입된 수용이었으나 결코 강압적 맹목적인 수용이 아니라, 내부의 필연적인 욕구에 의한 자생적인 것으로 주체적 수용이었다는데 초점을 두어야 할 것이다. 이러한 주체적 입장에서 서구시 수용의 과정이 모색되어야 한다고 본다.

참고문헌

1. 자료(영인본)

독립신문 (독립신문 영인 간행회)

대한매일신보(국문판) 서울관훈클럽

소년 (현대사)

신한민보 (아세아문화사)

신문계 (국립중앙도서관 소장)

청춘 (문양사)

태서문예신보 (태학사)

학지광 (태학사)

한국 개화기 학술지 (아세아문화사)

2. 저서

J. P. 사르트르, 『구토』, 김희영 역, 1987.

─────────, 『구토』, 방곤 역, 1980.

Linda Hutcheon, 윤여복, 김상구 역, 『패러디 이론』, 문예출판사, 1995.

Patrica Waugh, 김상구 역, 『메타픽션』, 열음사, 1989.

『한국현대 소설이론 자료집』 제36권, 38, 48권, 한국자료원, 1990.

고현철, 『현대시의 패러디와 장르이론』, 태학사, 1997.

권택영, 『현대시사상』, 제13호, 겨울. ─「패러디 패스티쉬 그리고 독창성」, 1992.

김　현, 『현대 프랑스문학을 찾아서』, 홍성사, 1978.

김동욱, 『비교문학』, 신양사.

김병철, 『한국 근대 서양문학 이입사 연구』, 을유문화사, 1980.

______, 『한국근대 번역문학사 연구』, 을유문화사, 1975.

김붕구, 『작가와 사회』, 일조각, 1983.

김상선, 『신세대 작가론』, 일신사, 1982.

______, 『한국 근대시의 이해』, 을유문고, 1982.

김영승, 『권태』, 책나무, 1994.

______, 『몸 하나의 사랑』, 미학사, 1994.

______, 『무소유보다 더 찬란한 극빈』, 나남, 2001.

______, 『반성』, 민음사, 1987.

______, 『아름다운 폐인』, 미학사, 1991.

______, 『차에 실려 가는 차』, 우경, 1988.

______, 『취객의 꿈』, 청하, 1988.

김영철 외 2인, 『문학의 이론』, 형설출판사, 1988.

김영철, 『한국 개화기 시가장르 연구』, 학문사, 1987.

______, 『한국 근대시론 고』, 형설출판사, 1988.

______, 『현대시론』, 건국대출판부, 1997.

김용직, 『한국 근대문학의 사적 이해』, 삼영사, 1977.

______, 『한국 근대시사』, 제1부, 새문사, 1982.

김우종, 『한국현대 소설사』, 성문각, 1980.

김욱동, 『모더니즘과 포스트모더니즘』, 현암사, 1992.

김윤식, 『(속) 한국근대 작가론고』, 일지사, 1981.

______, 『근대 한국문학 연구』, 일지사, 1973.

김준오 편, 『한국 현대시와 패러디』, 현대미학사, 1996.

김준오, 『도시시와 해체시』, 문학과비평사, 1992.

______, 『현대시의 환유성과 메타성』, 살림, 1997.

김춘수, 『한국 현대시 형태론』, 해동문화사, 1958.

김치수,『구조주의와 문학비평』, 홍익사, 1980.

김학동,『한국 문학의 비교문학적 연구』, 일조각, 1972.

______,『한국개화기 시가연구』, 시문학사, 1981.

김홍기,『한국 현대 서사시 연구』, 한국 현대시 탐구 I, 민족문화사, 1983.

바흐친, 이득재 역,『바흐친의 소설미학』, 열린책들, 1988.

박을수 · 석일균 공저,『신한국문학사』, 성문각, 1982.

박진태 · 김영철 · 이규호 공저,『한국시가의 재조명』, 형설출판사, 1984.

박철희,『한국시가 연구』, 일조각, 1984.

백 철 · 이병기,『국문학전사』, 1980.

사르트르,『실존주의는 휴머니즘이다』, 최성민 역, 서문당, 1974.

세계문예강좌 2,『문예사조사』, 어문각, 1977.

신경득,『한국 전후소설연구』, 일지사, 1983.

신동욱,『한국 현대 문학사론』, 박영사, 1972.

양왕용,『한국 근대시 연구,』삼영사, 1982.

오세영,『한국 낭만주의 시 연구』, 일지사, 1980.

이광린,『한국 개화사 연구』, 일조각, 1969.

이승훈,『포스트모더니즘의 시론』, 세계사, 1991.

이인복,『한국문학에 나타난 죽음의식의 사적연구』, 열화당, 1981.

임형택 · 최원식 공저,『한국 근대문학사론』, 한길사, 1982.

장용학,『요한시집』,『현대문학』, 1955.7.

전광용 외 2인,『한국 현대소설사연구』, 민음사, 1984.

정끝별,『패러디 시학』, 문학세계사, 1997.

정한모,『한국 현대 시문학사』, 일지사, 1974.

정한모 · 김용직 공저,『한국 현대시 요람』, 박영사, 1974.

정효구,『몽상의 시학』, 민음사, 1998.

조동일,『한국문학통사』3~4권, 지식산업사, 1986.

조동일,『한국시가의 전통과 율격』, 한길사, 1984.

조두섭,『비동일화의 시학』, 국학자료원, 2002.

조신권, 『한국문학과 기독교』, 연세대출판부.

조지훈, 『한국문화사서설』, 탐구당, 1987.

최창록, 『한국소설의 문체론적 연구』, 형설출판사, 1981.

캐빈오록, 『한국 근대시의 영시 영향 연구』, 새문사, 1984.

한계전, 『한국 현대시론 연구』, 일지사, 1983.

3. 논문

강남주, 「초창기 한국산문시의 형성고」, 『한국문학논총』, 제3집, 1987.12.

______, 「한국 근대시의 형성 과정 연구」, 부산대 박사학위논문, 1983.

강신경, 「장용학의 실존주의 수용양상에 관한 연구」, 중앙대 석사학위논문, 1990.

고현철, 「탈식민주의 문화전략과 패러디의 상관성 연구」, 한국문학회, 『한국문학논
　　　총』, 제36집, 2004, 4.

구인환, 「자유시와 서사시의 형성」, 『시문학』, 1978.11.

권영민, 「개화기 시조의 시적형식에 대하여」, 한국학보, 15.

김　현, 「식민지 시대의 문학」, 문학과 지성, 1971년 가을호.

김권호, 「개화기 문학에 미친 기독교의 영향」, 부산대 석사학위논문, 1987. 2.

김미현, 「요한시집의 기호론적 구조」, 이화여대 대학원 연구논문집 제17집, 1989.8.

김병철, 「《태서문예신보》의 번역태도」, 『성곡논총』 V.4, 1973.

김상선, 「한국 근대희곡론」, 집문당, 1985.

김성진, 「한국전후 소설의 의식 변천연구」, 동아대 석사학위논문, 1986.

김영숙, 「La Nausée를 통해 본 Sartre의 인간관 연구」, 숙명여대 석사학위논문, 1981.

김영철, 「한국 상징주의의 수용양상」, 대구대 어문과학연구문학, 제2집, 1983.

김용직, 「한국 현대시에 미친 Rabindranath Tagore의 영향」, 『아세아연구』, 제14권, 1호, 1971. 3.

김원중, 「한국 근대 희곡문학 연구」, 정음사, 1986.

김윤식, 「채만식」, 문학과 지성사, 1984.

______, 「한국 근대문학과 투르게니에프의 관련양상」, 『시문학』, 1977.9.

______, 「한국 근대시 형성에 대한 한 고찰」, 『한국학보』, 20집, 일지사, 1980년 가을.

김은전, 「김억의 프랑스 상징주의 수용양상」, 서울대 박사학위논문, 1984.

김재석, 「채만식 희곡 연구」, 경북대 석사학위논문, 1985.

김종건, 「한국 근대초기 문학론 연구」, 대구대 석사학위논문, 1986.

김진기, 「채만식의 희곡 연구」, 논문집, 청주사대, 제18집, 1986.

김택수, 「한국 근대시론 형성에 대한 고찰」, 충북대교육대학원 석사학위논문, 1986.

김학동, 「상징주의의 한국적 양상」, 『서강대 동아연구』 제2집, 1983. 6.

김한영, 「전후 한국소설의 특성」, 『선청어문』(서울대 사대) 제3집, 1972.3.

김해성, 「외국시가의 수용과 그 영향문제 연구」, 『우보 전병두 박사 회갑 기념논문집』,
        1983.

문승준, 「장용학 소설연구」, 성균관대 석사학위논문, 1987.

민병욱, 「근대시 서사갈래 성립과 선택」, 『현대시학』, 1984.1~3.

박경수, 「근대 산문시의 형성과 장르의식」, 부산대 어문 교육논집 4. 1979.

박수밀, 「用事와 패러디의 상관관계 고찰」, 온지학회, 『온지논총』, 2007.

박수진, 「장용학 소설연구」, 중앙대 석사학위논문, 1984.

박창원, 「채만식 론」, 세종대 석사학위논문, 1988.

박천화, 「채만식 연구사 시론」, 중앙대 대학원 연구논집 5, 1986. 2.

박철석, 「한국 근대시의 일본시 영향 연구」 上, 『현대시학』, 1986. 7.

박철희, 「사설시조의 구조와 그 배경」, 『국어국문학』 16, 제70~73호, 국어국문학회.

서상익, 「장용학 소설에 나타난 죽음의 양상」, 경북대 석사학위논문, 1987.

서수생, 「사르트르와 장용학의 비교고찰」, 『논문집』(경북대학교 인문 사회편) 제16집,
        1972.

서승자, 「자의식 소설의 세계」, 성균관대 『성대문학』, 1967. 1. 30.

서연호, 「한국 근대희곡사 연구」, 고대민족문화연구소, 1982.

손광은, 「한국시의 상징주의 수용 양상 연구」, 충남대 박사학위논문, 1986. 2.

손연미, 「La Nausée에 나타난 부조리 극복과 투기에 관하여」, 숙명여대 교육대학원 석
        사학위논문, 1986.

송동준 역, 「현대 드라마 이론」, 탐구당, 1983.

송민호, 「한국시가 문학사」 下, 『한국문학사 대계』 5, 고려대 민족문화 연구소, 1967.

송영목, 「한국초기 자유시 형성 고」, 『최정석 박사 회갑 기념논총』, 한국문학연구, 1984.

송재갑, 「한국 산문시 연구」, 『한국문학 연구』, 동국대 6,7집, 1984.

신덕수, 「장용학의 단편소설연구」, 대구대 교육대학원 석사학위논문, 1986.

신명란, 「개화기 시조 연구」, 대구대 석사학위논문, 1986.

신익호, 「현대시의 모방적 패러디 소고」, 한국언어문학회, 『한국언어문학』, 제52집, 2004. 6.

양승국, 「1930년대 희곡에 나타난 등장인물의 기능」, 서울대 석사학위논문, 1988.

오경운, 「장용학 연구」, 세종대학교 석사학위논문 1983.

오현봉, 「요한시집」과 「구역」의 비교, 논문집(육군사관학교) 제8집, 1970.

우남득, 「실존적 의식을 통해 본 1950년대의 전후소설론」, 『연구논문집』(이화여대 대학원) 제9집, 1980.

우명미, 「채만식론」, 서울대 석사학위 논문, 1977.

유민영, 「한국 현대 희곡사」, 홍성사, 1982.

유영희, 「패러디를 통한 시 쓰기와 창작교육」, 서울대국어교육연구소, 『국어교육연구』, 제2호, 1995.

윤영옥, 「채만식 소설의 상호텍스트성과 패러디 — 「탁류」와 「태평천하」를 중심으로」, 한국언어문학회, 『한국언어문학』, 제48집, 2002.

이광래 외 5인 공저, 「현대희곡론」, 이우출판사, 1985.

이명자, 「한국 상징시 연구」, 고려대 석사학위논문, 1971. 11.

이숙경, 「장용학 소설에 나타난 신화적 원형고」, 『국어국문학논문집』(서울대) 제10집, 1981.2.

이승하, 「한국 현대시에 나타난 폭력과 광기」, 이화여대 이화어문학회, 『이화어문논집』, 권20호, 2002.

이연승, 「장르 해체 현상을 활용한 시교육 방법 연구」, 한국시학회, 『한국시학연구』, 2006.

이우성, 「고려 중기의 민족 서사시」, 『한국의 역사의식』 上, 1977.

이유선, 「한국에 있어서 양악의 변천」, 중앙대 논문집, 12집, 1967.

이재전, 「요한시집의 사상성 고찰」, 동아대 석사학위논문, 1978.

이재전, 「전쟁체험과 50년대 소설」, 『현대문학』 409호, 1989.1.

이주형, 「채만식 연구」, 서울대 현대문학연구, 제6집, 1973.

이청원, 「한국 근대시가사 연구」, 1~5, 『한국문학』, 1974.10~1975.3.

이하윤, 「근대 한국의 번역문학」, 덕성여대 논문집, 2집, 1973.

이헌석, 「한국 서사시 연구」, 한남대 석사학위논문, 1983.

임찬순, 「채만식 희곡연구」, 청주대 석사학위논문, 1985.

장양수, 「채만식의 민족주의 문학 연구」, 동의논집 16, (인문사회과학) 1989.2.

장윤익, 「반세기의 가요 문화사」, 『사상계』, 1963.8.

정끝별, 「21세기 패러디 시학의 향방-90년대 이후 한국 현대시를 중심으로」, 한국언
　　　어문학회, 『한국언어문화』, 2005.

정종진, 「한국 근대 시론사」 1, 『어문논총』 4집, 청주대, 1985.

정한모, 「상징주의 시론의 한국적 상륙」, 『월간문학』, 1975.1.

조신권, 「한국 근대문학에 미친 기독교의 영향」, 『연세대논총』, 제14집, 1977.

조영훈, 「Sartre의 realism」, 『용봉논총』(전남대 인문과학연구소), 제11집, 1981.12.

조지훈, 「한국 서사시 장르에 대한 연구」, 논문 6집(인천대학), 1984.

조진희, 「구토체험과 구원의 모색」, 이화여자대학교(불어불문학과) 석사학위논문,
　　　1990.

진영옥, 「장용학 소설의 관념 서술고」, 부산대 석사학위논문, 1982.

차범석, 「동시대의 연극인식」, 범우사, 1987.

차범석·홍기삼·천이두·정한숙, 「한국 현대문학의 재정리」, 문학사상, 제15호,
　　　1973.12.

채계열, 「아버지 채만식」, 문학사상, 1973.2.

『채만식전집 9』, 창작과 비평사, 1989.

최성민, 「실존주의 문학의 도입과정에 관한 연구」, (이화여대) 한국문학연구원,
　　　1972. 3. 21.

최창길, 「채만식 희곡 연구」, 무천, 우리의 연극 I, 제13호, 1987.

허형석, 「장용학 소설고」, 군산수산 전문대학 연구보고, 제17권 1호, 1983.5.

홍기삼, 「서사시의 실제와 가능성」, 『문학사상』, 1975.3.

홍신선, 「개화기 시론 연구」, 『한국문학 연구』 6 · 7집, 동국대, 1984.

황종연, 「데카당티즘과 시의 음악」, 『한국 어문 연구』 제9집, 동국대, 1986.

4. 외서

Alex Preminger, Encyclopedia of Poetry and Poetics, Princeton Univ, 1965.

Northrop Frye, Anatomy of Criticism, Princeton Univ, Press, 1971.

René Wellek, Austin Warren, Theory of Literature, London penguin Books, 1970.

자기 반영의 문학

초판 인쇄 2011년 6월 21일 | 초판 발행 2011년 6월 30일

지은이 · 송숙이
펴낸이 · 한봉숙
주간 · 맹문재 | 편집 · 지순이 | 마케팅 · 이철로

펴낸곳 · 푸른사상사
등록   제2−2876호
주소   서울시 중구 초동 42번지 아시아미디어타워 502호
대표전화   02) 2268−8706(7) | 팩시밀리   02) 2268−8708
이메일   prun21c@yahoo.co.kr / prun21c@hanmail.net
홈페이지   www.prun21c.com

ⓒ 송숙이, 2011

ISBN 978−89−5640−831−6 93810
  값 18,000원